ハヤカワ・ミステリ文庫
〈HM478-1〉

博士を殺した数式

ノヴァ・ジェイコブス
高里ひろ訳

早川書房
8520

THE LAST EQUATION OF ISAAC SEVERY

by

Nova Jacobs

Translated by

Hiro Takasato

First published 2020 in Japan by

HAYAKAWA PUBLISHING, INC.

This book is published in Japan by

arrangement with

ICM PARTNERS

acting in association with

CURTIS BROWN GROUP LTD.

through THE ENGLISH AGENCY (JAPAN) LTD.

ジェレミーに

ある知性が、任意の時点において、自然界に働くすべての力と自然を形作るすべての存在の状態を把握し、さらにこれらの所与を分析する能力をもっているとすれば……そのような知性には不確実なものは何ひとつなく、未来も過去と同じように見えるはずだ。

ピエール＝シモン・ラプラス
『確率の哲学的試論』一八一四年

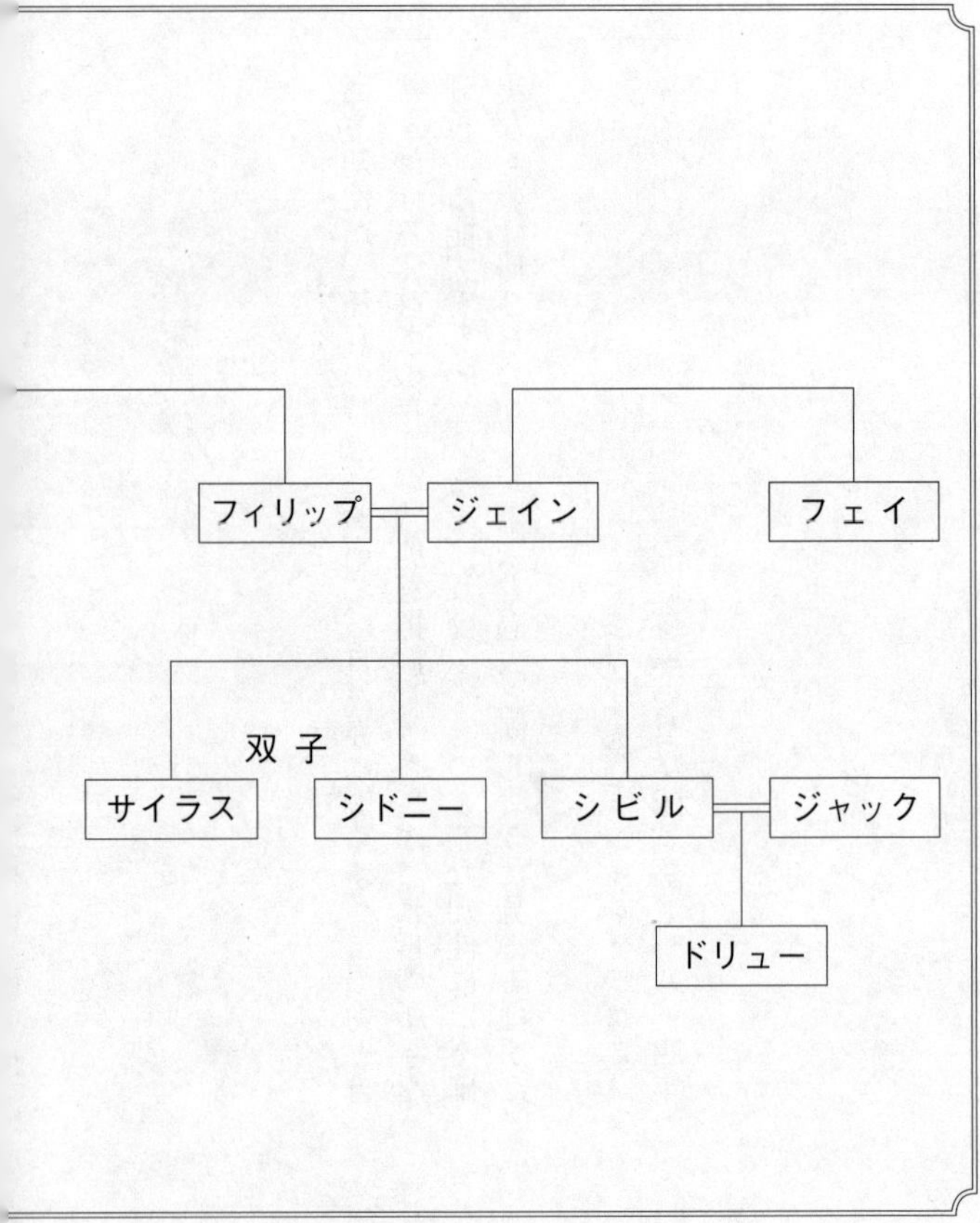

フィリップ
ジェイン
フェイ
双子
サイラス
シドニー
シビル
ジャック
ドリュー

セヴリー家

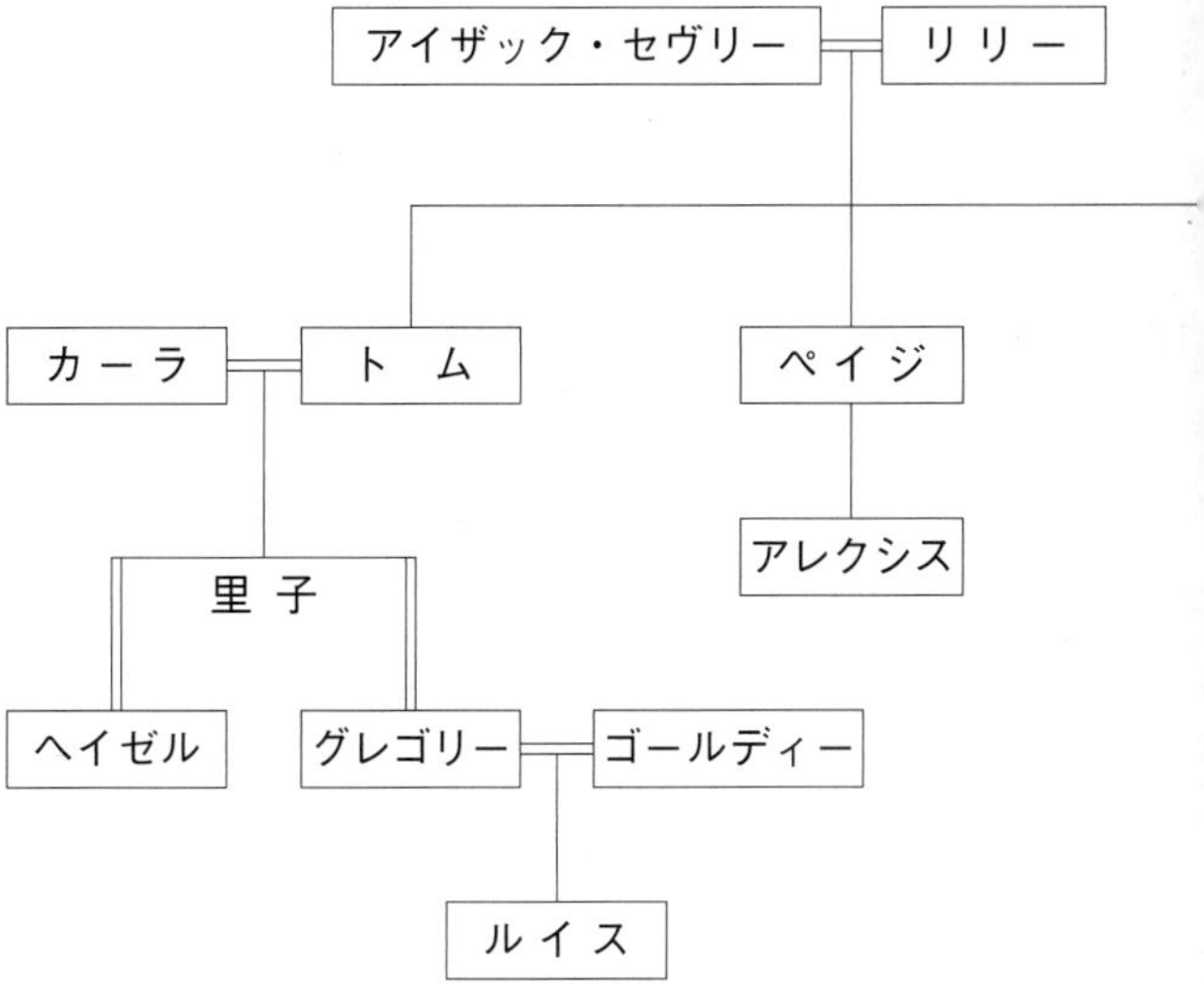

アイザック・セヴリー
リリー
トム
カーラ
ペイジ
アレクシス
里子
ヘイゼル
グレゴリー
ゴールディー
ルイス

博士を殺した数式

登場人物

ヘイゼル・セヴリー……………………古書店〈ガタースナイプ〉店主
アイザック……………………………ヘイゼルとグレゴリーの養祖父。数学者。故人
グレゴリー……………………………ヘイゼルの兄
ゴールディー…………………………グレゴリーの妻
ルイス…………………………………グレゴリーの息子
ベネット・ヒューズ……………………ヘイゼルの恋人
リリー…………………………………アイザックの妻。スペイン文学翻訳家
フィリップ……………………………アイザックの長男。素粒子物理学者
ジェイン………………………………フィリップの妻。分子生物学者
シビル・セヴリー＝オリヴァー………フィリップの娘
ジャック………………………………シビルの夫
ドリュー………………………………シビルとジャックの娘
サイラス、シドニー……………………フィリップの双子の息子
フェイ…………………………………ジェインの姉
ペイジ…………………………………フィリップの妹。統計学者
アレクシス……………………………ペイジの子
トム……………………………………フィリップの弟。ヘイゼルとグレゴリーの元里親
フリッツ・ドーンバック………………セヴリー家の弁護士兼会計士
アニトカ・デュロフ……………………博士号候補生
P・ブース・ライオンズ………………〈ガバメント・スカラー・リレーションズ〉代表
ネリー・ストーン………………………ライオンズの秘書

プロローグ

　老人は死ぬ朝、早起きして朝食をつくりはじめた。卵をゆで、パンをトーストし、お茶を淹《い》れながら、死刑囚が執行前夜の食事になぜこうした普通の食事をリクエストするのか、その気持ちがわかったような気がした。鶏の赤ワイン煮込み《コック・オー・ヴァン》、フォアグラ、タコのサラダ、氷の上に並べた生ガキのような大仰なご馳走《ちそう》はいらない。哀れな彼らの望みはハンバーガーや、フライドチキンや、ピザやアイスクリームなのだ。そうした不吉な最期《さいご》の晩餐《ばんさん》について書いたものに出くわすたびに、老人がもっとも興味を引かれたのは子供っぽい食べ物だった。シカゴの連続殺人鬼、ジョン・ゲイシーが薬物注射の前に食べたもののなかには苺《いちご》があり、テキサスの死刑囚で、自分が被害者の女性にしたことを深く反省しているといったジェフリー・アレン・バーニーが希望したのは、牛乳一本と〈フロストフレーク〉ふた箱だけだった。

　老人も、シンプルな食べ物を好んだ。ほぼあらゆる基準において洗練された人物だったが、食べ物の好みは平凡なものに固執した。同じ朝食にその日その日で多少変化をつけたものを、ひとつ覚えのように食べつづけている。誰かが殺しにくるからといって、いまさらそれを変える必要はない。

だが今日は、なんでもふたり分用意した。揃《そろ》いのカップとソーサーを二客、朝食用のトレーには卵用のスプーンをふたつ。洪水を逃れる動物のようだと思いながら、半熟にゆでた茶色の卵をふたつ並べた。老人はこれまでずっと人をもてなすときには気前よくしてきたし、最後までそうありたかった。それに、まだ早朝だ。訪問者は腹をすかせているに違いない。気持ちよく進められるように、音楽をかけたらどうだろう？　老人は愛聴するCDを居間のステレオに入れて〈再生〉ボタンを押した。

日の出までまだ一時間はあるというころ、老人は台所の常夜灯の明かりを頼りに、庭のいちばん奥にあるいつもの場所までトレーを運んだ。カフェテーブルと椅子が二客、ジャクージのデッキの横に置かれている。皿、ナプキン、ナイフとフォークを並べて、フェンスを背にして庭に向いた席に腰をおろした。ティーカップのひとつにポットからアールグレイを注いで、腕時計を見た。蓄光の文字板は五時三十五分を示している。まだ逃げる時間はある。古いキャデラックに乗りこみ、どこか遠くへと走らせればいい。だが、もう恐れることに疲れていた。死ぬ準備はできている。あとはただ、待つだけでいい。

第一部

1 商人

レザレクション・セメタリー――復活墓地――なんて、安らぎと最後の休息の場所というより脅《おど》し言葉のように聞こえる。ヘイゼル・セヴリーはそう思ったが、葬儀はとてもいい式になっていた。祖父の棺《ひつぎ》は白薔薇《ばら》と黄金の刺繡《ししゅう》を施した布がかけられ、南カリフォルニアの陽光のなかでまさに光り輝いていた。カトリックの自殺者であるアイザック・セヴリーが法衣を着た司祭に正式な葬式で送られることに疑問があったとしても、それは消えうせた。

広い埋葬地の芝の上に並べられた席のひとつから、ヘイゼルは参列者たちの顔を見渡した。知った顔もあれば見知らぬ顔もあった。思わず礼服のパンツのポケットに手をやる。一時間ほど前、そこに未開封の手紙を滑《すべ》りこませていた。この手紙はその日の朝、彼女の店から送られてきた翌日必着小包のなかに入っていた。自分宛ての小包が兄の朝食用テーブルに置かれているのを見て、どうせ請求書か何か、ろくな知らせではないだろうと思ったヘイゼルはうめいた。だがあけてみると、中身は青い小ぶりな封筒で、彼女の店のひとりだけの店員が書いた付箋《ふせん》がついていた。

きみがそっちに行った日にこれが届いたよ――チェット

請求書でも立ち退《の》き通知でもなかった。それはいま美しい胡桃《くるみ》材の棺のなかに横たわっている祖父、正確にいえば養祖父からの手紙だった。エアメール用の明るい色の縞《しま》入りの封筒を、祖父は昔を懐かしんで愛用していた。アイザックという名前は封筒のどこにもなかったが、シアトルにある彼女の店の住所が祖父の震える筆跡で書かれていた。消印は十月十六日。十月十七日に祖父は亡くなった。

羽つきの「航空便」という文字、ヒマワリのデザインの切手を見ていると、めまいがしそうだった。とても受けとめきれなかった。死者からの思いがけない手紙。だから封をあけないままポケットに入れた。実際、半永久的にいつか読むということにしておこうかと考えていた。封がしてある限り、最後にもう一度アイザックからの音信が残っていることになる。

手紙は妙な慰めとして葬儀にもってきたのだが、十月とは思えないほど照りつける日差しのなか、席に坐り、涙で歪《ゆが》む祖父の棺を見つめながら、封筒の角を痛くなるほど爪の下に差しこんでいた。

電話がかかってきたのは一週間前のことだった。ヘイゼルはパイオニア・スクエアにある自分の書店のなかを行ったり来たりして、人生を捨てるという捨て鉢な作戦を立てているところだった。遠い外国で行方をくらますか、債務者刑務所に入るか。彼女はシアトルという街も、自分の店も愛していた。だいたいいつも不安定だった人生で、本は唯一安心できる逃げ場だった。でもいま、借金があまりにも膨《ふく》らんで、どこかに国の借金と同様の電子表示板が存在して、毎日そこに光る数字がどんどん上昇しつづけているはずだという気がする。

店の電話の羊の鳴き声のような呼び出し音で、物思いを破られた。受話器をとって、なんとか普段どおりに明るく応答する。「はい、〈ガタースナイプ〉です。どんな本をお探しですか？」一瞬の間のあと、兄のグレゴリーがつかえつかえ、ふたりの大事な祖父アイザックが自宅の裏庭で死んでいるのが見つかったと告げた。自殺だったと。その日の朝、家政婦が、ジャクージにつかっていた祖父を見つけた。電流の流れているクリスマス用ライトがひと巻、お湯のなかに入れられ、電球がひとつ割られていた。

そのときの会話がどれくらい続いたのか――というより、とても信じられなくて兄に何度話をくり返させたのか――ヘイゼルにはわからなかった。わかっていたのは、その後すぐに店を閉めたときには日が沈んでいたこと、自分が泣きすぎてぐったりしていたことだけだった。

でも家には帰らなかった。何週間も前にベルタウンのアパートメントを失ってから、店の奥の狭い場所で暮らしていた。奥の部屋は窮屈で窓もなく、マットレスを置くだけでいっぱいいっぱいだった。自分の荷物はほとんど倉庫に移し、ミニサイズの冷蔵庫を買って、洗面所のシンクでスポンジを濡らしてからだを拭《ふ》いた。そんな恥ずかしいことになっているなんて、誰にも、もうすぐつきあって二年になる恋人のベネットにもいわなかった。毎晩、誰かに見られてもいいようにいったん店を出て、戸締りをして、バス停まで歩き、ひき返してきて路地から店に入る。変な時間に店のウインドウ越しに家主に見つかるより、奥にこもっているほうがいい。ヘイゼルがホームレスになったのは初めてではなかった。遺伝子に組みこまれているのだろう。遺伝子というのは、その人がどんな人生を送るのかが書かれている見えない道路地図に他ならないのではないか？　前にアイザックはそういっていた。もしそれが本当なら、アイザック自身の遺伝子のGPSが道をはずれさせたということなのだろうか。

あの晩ヘイゼルはマットレスの上であぐらを組み、涙が乾いてひりひりする目をして、グレゴリーとの奇妙な会話の細部を思いだしていた。その朝アイザックはふたり分の朝食を用意していて、ひとり分は半分食べられていて、もうひとり分には手がつけられていなかった。これまでも祖父がぼんやりしているという話を聞いたことはあったが、毎週の電話ではあいかわらず頭の回転が速く、いつもおもしろい話を用意していて、それも一度として同じ話ではなかった。七十九歳にしては驚くほど健康だった。せいぜい六十五歳にしか見えなかったし、知っている限り祖父の持病は、長年苦しんでいた片頭痛だけだった。片頭痛は家系かもしれないけど、とても心を病んでいたようには感じられなかった。鬱《うつ》病を疑ったこともない。自分は日々の生活に追われて、祖父の明らかな変化を見逃していたのだろうか？　いま、祖父の棺を見つめながら、あらためて情けなかった。

ポケットから手を出し、ひざの上に戻す。遺書となるようなものを受けとっていたのが自分だけだったら、どうしよう？　司祭があらわれて話しはじめると、ヘイゼルはついまわりに坐っている親戚たちを観察し、彼らも思いがけない手紙を受けとったのかどうか、そのしるしを探した。

　色白で淡い色の目をしたセヴリー一族の面々は周囲のスズカケノキの木陰になっている席を選んでいた。それにしても、この北欧系の人々が南西部の容赦ない陽光のもとで成功した――またほかに行きたがらない――のは不思議だった。セヴリー家の人間がロッキー山脈の東側やナパヴァレーの北側に永住することはめったにない。パサデナにあるカリフォルニア工科大学《カルテック》の周囲二十五マイルから出ていく者さえ少ないのだから。うっとうしい気候の地方に移ったのは、黒い目、黒っぽい髪のヘイゼルだけだった。

　もし誰かが死者からの手紙を受けとっているとしても、誰の顔にも普通に悲しい表情しか浮かんでいなかった。通路を挟んだ席に坐り、眠りこんでしまった二歳の息子を胸に抱いているグレゴリーだけが、彼女が人々を観察していることに気づいた。同じ車で来たのに、なぜわたしたちはいっしょに坐らなかったのだろう、とヘイゼルは思った。急に、通路を挟んで離れて坐ったことに何か意味があるように思えてきた。まるでこの二年間で広がりつつある、ふたりのあいだの溝を象徴しているかのように。たしかに子供が生まれるとそうなる人もいるが、グレゴリーの場合、ヘイゼルには正体のわからない何かの引力によって、じわじわ彼女から引き離されているように感じられた。兄はヘイゼルに悲しげにほほえみかけて、ふたたび説教に注意を戻した。

「誰が死んだの？」ヘイゼルのとなりに坐っていた祖母が、誰にともなく問いかけた。

「アイザック・セヴリーよ」ヘイゼルはささやいた。まるで共通の知人のことを話すかのように。

「このごろはみんな死んでしまうわね」リリーはいった。「ある程度の年になるとそうなるものなのよ。悪霊たちの長いパレードね」

ヘイゼルは祖母の手を握った。手持ちのネックレスをすべてつけ、その目から以前の知性はなくなってしまったけど、びっくりするほどきれいだった。リリー・セヴリーはかつて有名なスペイン文学翻訳者だったが、数年前から認知症の気《け》が出てきて、ここ数日はぼんやり喪失の悲しみを感じている状態と周囲でいろいろ起きていることに興奮している状態が代わる代わる現れた。頭がはっきりしているときのリリーは、細かい部分は曖昧《あいまい》でも、自分が数学者と結婚していることはわかっているようだった。入居している高齢者施設でも、介護士に自分の夫が微分積分法を発見したと教えるのが好きだった——本当はもうひとりのアイザック、ドイツ人じゃなかったの。「そうよ、あのドイツ人じゃなかったの。みんなそういってるけど」

その後二時間は、南カリフォルニアでもっとも敬愛された学者のひとりにたいして捧げられた涙と賛辞の温かなスープのようだった。カルテックの数学部だけでなく、アイザックの明敏な頭脳が影響を与えた幅広い学部の教授や学生らがつぎつぎマイクを手にとり、その尋常ならざる知性について語った。たとえば彼がカルテックの環境科学部のためにつくった計算式は、流出した石油の複雑な動きや、刻々と変化する渡り鳥のルートや、北極の氷の融ける不規則パターンを予測する。人々は祖父の猛烈な好奇心について、その人柄について語った。「彼はわたしの英雄であり、また友人でもありました」祖父が名前をもらったアイザック・ニュートン卿への言及もあった。ふさわしい結びつきだ、とユダヤ人の同僚は冗談をいった。なぜならこのふたりのアイザックは、反証がいろいろあるにもかかわらず、いかにもユダヤ人的だったからだ。

ヘイゼルが退屈しはじめたとき、アイザックの長子である伯父のフィリップがマイクの前に進みでた。フィリップは痩《や》せ型で、髪の色があまりにも淡いせいで眉がほとんどわからない。それでいつも、まるで光と塵《ちり》の攻撃に耐えているかのような、苦しそうな顔つきだった。きょうは色の濃いサングラスをかけているが、それでも太陽の光線が一定の角度であたるたびに目を細めていた。

長い指で折りたたんだ紙を広げ、人々を見た。「ご存じの方も多いと思いますが」伯父は細い声で話しはじめた。「父は数学のくくりを超えた情熱の持ち主でした。ほとんどあらゆるものが興味の対象でした。父は誠実な科学者でありましたが、同時に信仰という概念全体に取り組んだ信心家でした」

そしてフィリップはエミリー・ディキンソンの「この世界は終わりではない」を詠《よ》んだ。ヘイゼルが大学のころによく読んでいた詩で、そのおかげでいま、子供のころよく会っていたのに、いまでもあまり知らないこの伯父にたいして心から親しみを感じた。

つかえながら最後の節を詠みきると、フィリップはさっさとひっこみ、落ち着かない空気が流れ、少なくとも数分間続いた。ヘイゼルは坐ったままからだを動かし、それでフィリップの妹ペイジの目を引いてしまった。同じ列のなかほどの席に坐り、黒いシルクにふくよかな身をつつんでいる。ペイジ伯母さんはかつて政治統計学者としてばりばり働いていたが、最近はどうやらその才能を役立てる気もないらしく、一族のなかでは世捨て人か不平屋という位置を占めていた。一度も結婚しなかったものの、もう成人している娘——たしかアレクシス？——がどこかにいるはずだが、誰も会ったことはなかった。アレクシスがナパの北側かロッキー山脈の東側に住んでいるのかどうかも誰も知らないし、ヘイゼルの見るところではきょうこの場にそれらしい人物は見当たらなかった。

ようやくマイクのうしろに並んでいた人の列がなくなり、何人かが立ちあがった。そのとき音響システムがぎょっとさせる雑音を発し、まるで手品のようにあらわれた若い男性に人々の注意を引いた。彼はすぐには話しださず、ゆっくり赤紫色の小さな紙をぱらぱらと繰った。ヘイゼルはすぐにその男性に興味を引かれた。樵《きこり》のようなあごひげをたくわえているが、それ以外はみすぼらしい貧乏学者といった服装だった。咳払いをして、話しはじめたその声には、なんとなくイギリス訛《なま》りが感じられた。

「見事な方程式を読みあげるのは不可能です」彼はそう切りだした。「それでもやってみたくなりますよね？」彼はぎこちなく笑ったが、誰も笑わなかったので、先を続けた。「みなさんもご存じのとおり、証明とは論理的帰結を導く多数の真の命題のことです。証明は数学の基礎を成すものであり、目で見るべきもので耳で聞くものではありません。たとえばぼくが、アンドリュー・ワイルによるフェルマーの最終定理の証明を読みあげるとします。ちなみに百五十ページあります」――ふたたび笑い声――「みなさんここに何日も足止めされることになる」

「あの人は誰なの？」ヘイゼルの列に坐っている女性が尋ねた。

「とはいえ」男性は続けた。「ぼくがここに手にしているのは本物の証明ではありません――紙ナプキンに殴り書きした断片です――でも、故人に敬意を表して、彼の業績のかけらをぼくが読みあげるのはいかがでしょう？　日々彼の頭のまわりに浮かんでいた、なんてことない考えから、アイザック・セヴリーであるというのはどういうことだったのか、少しは理解できるかもしれません。なので、これからぼくが、この〝普通の〟数学の断片を読みあげます。どうぞお聞きください。ディーエックス・ディーティー・イコール・エーエックス・たす・エフエー・たす・イプシロン・かける・ジーエックス……」

ヘイゼルは思わず笑ってしまいそうになった。でも、アルファベットと数字と記号による長い方程式を読みあげる彼の声には、どこか心を和《なご》ませるものがあった。アイザックがいたら、この瞬間のばかばかしさをきっと気に入っただろう、そう思ったら急に祖父が恋しくてたまらなくなった。

「方程式を読んでるのか？」ヘイゼルのうしろで誰かがつぶやいた。「なんの冗談だよ」

ヘイゼルは朗読する男性から目を離さなかったが、手を右のポケットへとおろした。ポケットのなかに指を滑りこませ、封筒のパリッとした紙をなで、気づくと爪を縁の下に差しこみ、薄い便箋《びんせん》にふれていた。ほとんど無意識に封をあけてしまい、これでアイザックの手紙から逃げることはできなくなった。

2 理論家

フィリップ・セヴリーにはもう、認めてほしい人間はいない。この事実の重みをずしりと感じたのは、家族と他人の前に立ち、父の棺が反射する灯台並みの光にまばたきしていたときのことだった。棺に白薔薇とぴかぴかの覆いを注文したのは妹のペイジだ。何かのジョークのつもりなのだろうか？　父親の棺を、禍々《まがまが》しく同時に滑稽《こっけい》なほどまぶしくしようとしたのなら、文句なしの出来映えだ。フィリップはサングラスを顔にぴたりとつけて、準備しておいた言葉をなんとか語った。

席に戻ると、近くの席に坐っている双子の息子たちがもじもじとからだを動かしていた。十代の肉体はここにあっても、その心はこの前のテニス試合を思いだしているに違いない。サイラスとシドニーはテニスを崇拝していて、そのために生きているし――たぶんそのために死ぬ。もしそんな選択を強いる別の世界があるとすればの話だが。死か、それともテニスのない世界か？　「死を！」ふたりは声をそろえて叫び、腕を組んで近くの崖に向かい、身を投げるだろう。あの子たちはテニスを、人が何かを愛するもっとも純粋な愛し方で愛している。フィリップはそういう意味で、いまはもう、息子たちとは違う。ぞっとするほどの確信でそう思ったのは、これが初めてだった。

また別のアイザック・セヴリーのファンが壇にあがり、フィリップの関心はチャコールグレーのスラックスの上を歩いている透明な蜘蛛《くも》に向いた。その瞬間、濃灰色のコットンツイル生地の隆起はこの小さな蜘蛛にとって全宇宙だった——そして突然フィリップの人差し指で弾《はじ》き飛ばされたことは異常現象であり、蜘蛛にはけっして説明がつかないだろう。わたしはそこにいた、そしていなくなった。

腕に妻の手が置かれた。「いい弔辞《ちょうじ》だったわよ。だいじょうぶ?」

フィリップはうなずいた。なぜだいじょうぶじゃないんだ? 父が自殺したのは一週間前のことだ。動機も、前兆もなかった。自分を殺す。ばかげた、間違った言葉に聞こえる。悪意ある噂話のようだ。ほんの二週間前、父とは息子たちのジュニア・テニス・オープン準々決勝の最終セットをいっしょに観戦した。その日、父はのんびりした様子で、フィリップが共同執筆した雑誌記事について質問することも、その仕事はフィリップのいつもの基準に達しているのだろうかとつぶやくこともなかった。

双子の息子同士の対戦を見て、フィリップはいった。「どちらを応援しているのか忘れてしまった」

父はほほえんだ。「どちらでもおまえのお気に入りを応援すればいい」

ボールがネットにひっかかり、フィリップはどちらの息子にともなく曖昧な声をあげた。彼にはお気に入りの息子なんていなかった。子供たち三人にたいしてまったく同じ気持ちをいだいているからだ。これほど平凡な子供たちをもったことへの深い幻滅。子供たちのことは愛している——もちろん愛している。サイラス、シドニー、そして年の離れた姉のシビルはみんな器量よしで健康そのもの、笑ったりほほえんだりする顔は父親似で、はっとするほど緑色の目は母親似だった。だがなぜ、スタンフォードとMITを出た素粒子物理学者であり、カルテックで理論物理学の教鞭《きょうべん》をとる自分と、スタンフォードとハーヴァードで学んだ分子生物学者であるジェインの夫婦に、学業的にぱっとしない子供たちが三人も生まれるのか、そのことはずっと、信じられない困惑と軽度の鬱の原因になっていた。

彼は周期的に頭のなかに家系図を広げて遺伝的な犯人を探しだそうとした。自分の両親のせいではありえない。父は四十年間カルテックの高名な教授として在籍し、カオス理論および非線形力学の研究に人生の大部分を捧げてきた学者であり、母はスペインのバロック文学の翻訳で高く評価されている。ジェインの父母はもちろんどちらも博士で、同様にすばらしい業績を残している。しかし遺伝的な弱さを示す兄弟は両家にいる。たとえばジェインの姉のフェイが賢さを発揮するのは、金持ちと結婚すること、そして離婚扶養手当で生きていくことだけだった。フィリップ自身の妹にも、多くの欠点がある。何十年も前から確率についての本を書いているというが、そんな本があるのかどうかを疑う人間も出てきた。「きみがその本を完成させる〝確率〟はどれくらいなんだ、ペイジ？」だがペイジはその他の面では賢さを証明しており、妹の欠点はそもそも社会的な面に限られている。

だがトムがいた。フィリップの末っ子の弟で、いまも彼らの頭の上にのしかかる厄介な亡霊だ。彼が残していった里子ふたりはすでに成人済みで、ずっと昔に家族の一員になっている。さっき彼らを見かけたような気がしたが？　ああやはり、ヘイゼルとグレゴリーが前のほうの列に坐っている。黒髪と四角い顔は里親の一族とはまったく異質だ。

ふたりの存在をのぞけば、家族はトムが自分たちの一員で、痛みに満ちた人生を生きていたことをほとんど忘れている。かつてトムは愛すべき人間であり――人を引きつける魅力もあった――一時はフィリップと同等な知力を誇ってもいた。フィリップはそのトムを憶えていたかった。彼が最後に会った、オレンジ色の囚人服に身をつつみ、防弾ガラスの向こう側で兄にたいする憎悪をなんとか抑えようとしているトムではなく。そうだ、トム・セヴリーは、一族の遺伝子コードに衰退がひそんでいることの確たる証拠だった。

フィリップの娘は、日の光を引き寄せているような髪を肩に広げ、横を向いて娘のドリューに小声でささやいている。

「ひいじいじは天国にいるのよ」シビルはいった。

「どうしてわかるの？」ドリューが尋ねた。「見えないのに、どうしてわかるの？」

「見えなくてもわかることもあるの」シビルは説明した。「見えなくても袖のなかに腕があるってわかるように」

ドリューは顔をしかめた。「でも――」

「しーっ、静かにして」

フィリップはシビルの美しい髪に一条の光があたって揺れ動くのを見つめながら、自然が彼の子供三人の誰にも優れた頭脳を与えなかったことにあらためて驚いていた。だが考えてみれば、遺伝のコイントスはそういうふうには働かない。「いいことは三つそろってやってくる」ということらしい。もちろん、逆もまた真なりで、フィリップとジェインのセヴリー夫妻にはたしかに三つそろってやってきた。鈍才、鈍才、鈍才。

ジェインはいつも、子供たちへの失望を口にするフィリップに反論した。「シビルはわたしたちよりよっぽど高い社会的知性をもってる。あの子が人々をまとめるところを見たでしょ？　あなたが思っているほど愚かじゃないわ」

フィリップの考えでは、娘は愚かではないと証明しようと、十一年前にスタンフォードに入学した――当然、卒業生の子女優先枠を利用してだ――が、ぼんやりと過ごした六年間で未来の夫ジャックと出会い、妊娠し、とくに敬虔《けいけん》なキリスト教の一派に入信した以外、たいしたことは何も成しとげなかった。卒業するとサニーヴェイルで妻兼母兼アーティストになった――アーティストといってもいいとこ二流で、一見芸術とはなんの関係もない、日常の物体や廃品であるファウンドオブジェをカンバスに貼りつけた作品はとんでもない代物だし、「買い物リスト#15」や「松ぼっくり#2」や「わたしが見つけたゴミ#236」といった作品のどこがいいのか、フィリップにはさっぱりわからなかった。

彼は父の数多くの美点を列挙しようと番を待っている人々に集中しようとした。あとで会食の際に、そうした言葉を思いだす必要が出てくるだろう。「ご親切にあのことにふれていただいて……」とか「あの話をしてくださるとは……」とかいうために。

フィリップは、もうすぐ家族の家にあがりこんでくる人々との会話から逃げだせたらどんなにいいかと思った。実際、父の死を知らされなかったらどんなによかっただろう。彼に知らせるのは二十年後にしてほしかった。父がいないと思うと、自分がキャリアを通じて演じてきた重要な役割――「統一場理論の探求」のフィリップ・セヴリー教授――が、とつぜん観客を失ったように感じられた。本当に、彼の人生という劇場の客席にはずっと、たったひとりの観客しかいなかったのだろうか？　いまとなっては、自分が、かつて思っていたように心の底から仕事を愛していたのではなく、自分以外の人間のために愛していたのだとわかってしまった。ここで仕切り直す方法を見つけない限り、今後ずっと理論物理学界史における注釈のひとつで終わるだろう。ストックホルムからの電話を待つのは忘れろ。彼の脳がまともに活動する日々は限られている。もう五十七歳で、粒子加速器が次々とつくられている時代にますます孤立し、取るに足りない存在のように感じている。宇宙の秘密を大きな美しい蝶《ちょう》結びでまとめるための残り時間はわずかだ。

フィリップは周囲に注意を戻し、双子が席からいなくなっているのに気づいた。どうしたのかとジェインのほうを見たが、彼女はまたしても理系っぽいさえない人間が述べる弔辞に耳を傾けていた。もちろん彼らは自分の同類なのだが、フィリップはどういうわけかもう我慢できなかった。立ちあがって、どこに行くともなく歩きはじめ、ゆるやかな起伏の土地を歩いていった。

開けた草原で、息子たちが想像のラケットで想像のボールを打ちあっているのを見つけた。

この距離からでは、どっちがどっちだかわからない。もちろん、そこにふたりの対戦のおもしろさがある。これほどよく似ていたらどちらの勝利でもありうる。父が双子に試合における確率と統計の役割を教えようとしたことがある。なんといっても、テニスは魅惑的なほど数学的だ。

tennis match《テニス・マッチ》−c＋!＝tennis math《テニス・マス》!

双子は身体的には同じなので、試合の白熱した場面では、太陽の角度や空気の渦《うず》やラケットのガットの張力やどちらかの脳裡《のうり》に女の子の笑顔がよぎったかどうかといったことが左右するだろうと父はいった。「プレー中に女の子のことなんて考えないよ、おじいちゃん」双子はうめいた（プレー中でなくても考えることがあるのだろうか？）。
　テニスと理論物理学には少なくともひとつ共通点があるとフィリップは気づいた。どちらも若いほうがいい。草の上に坐って、想像の試合を眺めながら、息子たちの年に戻りたいと痛切に思った。ああ、ぼくに十代の脳があれば――いや二十五歳の脳でもいい――雷《かみなり》の稲《いな》妻《づま》のごとく発火するニューロンさえあれば！　フィリップは墓標のひとつにもたれかかり、七ワットの小さな電球の電流が塩水を伝ってきて心臓をとめる直前、父も同じことを願っていたのだろうかと思った。

3　数学者

ヘイゼルがポケットから手紙を取りだして便箋を広げたとき、あごひげの男性はまだ壇上にいた。誰かに見られたのではないかとさっと周囲を見回したが、みんな話している男性に注目しているか、物思いにふけっているかのどちらかだった。手紙はタイプで打たれていたが、それは驚きではなかった――アイザックが手で書くのは数学のときと決まっていた――が、彼が使っていたＩＢＭセレクトリックという大昔のタイプライターは、正しくキーを叩かないと、ときどき文字や記号を重ね打ちしてしまうものだった。the が theee になったり、Shore up が SSShore up になったりしている。どうやら祖父は機械を修理することも、修正テープを使うこともしなかったらしい。

ヘイゼルへ……

わたしの時間は尽きた。それはいまこの手紙を書いている書斎の窓のそとに浮かぶ三日月と同様にはっきりとしている。暗殺者を避けることができればよかった。コート・ダジュールか同じくらい美しいどこかに逃げられたらよかった。だが暗殺者はかならずわれわれを見つけるのに、じたばたする意味があるだろうか。

ヘイゼル、おまえならきっとわたしの面倒な頼みをきいてくれるだろう。わたしがつけられていなければ自分でやったのだが。こんなことを頼んでいるが、わたしは正気だ。一三七号室にあるわたしの研究を廃棄してくれ。焼却。粉砕。ハードディスクは再フォーマットしろ。理由を説明している時間はない。ただ迅速に実行してほしい。ほかの人間に見つかる前に。

方程式そのものはおまえが保管しておくように（わたしはこの方程式を、彼らがもっとも疑わなさそうな家族に残すことにした）。方程式はほかの誰でもなく、ジョン・ラスパンティに届けてくれ。彼の好みの柄はヘリンボーンだ。

重要なのは——

1　十月末より先は家に滞在したり訪ねたりしないこと。三人が死ぬ。わたしがひとり目だ。

2　この手紙を誰にも見せないこと。警察には、たとえおまえの知り合いでも、通報してはならない。これは絶対だ。

3　内容を記憶したら、この手紙を破棄すること。

勇気を出すんだ。

おまえの祖父
アイザックより

ヘイゼルは首がほてり、手が震えはじめた。目をとじたが、暗殺者、廃棄、方程式、誰にも見せないこと、などの言葉が心に刻まれ、恐怖で胸が苦しくなった。でも恐怖のあとから、何か別のものがやってきた。言葉ではいいがたい、ほとんどおぞましいといってもいい興奮。鋭く息を吸いこみ、便箋をポケットにしまって葬儀に集中しようとしたが、手紙の断片が頭のなかをよぎっていく。祖父は本当に自分は殺されるといっているのだろうか？　ジョン・ラスパンティとはいったい誰なのか？　ヘリンボーンになんの関係があるのだろう？

あごひげの男性はよどみなく数学を語りつづけ、鋭い手の振りで特定の記号を強調していた。ヘイゼルが人々をさっと見渡すと、しだいにいらだっているようだった。どのくらい時間がたったのかはわからないが、男性は少なくとも十五分は話しつづけている。

弔辞が終わって彼がマイクから離れると、人々はいっせいに立ちあがった。リリーでさえ勢いよく立ちあがった。遅れたのはヘイゼルだけだった。からだが緊張し、祖母がさっきいった「悪霊たちのパレード」という言葉が耳のなかでこだましていた。

ハリウッド・ヒルズのビーチウッド・キャニオンまで車で二十マイル、さらにジグザグの道を登って絶壁の上に建つセヴリー邸までたどりついた弔問客には軽食が待っていた。ヘイゼルはふたたび兄夫婦の車に乗せてもらった。後部座席からおりて、目を大きく見開き、深呼吸して、感覚の記憶を呼び覚まそうとした。二階建てのヴィクトリア様式の建物は、スパニッシュ・リバイバル様式やノルマン・リバイバル様式が主流のこの地区ではきわだって異質で、過ぎ去りし帝国主義の気配を漂わせていた。高みからハリウッドとグリフィス天文台のアールデコ様式のドーム屋根が望める。だがヘイゼルは、朽《く》ちかけた下見板張の外壁と生い茂る熱帯植物のせいでこの家にはどことなく植民地時代の雰囲気があると思っていた。イギリスの出先機関のような感じだ。

家のなかに入ったヘイゼルは、あちこちに置かれている主《あるじ》を失ったものたちを見ていった。壊れた法螺《ほら》貝、かびくさい選挙キャンペーン用缶バッジ、鋳物《いもの》のリンゴ芯《しん》抜き器、骨を彫刻した作品。晩餐《ばんさん》に招かれた客のひとりが、この家をガラス蓋の容《い》れ物のなかにさまざまなものを詰めたジョセフ・コーネルの箱になぞらえたことがあった。どの部屋にもそれぞれの魅力が与えられ、ひとつひとつの部屋はくぼんだアルコーブや秘密の戸棚でさらに分けられている。そしてそうした壁のくぼみでも、見る人が見れば、おもしろいものがみつかった。ヘイゼルはアイザックの遺した骨董品《こっとうひん》を眺め、そのひとつひとつが危険物か手掛かりのどちらかであるかのように思えてきた。

本棚の並ぶアルコーブに足が向いたのは、人でいっぱいになってきた居間を抜けだしたかったというのもあるが、それより、ポケットの中身をいったいどうしたらいいのか、ゆっくり考えたかったからだ。栞代《しおり》わりに挟まれた家族のスナップ写真が本から飛びだしている（祖父にはそういう感傷的なところがあった）本棚から、ニュートンの『プリンシピア　自然哲学の数学的原理』を引きだし、ページのあいだからLAのエクスポジション公園の薔薇園にいるアイザックが写っている古い写真を手にとった。押し寄せる不安を写真のなかの祖父に向けたところで、隣の部屋にも弔問客たちが集まっているのに気づいた。彼女の知らない人ばかりだった。話はよく聞こえなかったが、祖父のことを悪くいっている気配が感じられた。

「……少しおかしくなっていたから……」

ヘイゼルは彼らの口調が気に入らなかった。物心ついたころから、こういうときにときどきしているように、コミック風の暴力シーンを頭に思い描いていた。いきなり隣の部屋に入っていって、ビュッフェのスモークサーモンを人々に投げつけ、壊れたバターナイフを何人かの首に突きたてる。悲鳴と血しぶきがあがるなか、意気揚々と家をあとにするのだ。そんなばかばかしい想像はすぐに消え、ヘイゼルは当時中年だった祖父がコーデュロイの上着を着て暑そうにしている写真に注意を戻した。幾度となく見たことがある写真だから、いまさらじっくりと見る必要はなかった。彼女はただ、家のなかをうろうろしている会葬者たちの前に姿を見せるときを遅らせているだけだった。家族のところに行かないと。たしかに、あの人たちは名目上は彼女の家族だったが、彼らのなかに交じって完全に居心地がよかったことはいままで一度もなかった。もちろんふりをすることはできる――これまでの人生の大部分でそうしてきた――が、アイザックがいなくなって、〝よそ者〟という感覚が急に強くなっている。

家の半分を占めているのはいろいろな数学者たちだ。子供のころは、家にやってくる客人の頭脳の優劣など考えたこともなかった。だが大人になったいま、数学と算数の決定的な違いを理解した。数学の才能ほど、純粋に洗練された知性と、大学で獲得するような見せかけの知性の違いを明らかにするものはないということも、よくわかっている。

ヘイゼルは昔から数字に弱かった。高校の微積分の準備コースを履修するのがやっとで、大学入学のためにシアトルに引っ越してからは、芸術や人文科学――演劇、ダンス、文学、歴史――に手当たり次第に没頭し、厳密なものを避けてとらえどころのない曖昧なものを選んだ。ほかの家族だったら、自分のそういう選択に自信をもてたかもしれない。でもセヴリー家では、誰かが――バークレーで比較文学と数学の二科を専攻したリリーでさえ――彼女を見るとき、本当に彼女を見ているのではなく、彼らにだけ見えるデータ点をスキャンしているように感じることがよくあった。紫外線で照らした昆虫にするように。彼らのささやきがいまにも聞こえてきそうだった。「誰がこの子に手紙を委ねたんだ？」ヘイゼル自身も同じことを自問しつづけていた。彼女が悲しみに耐えるだけでは足りないから、この謎めいた宿題を与えられた、ということなのだろうか？

彼女はアイザックと薔薇の写真を『プリンシピア』に戻し、そわそわと電話をチェックし、それでまた別の不安が湧きあがってきた。なぜ着信履歴にベネットの名前がないのだろう？

今日という日くらい、彼を頼りにしてはいけないのだろうか？　そもそも彼は急な仕事が入ったという理由で彼女といっしょに来るのを断わり、空港まで車で送っていくといってくれたのはいいが、彼女の顔にニコンのカメラを突きつけてその親切を台無しにした。ベネットは「形と機能、われわれの家具とわれわれ自身の境界を曖昧にする」が売り文句の、芸術品めかした家具のデザイン会社勤務だが、仕事以外ではもっと高尚《こうしょう》な創造的野心をいだいていた。それで、『エモーションズ・プロジェクト』とかいう、次世代のアート・インスタレーションで、つねに写真を撮るチャンスを求めている。カシャ。

撮った写真をまじまじと見て、彼はいった。「きみの悲しい顔を撮れたことがないな。なぜだろう？　元気だったり、びっくりしていたり、いらだっていたりはあるのに――悲しい顔は一度もない」

「わたしの悲しみを利用するのはあとにしてくれる？」

もちろん、ここで彼女が自撮りして、恋人のコレクションを完成させてやることは可能だ。これが葬儀でのわたし――じゅうぶん悲しい顔になってる？　だけど、いま写真を撮ったら、彼女の顔に浮かんでいるのは悲しみではなく、こみあげる焦燥だろう。ヘイゼルは電話をポケットに戻し、同時に反対のポケットを確認した。彼女のポケットはあまり深くない。坐ったときに封筒が落ちたら困る。

どこか安全な場所に隠そうと思って、アルコーブを出て、人の多いほうを避け、まっすぐホールへと向かった。角を曲がったところで、明るい色のヘリンボーン柄の上着を着た中年男性が女性と話をしていたが、それはアイザックの会計士であるフリッツ・ドーンバックだった。祖父がずっと好意を寄せていた人を見つけてほっとすると同時に、もし誰かに秘密を打ち明けるなら、家族の弁護士兼会計士である彼がいいだろうと思った。しかしアイザックの指示はこれ以上ないほどはっきりしている。「この手紙を誰にも見せないこと」

ヘイゼルはこっそりフリッツの背後を通って階段へと向かった。階段の入口にカーテンのタッセルが張られていた。家のなかを歩き回る人々が立ち入らないように。ヘイゼルは身をかがめてくぐり抜けた。二階の踊り場は暗かった。窓にカーテンが引かれていた。目が暗さに慣れ、アイザックの書斎のドアを通りすぎたところで、踏んだ床板が軋《きし》んだ――かつて彼女と兄が宝物の隠し場所や秘密の手紙の受け渡し場所に使っていた、ゆるんだ床板だった。ぐらぐらしている釘《くぎ》が、まるで催促するように靴底を押したが、ここを隠し場所にしようとは思わなかった。グレゴリーが懐かしさからここをのぞきにくることは大いにありうる。

彼女は書斎のドアのほうを向き、ガラスのドアノブを回したらそこにはアイザックが、背を丸めて椅子に坐っていて、忍耐強いほほえみを浮かべて目をあげるところを想像した。一瞬、祖父がリズミカルにつぶやく声が部屋のなかから聞こえてくるような気がした。数学者が独り言をいいながら考えている音、数学者のささやきだ。

廊下の先に進み、自分が使っていた部屋へと向かった。今日と明日くらいはここに泊まろうかと思っていた。念のために兄の車に荷物を入れてきた。それに、この家は売りに出されるだろうから、自分の部屋に泊まるチャンスはこれが最後かもしれない。アイザックが、どんな理由でこの家は危険だと考えていたとしても、十月末よりあとに滞在しないようにという警告は必要なかった。ヘイゼルは十月末のハロウィーンのずっと前にシアトルに戻るつもりだった。

部屋はほとんど昔のままだった。思春期の彼女の持ち物がまだ残っていた。ぬいぐるみ、陶器の人形、児童向けの本が詰まった本棚。別のときだったら、こうした思い出の品が慰めになったかもしれないが、本――マデレイン・レングル、エレン・ラスキン、C・S・ルイス、E・L・カニグズバーグなど――の背表紙を見渡しながら、ヘイゼルは途方に暮れ、ひとりぼっちだと感じた。この家が本当のわが家だと感じられたことがあっただろうか？　それとも結局は、短い子供時代の通過点のひとつにすぎなかったのだろうか？　彼女と兄はアイザックとリリーを心から愛していたけど、自分たちは長期の慈善事業で、いつになっても恐ろしいほど優秀な一家の居候にすぎないという感覚から、完全には抜け出せなかった。それでも彼女は、少なくとも一度は、言葉ではいえない寄る辺《べ》なさを押し殺すのに成功した。

ポケットから封筒を取り出し、エルキュール・ポアロの小説のどこかに隠そうと思いながら、最後にもう一度、手紙の文面を読み、自分は長年アイザックをがっかりさせたくないと思ってきたせいで、さまざまなことから逃げる癖がついてしまったのだろうかと思った。もしこの手紙について何もしないことにしたら、どうなるのだろう？　二日後には飛行機で家に帰る予定だし、聞いたこともない部屋番号の部屋を探す、まして祖父のすばらしい遺産を廃棄するなんて、とても彼女の手に負えなかった。さらにラスパンティという名前の男性を見つける？　しかもその男性は、男性スーツの柄のなかでもいちばん人気の柄が好みだとか？

ヘイゼルは窓のほうを見て、手紙を開封する前の何も知らなかったときのことを思った。何が書かれていると思っていたのだろう？　少なくともこの冷静な指示ではなかった。「リリーはもうわたしのことがわからないのだ」とか、「わたしの数学の能力は衰えている」とか、「尊厳をもって退場することは恥ではない、わかってくれるね」といったことだろうと思っていた。だがつけられているとか、逃げられたらよかったのにという言葉――彼女に警察に行くことを禁じておいて、いったいどうしろというのだろう？　もしかしたらアイザックは現実の拠《よ》りどころを失っていて、この手紙は頭のおかしな人間の世迷《よま》い言《ごと》なのではないだろうか？

ヘイゼルがアガサ・クリスティーの『スタイルズ荘の怪事件』のなかに手紙を挟んだとき、部屋のそとで床板が軋んだ。本を棚に戻して暗い廊下に出てみると、誰か――男性だが、その顔は見えなかった――が祖父の書斎から出てきたところだった。彼はドアを閉め、一瞬ぐらっとしたように見えたが、そのまま階段をおりていった。

ちくちくする感覚が走った。まるで荷電粒子が背骨を伝いのぼってくるようだった。ひとりで二階にいるのが急にいい考えではないと思えてきて、自分の部屋のドアを閉めて、人がたくさんいる一階に戻った。

下では何人かとハグを交わし、会えてよかったといいあってから、胃を落ち着かせるためにビュッフェのテーブルへと向かった。皿に料理を取ったところで、ドリュー＝オリヴァー・セヴリーにつまずきそうになった。床の真ん中に坐りこんで、ひざの上にオーデュボンの鳥図鑑を広げていた。ヘイゼルは普段から子供好きというわけではないが、ドリューのかわいらしさには降参だった。

五歳のドリューが見上げた。「ねえ、知ってる？　アホウドリは翼を広げると、鳥のなかでいちばん大きいんだよ」

「そうなの？　ぜんぜん知らなかった」

「そう。誰も知らないんだから」

ドリューが鳥にかんする蘊蓄《うんちく》を探してページをめくっていると、シビルがやってきてヘイゼルを横からハグした。「うちのおちびさんがじゃましていない？」

「そんなこと。念願の鳥類学の授業を受けていたところ」

「鳥がこの子のいまのブームなのよ。あと植物。うちの裏庭の植物を全部調べちゃったのよ。もう飽きてしまったけど」

ドリューは上目遣いに母親を見た。「いまおばちゃん、鳥類学っていった？」

「いいえ、いってないわ」

ドリューは跳ねながらヘイゼルのほうにやってきた。「でもいったでしょ？」

ヘイゼルがシビルを見ると、彼女は顔をしかめていた。

「鳥類学は鳥にかんする学問だよ！」ドリューが声高らかにいった。

「ドリュー、お願い、いまはやめて――」シビルが懇願した。

「山岳学は山にかんする学問。直翅類学《ちょくしるい》はコオロギとバッタにかんする学問！」

「ああもう」シビルはいって、髪をかきあげた。「なんとか〝学〟をアルファベット順に全部憶えているのよ。Zで始まる動物学《ゾオロジー》まで行ったら、最初からまた始める。数百以上あるのよ。数百……」シビルはうんざりして絶句した。

「脱帽ね」ヘイゼルはいった。

「骨学！」ドリューはうたうようにいった。「骨にかんする学問」

「この子はきっと優秀になる。みんながそういうの」シビルはとまどいを隠そうともしなかった。「ドリュー、パパを探しにいかないと。ヘイズにバイバイして」

「バイバイ」

シビルは娘を抱きあげて歩いていったが、ヘイゼルには聞こえた。「卵学、卵にかんする学問……」

物知りの子供を見ると、自分が完全に無価値な人間に思えてしかたがない。ヘイゼルは自分の足に目を落とし、まったく食欲がないと気がついた。必要なのはお酒だ。強い酒を飲めば、あの手紙のことを考えなくてすむ。

台所に向かおうとしたが、まず、いまや一族の看板著名人となったフィリップとペイジに話しかけているささえない学者を迂回《うかい》しなければならなかった。そのつもりはなかったのだが、ヘイゼルはまたペイジと目が合ってしまった。伯母は昔からこわい人だった。ヘイゼルの子供のころの記憶ではいつも、この子は小さすぎるし神経質すぎてわかっていないのだとよくいわれていた。それが内心の軽蔑《けいべつ》のあらわれだったとわかったのは、あとになってからだった。ヘイゼルはなんとか上辺《うわべ》だけのほほえみをペイジに向け、失礼した。

台所の食器棚のなかを探すと、ありがたいことにまだ半分入ったアイザックのライウイスキーの瓶が見つかった。たぶん最後の一本だったのだろう。とりあえず瓶に口をつけてひと口飲み、そのあとでちゃんとグラスに注いだ。

居間に行くと、部屋の奥まったところに若者が四人集まり、にぎやかな輪の向こうからコペルニクスの青銅像がのぞいていた。その口調のあからさまな傲慢《ごうまん》さから、彼らはたぶん大学院生で、その声の大きさからたのしく酔っぱらっているのもわかった。そのなかに、葬儀で弔辞を述べたあごひげの男性がいた。近くで見ると、その髪は鳥の巣のようで、彼の上着は——ヘリンボーンではなく淡いチェック柄で——ワンサイズ大きすぎた。式での不安げな様子は消え、余裕たっぷりに魅力的な濃茶色の髪の女性と会話していた。だがヘイゼルは、彼の目が自分を追っているのがわかった。近くのクラブチェアに腰掛けてからも、そのまなざしの熱がいつまでも感じられた。

四人の会話はアイザックの思い出話から、恋愛関係の愚痴《ぐち》へと移った。濃茶色の髪の女性が、元彼のコンピュータ科学者はアルベール・カミュにそっくりだけどその物思わしげで端整な頭部の中身はからっぽだったと嘆いた。

「本当よ」彼女はいった。「わたしがリーマンゼータ関数を説明してあげないといけなかったんだから。ゼータエスかけるなんとか、みたいに」全員が笑った。

「おもしろい人じゃない」赤毛が割って入った。「次は素数だけの誕生日を祝うのが最高の楽しみだと思っている数論理学者とデートしてみれば、あはは！」

あごひげの男性は濃茶色の髪の女性を見つめていた。「つまりきみは彼をふったんだ」

「まあね」

「わかるよ」グループの四人目の、気の毒にあばた痕《あと》の残る男性がいった。「数学は驚くほど退屈だってわかってない人々が――」

「ちょっと待った」あごひげの男性が割りこんだ。「この棚にあるこの本を見てくれ。『数学の歴史は文明の歴史』たしかに数学の歴史は人類の進歩その他と結びついているが、このタイトルは無意味だ。人生にはほかにもいろいろある」

「たとえば？」濃茶色の髪の女性が尋ねた。

「そうだな、自然、長い午睡《ひるね》、ボールを追いかける犬、食べ物――」

「自然のあちこちで数学が現れると思わないの？　それに農耕の始まりは完全に基本的な幾《き》何学《かがく》に依存しているということは？」

「そうだな、でも人が空腹になるということにも依存しているよ」

濃茶色の髪の女性は舌打ちした。ヘイゼルからは彼女の顔は見えなかったが、煙草を吸っているのだろうと思った。

「いいかい」あごひげの男性は続けた。「何を入れてもいいんだ――『建築――くそ建築の歴史は文明の歴史』――文字どおりなんでも」

「お酒は？」

「『発酵《はっこう》の歴史は――』」

「マスタードは？」

「『香辛料《こうしんりょう》貿易の歴史は――』」

「いったい何がいいたいの？」

「ぼくがいいたいのは、そうしたうぬぼれには死ぬほどうんざりしているってことだ、数学と呼ばれる抽象的科学はほかの何よりも重要だという主張にね。ゼータ関数を自分の恋人に説明できない男がいたら、そいつは麦藁《むぎわら》をくわえた田舎者だとされるなんて」

ヘイゼルがセヴリーの家でこうした熱い議論を耳にしたのはこれが初めてではなかったが、人々が実際にこんなふうに話していることが急に滑稽に思えてきた。

「ねえ」濃茶色の髪の女性がいった。「人のことをうぬぼれた数学者っていうけど、葬儀でわざわざ席を立って、百人の列席者に二十分間もくだらない数字を聞かせたのはわたしじゃないわ」

「くだらない数字？」

「そうよ」

「きみがそういうなら」あごひげの男性はいったが、濃茶色の髪の女性はすでに、友人たちを引きつれて台所のほうへ歩いていった。

あごひげの男性は手にしたお酒をにらみ、まるでそこに映る自分を責めているようだった。そしてあたりを見回し、ヘイゼルに目を留めた。

彼女はクッションの上でもじもじとからだを動かし、咳払いした。『大きな安楽椅子――腰掛けの歴史は……』」

彼は笑った。酔っぱらいのケラケラ笑いが数秒間続き、ヘイゼルは思わず、数日ぶりの笑顔になった。

「全部聞いていたのかい？」彼が尋ねた。

彼女は恥ずかしくなって、ソファ横のテーブルに置かれていた本を開いた。「いいえ、そんな。これを読んでいたところよ」――本を裏返してカバーを見た――「『数学的モデル論文集』、著者はヘルマン・ヘンク……？」

彼は笑いをこらえていた。

「知り合いなんだ。じつに退屈なやつだよ」あごひげの男性はふと顔をしかめ、台所のほうを見た。「まったく、最近の自分はどこかおかしいんじゃないかと思う。あんな嫌な態度をとって」

「あの女性に、ということ？　気にしないでいいと思うけど」

彼はコペルニクスの青銅像の頭の上に手を置いた。

「そうだな、別に知り合いというわけでもないし。それに、いい方程式を聞いてその価値をわからない数学者に謝るつもりはない」

「考えてみると」ヘイゼルはいった。「いままで、あんなふうに方程式が読みあげられるのを聞いたこと、一度もなかった。ましてお葬式の席で」すると彼が目をそらし、あごひげの上の肌を赤らめたので、彼女はびっくりした。

「ちょっとやり過ぎだったな」

「もっとも、紙に書いてあってもわたしには理解できないけど」

彼はほほえんだ。「一、二時間と基本的な微分方程式の知識さえあれば、ぼくでよければ──」

「せっかくだけど時間の無駄よ」

彼はグラスからひと口飲んだ。「ぼくもきみと似たり寄ったりだよ。最近のぼくの数学の才能はまったく冴《さ》えてない。凡庸《ぼんよう》といってもいい」

ヘイゼルは立ちあがりかけて、椅子のひじ掛けにもたれた。

「わたしはヘイゼル。アイザックはわたしの祖父なの」

彼がおかしな、探るような顔になった。

「それは眉唾《まゆつば》だ」

「ああ、血のつながりはないのよ」ヘイゼルは慌《あわ》てていった。「誰かが切り開いてみたいと思うような脳ももっていない」彼が無反応だったので、さらに続けた。「昔、祖父から、論理的思考力の持ち主だっていわれたことがあるけど、たんなる社交辞令だったみたい」

「そういえば、彼からきみのことを聞いたことがある」あごひげの男性は少し残ったウイスキーのグラスを挙げた。「アイザックから」

彼はお酒を飲みほすと、太陽中心説唱道者の肩の横にグラスを置き、部屋を見回した。

「このなかに知り合いはいる？」

ヘイゼルは彼の視線を追った。

「何人かは。でも正直なところ、アイザックがいないと、この人たちのなかでどうしたらいいのかわからない」

彼はうなずいた。「この人々はぼくの同類のはずなんだが、本当に、きみのいってることがよくわかる」そこで急に電話を取りだして顔をしかめた。「失礼、ヘイゼル、もっとゆっくり話したかったんだが、もう行かないと。またどこかで会えるかな？」

「わたしはこのへんに住んでいないのよ」

「ぼくもだ」

ヘイゼルが名前を訊こうとしたとき、彼はふいにぎこちない動きで台所のほうを向き、近くの壁にかかっていた作品に注目した。大きな赤いカンバスの中央にもつれた糸が固定されている。彼はキャプションを読んだ――『発見された絡まり#１２６』。

「シビルの作品よ」ヘイゼルはいった。

「どれくらいの確率なんだろう」

「確率？」

「人生で百二十六回も絡まりに出くわすのは」

彼はふたたび背を向けようとして、考え直した。

「申し遅れたけど、ぼくはアレックス」そういって手を差しだした。「さっきいっておくべきだったけど、アイザックはぼくにとっても祖父なんだ、つまり、間違いでなければ、ぼくたちは親戚ということになる。あわただしくてすまないが、もう遅刻なんだ。それじゃ、ヘイゼル」

彼女はあっけにとられて、正面の窓から酔っぱらった彼が家から出ていくうしろ姿を見送った。自分が知らない従兄《いとこ》がいたということ？　広い芝生の庭を歩いていく彼を見ることで困惑が解消されるとは思わなかったけど、まるで彼が正体の手掛かりを踏みつぶしているかのような、少しおぼつかないその足取りを目で追った。兄が横にやってきたのを感じた。

「ペイジの息子に会ったのか——」

ヘイゼルはふり向き、目を瞠《みは》って、笑いだした。「アレックスはア、い、い、クシスなの？　なるほどね」

「びっくりだろ？」

「どうして教えてくれなかったの？」

グレゴリーは首を振った。「さっきジェイン伯母さんから聞いたばかりだ。驚いたよ、謎のいとこが想像していたような美人じゃなくて、イギリス人気取りの男だったなんて」

「どうしてペイジ伯母さんはそんな嘘を？　誤解を正すくらいしてもよかったんじゃな

い？」

「三十年間続けないと本物の冗談にはならないってことだろう」

ふたりはアレックスの姿が小さくなり、峡谷をくだる階段をおりて見えなくなるのを見ていた。「たしかにあの人、変な訛りがあった」

「ジェイン伯母さんによれば、外国の学校で身についたらしい。わざとじゃないだろう」

「どうかしら。いい人みたいだったけど。神経症っぽい感じで」

ヘイゼルは兄が、自分のロサンゼルス市警の刑事としての経歴や、ひと目で人を判断できる不思議な能力について何かいうだろうと思ったが、兄は代わりに彼女の肩に腕を回した。

「どうしておまえはそんなに寛大になったんだ？」頭を寄せながら訊いた。昔は自然にしていたしぐさがいまはぎこちなく感じられる。まるで何かの埋め合わせをしようとしているようだった。それでも、彼女も軽い抱擁《ほうよう》を返し、つかの間、昔のように兄を近く感じた。

「あなたたちがいっしょに大きくなれなかったのは本当に残念だったわね」家ががらんとしてしばらくしてから、伯母のジェインがいった。「アレックスも一族の一員として育つべきだったのに、ペイジはなんでも自分の思いどおりにするから。ちゃんとした父親がいない不安やほかに何かがあったとしても、これほど長引かせる理由にはならない――もっとも、父親はろくでなしというわけじゃなかったのよ。もちろん別れたけど、アレックスの教育費はすべて彼が負担した。つまり、フィリップとわたしは、娘ではなくて息子だと知ってたの――

——アイザックが一年ほど前に口を滑らせたのよ、ペイジの〝プライバシー〟大事にはうんざりだといって——それでも、わたしたちがあの子に会ったのはこのあいだの金曜日よ。もうあの子って年じゃないけど」

ジェインはアイスティーを注ぎ、立食の残り物を載せた大皿を出した。「きのうペイジと話したら、しぶしぶ認めたわ。あの息子にはかなりの数学的才能がある、というか以前はあったって」

「自分では凡庸だといっていたけど」ヘイゼルはいいながら、窓のそとに見えるアイザックのジャクージを見つめた。どうしてアイザックはジェイン伯母さんには打ち明けたのに、わたしとグレゴリーにはいわなかったんだろう？　そこで例の手紙のこと、祖父の人生の大部分は自分には知らされていなかったということを思いだした。秘密がもうひとつ増えてもどうってことはない。

「凡庸？」伯母は笑った。「アレックスは母親と同じく神童だった——ドイツのボンにあるマックス・プランク研究所の研究員になったのよ。でもアウトバーンでの事故でそこを辞めて。大脳皮質を損傷したそうだけど、ペイジはあまり不憫《ふびん》がらず、数学を完全にやめる口実に事故をつかったといってた。もしかしたらペイジはそれで打ちのめされてしまったのかもしれない——なけなしの希望もなくして」

「それなら、彼はいまは何をしているんです？」グレゴリーが訊いた。

「ヨーロッパでフリーランスの写真家をしているようよ。旅行雑誌やＡＰ通信の依頼で。しばらくパリに住んでいたそうよ。ペイジは彼があまり稼いでいないといっていたけど、どうしてそんなことわかるのかしら。今朝だって、いっしょに坐ってもいなかったのよ。話しているところも一度も見なかった」

「彼はどこに泊まっているんですか？」

ジェインは肩をすくめた。「うちに泊まってもいいといったんだけど、こっちに友人がいるからっていってたわ。恋人かもしれない」

グレゴリーが顔をしかめたらしく、ジェインがいった。「あら、そんなびっくりした顔をすることないわ。写真を見たけど、あのひげの下はかなりいい男なのよ。そう思うでしょ、ヘイゼル？」

ヘイゼルはうなずいたが、アイザックのジャクージをずっと見ていた。暗く、覆いがかけられ、その上にペッパーツリーの葉や枝が落ちていた。伯母のおしゃべりが続くなか、ヘイゼルはシンクでグラスを洗い、窓のそとに浮かぶ青白い衛星を見上げた。月がこれほどおそろしく、美しく見えたことはなかった。それはほんの数日前の夜、アイザックが書斎の窓から同じ細い月を眺めながら、最後の手紙をしたためたと知ったからだった。

4 警察官

高速道路の路肩で起きた事故を見て、グレゴリーはアイザックを思いだした。自分の助けが必要だと思ったらホンダシビックをとめたかもしれないが、光を放つ回転灯ですでに多くの警察官が到着しているとわかったので、そのまま車を走らせ、州間高速自動車道《インターステート》の流れを乱すことはしなかった。それでいい、とアイザックはいっただろう。昔、祖父は南カリフォルニアをかつてのような路面電車の楽園にしようと活動した。道路から車をなくそうとしたわけではなく――「現実的でないとな」――自動車文化を効率的にしようとしただけだった。多少の予算も獲得したが、結局市議会は旱魃《かんばつ》とホームレスのほうがより急を要する問題だと判断した。だがその短い期間、彼と市が協力して渋滞のない未来を目指したころ、アイザックの語った言葉が〈ロサンゼルス・タイムズ〉に掲載された。「仕事に行くたびに直面する大きな数学的問題を解決できなかったら、数学者がなんになるだろう？　交通は自動車の問題だが、同時に数学の問題でもある」

バックミラーに映る事故が遠ざかり、グレゴリーは左側の中央分離帯の向こうに目をやった。家に帰らずに今夜の約束を守っていたら、いまごろは高速の反対車線を走っていただろう。だがやむなく断わった。女性に会いたいという気持ちは強かったが、彼の二面性にも限度がある。

それに、妹が夕食に来ることになった。最近あまりいい兄でなかったから埋め合わせをしなければいけないと感じていた。妹から電話やメールがあってもまったく返さなかった。自分の生活で手一杯だからといって、ただひとりの血縁をないがしろにしていいわけがない。この機会をきっかけに、また子供のころのように親しくなれるかもしれない。ヘイゼルとグレゴリー――ヘンゼルとグレーテル、学校ではそう呼ばれていた。何度里親や学校を変わってもなぜかそのあだ名はついてきた。今夜はその話で笑えるかもしれない。

ヘイゼルに知らせを伝えるのは気が重かった。黙っていれば妹に心配させずにすむとも考えたが、遅かれ早かれ、親戚の誰かが口を滑らせるだろう――彼らにもカリフォルニア州矯正局から通知が届いているはずだ。

グレゴリーは、隣の車線を走っているセダンに乗っている女の子に注意を引かれた。明らかに泣いていたとわかり、否応なしに憐《あわ》れみと怒りの入り交じった気持ちが湧いた。彼は悲しそうな子供を見ていられなかった。ロサンゼルス市警《LAPD》でのキャリアのすべてを、そういう子供たちを救うことに捧げていた。自分も父親になって、不幸な子供を見たときの自分の反応の激しさは、ほとんど耐えがたいほどになっている。普通の親は近視眼的に自分の子供にばかり執着するものだが、グレゴリーの場合、まるでどの子供も我が子のようだった。

彼はまた女の子を見た――梳《と》かされていない髪、離れた目――あのころの妹に驚くほどよく似ている。そのまなざし、おもちゃを胸に抱きしめている様子……グレゴリーは今夜、妹に知らせを伝えることにした。妻が先に寝るのを待って、ふたり分の紅茶を淹れよう。

ヘイズ？

「なに？」

妹はマグカップから顔をあげるだろう。その顔に不安がよぎる。

話があるんだ。

妹に話すべきことはたくさんあるが、今夜はひとつにしておく。

あの男が出所した。

「え？」

出所したんだ。

「嘘でしょ」

いや、それが……。

丁寧に説明して、心配しないようにと言い聞かせるつもりだが、グレゴリー自身、胃の腑《ふ》を万力で締めつけるような内心の恐怖を無視できなくなっていた。彼のこの不安を理解できるのは、ヘイゼル以外ではアイザックだけだった。だがもう祖父はいない。だいじょうぶだと自分にいくら言い聞かせようとしても、彼はそれを信じられなかった。だが信じたかった。せめて今夜だけは。

家まで一マイルのところに来て、グレゴリーは尾行されていると気づいた。だがその車の旧式なヘッドライトがフォードの二〇〇五年製サンダーバード・コンバーチブルだとわかり、からだの力を抜いた。知り合いであの車を運転している人間はひとりしかいない。フリッツ・ドーンバック。十五年間近くアイザックの会計士をしている人物だ。法律の学位ももっているフリッツは、家族の法的な仕事をすることもあった。だが最大の任務は、アイザックに帳簿や銀行や金にかんする負担をかけないようにすることだった。フリッツはとりわけその役割を誇りに思っていて、彼が公認会計士年次会議でクライアントの天才について自慢しているところが目に浮かぶ。「たしかに彼は、ゴールドバッハの予想だかなんだかの解決に近づいてはいるが、小切手帳を見せたら最後、逃げるように納屋《なや》にうさぎをなでまわしに行ってしまうんだよ」だがアイザックが金銭管理を嫌ったのは向き不向きの問題ではなかった。「金融は数学じゃない」祖父はよくそういっていた。「数字の奴隷《どれい》化だ」

コンバーチブルが抜かしていって、グレゴリーが自宅の車寄せに車をとめたときには、小柄な追跡者が家の前に立っていた。白髪《しらが》交じりの髪が風に吹かれておかしな形になっている。フリッツはシークレットシューズを履《は》いていた。実際の足がどこに置かれているかをわかりにくくして背を高くするようにデザインされた靴だ。ちっともシークレットではなかった。

「電話したんだよ」彼はいった。「ハンドバッグのなかで鳴っていて聞こえなかったのかな」

グレゴリーは冗談をいいあう気分じゃなかった。「用はなんですか、フリッツ？」

フリッツは背中からフォルダを出した。マダラ蝶の柄で装飾されている。「フォルダを選んだのは助手でね」彼はもごもごといった。

「おれは中身を知っているべきなんでしょうか？」

だがグレゴリーには見当がついていた。アイザックが死んだ直後、フリッツは留守番電話に長いメッセージを残していた。「LAPDのきみの仲間もふくめて、なぜみんな、完全に幸福な人間が感電自殺するのが普通のことだと思うんだ？　朝食も食べかけで？　しかもその朝食はふたり分用意されていたというのに」だが祖父は本当に幸福だったのだろうか？研究は停滞し（ここ数年、重要な論文は発表していなかった）、長年連れ添った妻が認知症患者の施設に入所していては、そうもいえないだろう。余分な朝食については、家政婦の話で説明がつく。アイザックは彼女が来る日には、よくもう一人前用意していたというのだ。

フリッツはフォルダを差しだした。「例の銀行口座の記録だよ。この五年半ほど、毎月末に一定の金額が引き出されている。大金ではないが、はした金でもない」

「それがなぜおれに関係するのかわからないんですが」

「きみは刑事だ——見てくれてもいいだろう。わざわざここまで運転してきたんだ」

グレゴリーは折れて、フォルダを受け取った。「本人に訊いてみたことはなかったんですか？」

「一度か二度はあったが、現金が好きなんだといっていた。あの散らかし放題の家に少しずつ財産を隠すつもりなのかと彼をからかったこともあったが、そのまま忘れていた」フリッツはピコ・ブールヴァードのほうを向いた。車のクラクションが長々と鳴らされていた。

「彼にもあの渋滞は治せなかった、ということだな」

「渋滞は本物の数学じゃない。予算を失ったときにそう言っていました」

フリッツは車に向かった。「彼はこんなことをいっていたな。宇宙全体はひとつの巨大なコンピュータで、毎秒それは細部まで完璧におのれの未来を計算しているのだと——ある男が道路で腹を立てるところまで」

グレゴリーはうなずいた。「譬《たと》え話が好きだったから。夕食を食べていきませんか？」フリッツは家族の友人のようになっていたが、これは招待というより会話を終わらせるための言葉だった。

「せっかくだが。デートなんだ。だが今週末ハリウッドでハロウィーンのちょっとした仮装パーティーをやる。よかったらゴールディーといっしょに来てくれ」

「あなたのパーティーはレベルが高すぎて。それにルイスをトリック・オア・トリート回りに連れていく予定なんです」

「そうか。それならまた別の機会に？」

グレゴリーは会計士がサンダーバードの運転席に乗りこむのを見ていた。それは子供が椅子によじ登るのを見ているのに似ていて、どういうわけかそのイメージが物悲しく感じられて、彼は顔をそむけた。

息子を寝かしつけてから、グレゴリーは妻と妹と遅い夕食をとった。この前ヘイゼルに会ったのは去年のクリスマスだったが、もっと前のことだったような気がした。妹は健康そうだが老《ふ》けて見えた。ほおは以前ほどふっくらしてなく、目も希望で輝いていなかった。だが考えてみれば、自分の顔もますますほおがこけているのはわかっていた。

ゴールディーは客のために手の込んだ数品のコース料理を用意していた。台所でいつもより手間をかけ、おしゃれにも時間をかけた。赤っぽくなった髪をカールしてアップし、唇に珊瑚《さんご》色の口紅をあしらい、ほおには日焼け肌に見せるブロンザーを塗った。妻は美人というわけではなかったが、いいところを引き立てていた。

「すばらしい式だったわ」夕食の半ばでゴールディーがいった。きのうからもう十回はいっている。「すばらしかったと思わない？」

ずっとおとなしかったヘイゼルも、もごもごと同意した。いつもよりよそよそしい様子だったが、自分もそう見えるはずだとグレゴリーは思った。

妻が葬儀について話しているのを聞きながら、この食卓であの知らせを伝えたらどうなるだろうかと考えた。ヘイゼルはすぐには信じないだろう。

「でも終身刑だったのに」

模範囚だったんだ。


妹は言葉を切って、最近のできごとについて考えるだろう。


そうかもしれない、だがアイザックならどういうか、おまえもわかってるだろう。〝複数事象の同時発生〟、それだけだ。これはべつに——

「タイミングが気味悪くない？」

「あの人が出てきたことをアイザックは知っていたの？」

これについて彼と話すチャンスはほとんどなかった——


「パパ！」

グレゴリーの内心の舞台劇は、二歳の息子によって中断された。ヘイゼルのおみやげのゴムでできた魚を手に、よちよち歩きで部屋に入ってくる。ルイスが魚の尾をなめはじめるのを見て、有害なものが含まれていないか、あとで忘れず素材を調べることにしようと思った。

彼は椅子を引いた。「寝かしてくるよ」愛情いっぱいにルイスを抱きあげると、キスをしながら廊下を歩き、その夜ふたつ目のおやすみ前のお話をしてやりにいった。

皿洗いが済み、妻が先に引きあげてから、グレゴリーはやかんを火にかけ、ヘイゼルを台所のテーブルにつかせた。もし妹が信じなかったら、矯正局からの手紙を見せようと思っていた。だがヘイゼルは疲れて上の空で、夜が更《ふ》けるにつれて急速に集中力が落ちているようだった。もうすぐ今夜はこのへんで切りあげ、懐かしい自分の部屋に泊まるためにあの家に帰るといいだすだろう。ホットチョコレートを飲ませれば効き目があるとわかっていたが、〈ガタースナイプ〉という妹の店の名前が縁に印刷されたマグカップを手渡すと、泣きそうな顔になった。

「どうした？」

「なんでもない」

ヘイゼルは立ちあがると、驚いたことに、棚から〈キャプテン・モルガン〉を取ってきた。酒好きではないのに、ふたりのマグカップにたっぷり酒を注ぎ足した。グレゴリーはカップを見おろして冷たいラム酒が牛乳とチョコレートの調和を乱すのを見つめ、酒、牛乳、カカオの分子が、分散方程式に従って動いているのを想像した。学校で流体力学を学んだのは何年も前のことだが、気体や液体の動きにはいまでも引きつけられる。いまだに喫煙者の唇から吐きだされる煙の渦やプールの水面を滑る莢《さや》をじっと見つづけてしまう。

彼は酒入りのホットチョコレートをひと口飲み、ヘイゼルが目をあげるのを待った。妹の気持ちを察する能力はずっと前に失くしてしまったが、祖父の死だけではなく、何かがおかしいのはわかった。

「だいじょうぶか？」

妹は肩をすくめた。「自分はこのままでいいのだろうかと思って。数少ない大切な人を亡くしたときにはそういうことを考えるものよ。もうひとりは正気を失くしているし」

いうならいいまだ。だがなんと切りだすか思いつく前に、ヘイゼルは手の甲で涙をふいた。

「兄さんにいったっけ？　先月アパートメントを追いだされたって」妹はいった。

「いや、聞いていないよ」落ち着いた顔つきを保つようにした。

「あまりにも恥ずかしくて、自分の恋人にもそのことをいっていないということは？　とても成功していて、心のなかでわたしを批判したりしない人なのに？」

「なんてことだ、ヘイズ、おまえいまどこに住んでるんだ？」

「お店の奥のすてきな物置よ」

妹が狭くて暗い場所に閉じこめられていると考えただけで、グレゴリーはめまいがしそうだった。あるいはたんに疲労のせいかもしれない。左右の手のひらをテーブルに置いて、深呼吸した――ふたりがまだ子供だったころから、自分たちの不安定な小世界が軸からはずれそうだと感じるたびに使ってきた基本テクニックだ。ヘイゼルが手を伸ばして彼の腕にさわった。

彼は無理してほほえんだ。「それはすごく居心地がよさそうだな」

「そうよ、居心地がよすぎてじわじわ死にたくなってくる」妹はマグカップからごくりとひと口飲んだ。「店を閉めればいいのよね。就職しなさい、ということ。でも残りの人生ずっと、上司に嫌がらせされて、蛍光灯とひどい天井ボードの下で過ごすなんて、考えただけで――」そこでわれに返った。「ごめんなさい」

「いいんだ、おれは気が滅入るような照明もつまらない天井も気に入ってる。実際、そのほうがいい」

ヘイゼルは笑いかけたが、その目は笑っていなかった。そしてさっきより激しく泣きだした。

グレゴリーは何かいって妹を笑顔にしてやりたかった。子供のころにしていたように。あのころの妹はシングルサイズのベッドマットレスの上で丸くうずくまり、悲しそうな顔をテディベアのセドリックに押しつけていた。状況を考えれば、妙に気取ったくまの名前だ。現在三十三歳のグレゴリーは、妹より二歳上なだけだが、かつては兄としての役割を厳粛に受けとめて、いつも妹を守り、慰める方法を探していた。

近くにティッシュがなかったので、彼は重ねたナプキンの山を妹のほうに押しだした。

「おれたちといっしょに住めばいい。本気でいってるんだ」

「ありがたいけど、でも――」妹はナプキンを一枚取って、目に押しあてた。「わたしはここで何をするの？」

「大学に戻ることを考えたことはないのか？」

妹はうめいた。「どうしてみんなそういうの？　まるでわたしが無学な落ちこぼれのように」

「このことについてアイザックはなんていってた？」

ヘイゼルは目をそらした。「お金を援助してくれようとしたけど、そんな余裕がないのはわかってた。全部、家とリリーの介護のために使っているんだから」アイザックの金の話は、グレゴリーにフリッツの蝶柄のフォルダのことを思いださせた。

ふたりのマグカップが底の滓《かす》を残してからになるころには、妹にトムのことはいわないようにしようと決めていた。このうえトムの話をしたら、妹はこの場で精神的に崩れてしまうかもしれない。知らせを告げるのは、彼がトムについて何かしら対処したあとにしよう。具体的な何か。もしくはせめてヘイゼルがシアトルに帰り、ふたたびふたりの人生を汚す男から遠く離れてからにする。

5 手紙

午前二時近く、ビーチウッド・キャニオンに戻っていたヘイゼルは、こわい夢を見て目を覚ました――パイオニア・スクエアが海にのみこまれて、彼女の店が水に浮かんでピュージェット湾のほうに流れていくという夢だった。昔の自分の部屋で暗闇のなかに横たわり、本棚だった板の上にひとり取り残されているというイメージの名残《なごり》に、なぜいつも自分の夢はこんな、腹立たしいほどわかりやすいのだろうと考えていた。たしかに店は〝あっぷあっぷ〟な状態だ――そんなのわかっている。なぜほかの人たちのように、謎めいた、解読不可能な夢を見られないのだろう？　ただ、明白なイメージの裏にひそんでいるものがあった。アイザックの手紙だ。

ヘイゼルはきのう、何度も何度も手紙を読み返したが、最初に読んだときと同じくらい途方に暮れ、困惑した。夕食のあと、もう少しでグレゴリーに話してしまいそうになった。兄との絆《きずな》を感じた貴重な瞬間に心を動かされたからだ。でも結局は代わりに自分の苦境の話にしてしまった――すべて完全に事実だし、ストレスの原因ではあるけど、兄の台所のテーブルで取り乱してしまった本当の原因ではない。

いつになく風が強い夜だった。風圧で家が軋み、うめいた。椰子《やし》の硬い葉が窓ガラスを爪でひっかく。暗くなってからのこの家がこんなに不気味になるということを忘れていたが、少なくともシビルとジャックとその娘が下の階で眠っているのは心強かった。彼らは明日ベイエリアに飛行機で帰る予定で、パサデナのフィリップとジェインのところに泊まろうとしたが、シビルが両親と口論してキャニオンに戻ってきた。ヘイゼルはジャックに耳打ちされたこと以上の事情はわからなかった。「天才の子供でいるのは楽じゃないんだよ……」

ヘイゼルは部屋の向こう側に視線を向けた。一条の月光が本棚のミステリ小説の背表紙を照らしている——そのうちのひとつに、アイザックの手紙が挟んである。アガサ・クリスティー、ドロシー・セイヤーズ、グラディス・ミッチェル、ほかにもたくさん。子供のころ夢中になって読んだが、その筋書はやがて凝り固まってひとつのかたまりになった。ときには特定の登場人物や謎解きの瞬間を思いだすこともあったが、それがどの本や作家だったのかは、ほとんど憶えていなかった。いま、何かの断片が棚からヘイゼルに呼びかけてきた——ペーパーバック作家の殺人にかかわる何かが。

彼女はベッドから出て毛玉のできたローブをはおった。その物語、少なくともその結末を思いだした。事件の解決は、タイプライターのリボンに残っていた手掛かりにかかっていた。主人公の探偵がリボンを巻き戻すと、被害者の最後の考えが、犯人の正体もふくめて、インクリボンのネガに残っていたのだ。「わたしを殺したのは……」その話はさほど巧妙というわけでもなかったが、若かった彼女の想像力を刺激した。そしていま——アイザックのタイプライターのことを思いだし――すぐに祖父の書斎に行かないと、と気が急《せ》いた。

そっと部屋を出て、ぐらぐらする床板を踏まないように気をつけながら廊下を進んだ。家はしんとしていて、聞こえてくるのは昔からちゃんと締まらない浴槽の蛇口《じゃぐち》のたてる音だけだった。ぽた、ぽた、ぽた……。しずくはまるでドラムマシンのような正確さで陶器を打ち、この退屈な音にさえも、祖父の存在が感じられた。何年も前、彼女とグレゴリーといっしょに台所のテーブルについていたアイザックは、水漏れのひどい台所の蛇口の音に合わせて完璧に口パクした――ぽた、ぽたた、ぽたっ、ぽたた！――彼女と兄は蛇口の精神まで宿せる祖父の能力がおもしろくて、くすくす笑ってしまった。

「水滴は一見、不規則だと思うだろう」ふたりの笑いがおさまると、祖父はいった。「だが注意して聞けば、パターンが見えてくる」そしてペンを取ると、モールス信号を書くように、〝カオス〟系の点や線をさらさらと記しながら、〝カオス〟系はまったくカオスではない――というのも〝カオス〟理論はその名前が合っていないのだから――と説明した。短い滴《したた》り、長い滴り、短い滴り、とまる。系《システム》を変えることも可能だ。蛇口のハンドルを締めたり緩《ゆる》めたりして、より複雑にまたはより単純にできる。「それに」祖父は続けた。「水漏れするのは不良な配管だけじゃない。世界も水漏れするし、よく気をつけていれば、次のしずくがいつ落ちるのかを予測することも可能だ」

そう、すべては祖父にとってゲームだった。ヘイゼルは思わず自分に問いかけた。いま、自分は祖父に遊ばれているのだろうか？

書斎は前に見たときのままだった。ダークブラウンの木を使った内装、重厚な本、知識人の聖所だ。彼女は祖父の椅子を脇にどけて、大きな机の下にもぐりこみ、アイザック愛用の古いIBMを床の定位置から持ちあげた。コードを軽くひっぱってみて、最後に使われたときから抜かれていないとわかった。ケースをあげて、インクカートリッジを取りはずし、デスクランプに近づけた。デンタルフロスのようにゆっくりとリボンを引きだしたが、インクに刻まれた文字は存在せず、つやつやの新しいリボンだった。カートリッジが交換されている。彼女は足でごみ箱を傾けた。からっぽ。つまりそういうこと。

リボンを巻き戻そうとしたとき、物音が聞こえた。しばらく間があり、また。部屋のその床板だ。本能的に立ちあがり、タイプライターを椅子の上に置いて、リボンを床に落とした。椅子を机の下に入れて、近くの本棚のほうを向き、題名を読んでいるふりをした。ドアが開き、シビルが、膝丈の若々しいデザインの寝間着姿で、薄暗い明かりのなかに入ってきた。

「あれ」ヘイゼルは、できるだけ落ち着いた声でいった。「起こしちゃった？」

従姉《いとこ》は何もいわず、眠そうな様子でこちらに目を向けた。

シビルが午前二時でも昼間と変わらず輝くばかりに美しいのに気がついて、ヘイゼルはふと嫉妬《しっと》に駆られた。それに彼女がいま眠っているらしいことにも気づいた。これまで一度も夢遊中の従姉を見たことはなかったが、いろいろ話は聞いていた――何度も聞かされたのは、シビルが新婚旅行でパーク・アヴェニューのホテルのそとに出て、タクシーを拾い、ジャックが必死に自分もタクシーを呼びとめて、シルクのパジャマ姿の妻をラガーディア空港まで追いかけていったという話だ。シビルの夜中の冒険には疑いようのない冷静さがつきものだった。そとに出る前にはいつも靴を履き、驚異的な方向感覚を発揮する。

起こしたほうがいいだろうかと考えていると、シビルはドア枠に倒れかかるようにしてつぶやいた。「だめ、だめよ。いったでしょ――」そして鼻にかかった声でうなり、床にくずおれると、静かに泣きだした。

つついて目を覚まさせようとしたとき、廊下のライトが点灯し、ジャックがやってくるのが見えた。彼は暗い不機嫌そうな顔立ちで、表面的にはヘイゼルの好みの男性に似ていた。ベネットもこのタイプだった。

「ここにいたのか」彼は泣いているシビルに腕を回した。「悪かったね、ヘイゼル」

「起こしたほうがよくない？」

「起こさないほうがいい」彼はシビルをひっぱって立たせた。妻の取り乱し方にしては驚くほど落ち着いているように見えた。こんな夜中にヘイゼルが何をしていたのかにも、まるで興味がなさそうだった。「さあベッドに戻ろう、ダーリン」

ふたりが階段のほうに向かうのを見送りながら、ヘイゼルは、従姉は起きているときに見えたような明るい妻で母なのだろうかと思った。

階段の軋む音も泣き声も聞こえなくなってから、ドアをしめてタイプライターをまた机の上に置いた。リボンを巻き戻して元どおりの場所にカチリとはめると、何か書きたいという衝動に駆られた。紙をドラムに挿しこんで、キーを叩きはじめた。まるで死者と意思を通じあう新たな方法を探すように。

アイザックへ
本当に正気だったの？（確認しないと）どこを探せばいいのかも教えてくれないのに、どうすればいいの？　一三七号室？　ヒントにならない。これは「ところで、植物に水をやっておいてくれ、わたしは死んでしまったから」タイプの頼みごととは違う。わたしはあした、兄とランチして、飛行機に乗り、自分の人生に戻る。しかたないでしょう？　どうか許してちょうだい。

あなたに会いたくてたまらない
ヘイゼル

PS：わたしが手紙を捨てると思わないでね。あなたがくれた最後のものなのに、そんなことはできない。

この返事をタイプしていたヘイゼルは、何かがおかしい——というか、何かがおかしくないことに気づいた。キーがひっかからない。金属製のボールはつかえることなく文字を刻印した。それなら、なぜアイザックの手紙にはタイプライターの癖による打ち間違いが何度もあったのだろう？　ケースを調べてみると、祖父のイニシャル——I・D・S——が青いプラスティックに書かれていた。あの手紙を書いたあとで、タイプライターを修理したのだろうか？　机の抽斗《ひきだし》をひとつひとつあけていって、自分でも何かわからないものが見つかるのを期待した。たとえばタイプライターの修理代金のレシートとか？　だが見つかったのはシャープペンシル、方程式の書かれたノート、死亡記事の切り抜き——祖父がずっと何かに憑《つ》かれたように続けていた趣味——でいっぱいのファイルだけだった。

ついに諦《あきら》めて、思いつきで打った手紙をローラーからはずした。わたしは探偵じゃないし、これは推理小説でもないんだから、と自分にいい聞かせた。それでも、ジャンルに触発されたパニック的行動の最後に、その紙と——チョキチョキ——使った分のリボンをごみ箱に入れて、マッチで火を点《つ》けた。炎があがり、消えてから、灰にオリヅルラン用の水をかけて、窓のそとに捨てた。この窓だ。アイザックが最後の手紙でいっていた窓はこれだとヘイゼルは気づいた。探偵ごっこをお終《しま》いにして、電話を取りだし、数クリックで太陰暦を呼びだした。案の定、祖父が手紙を出した前の日、十月十五日の夜は実際、西に傾く三日月だった。いまは暗い空を見上げると、頭のなかに言葉が集まってきて連なり、また別の謎めいた問いになった。なぜ二十年間以上も修理しなかったタイプライターを、死ぬ前日に直したのだろう？

6　大学

父親を埋葬して次の月曜日、フィリップはチャールズ・Ｃ・ラウリッツェン高エネルギー物理学研究所のオフィスに到着し、ドアについているふたつのものに気づいた。ひとつはぱりっとした封筒で、まるで紙で気管を切ろうとしているかのように、首の高さのあたりのドア枠から突きだしていた。きれいな字で「読んでください。ご尊父のことについて」と書かれていた。フィリップは隙間から封筒を引き抜いた。差出人の名前はなく、角のところに変わった絵が描かれていた。小さな螺旋《らせん》が下のほうに伸びている。まるで切り離された脳のようだ。彼は封筒をたたんでジャケットのポケットにしまい、入れ替わりに鍵を取りだした。

ふたつめのものはチラシで、ドアの曇りガラスにテープで貼られていた。軽く胸やけしているような顔でカメラを見つめる彼自身の写真が印刷されていた。そのすぐ下に、元気のいい書体で、週の後半に彼がおこなうことになっている講演のタイトル「Ｍ理論における非ＢＰＳブラックホールＭブレーン構成の新たな非摂動論的結果について」が書かれていた。これは来年スイスのＣＥＲＮ《セルン》で開かれる素粒子物理学学会の準備としておこなわれる一連のリハーサル講演のひとつだった。学会では、世界最大の粒子加速器の上に立ち、フィリップのような人間たちが閉じたドアのなかでつくりあげたすばらしい理論——彼と仲間たちが唯一問う価値があると認めた問い、アインシュタインでさえ果たせなかった、〝世界の四つの力をどうやって統一するのか？〟という問いに答えようとする数理物理学——を披露《ひろう》する。

だがいま、二十五年来のカルテックの自分のオフィスの前に立ち、見るからにいまより若い自分の写真を眺めながら、フィリップはどんな問いにも答えられる気がしなかった。まして宇宙の本質など。彼は目を凝らして、チラシの下に印刷されている小さな文字を読んだ。講演は水曜日午後五時十五分から。そうだった。それまでに急いで何か準備しなくては——彼の研究が完全に停滞していると思わせないものを。父との会話が前進する助けになったかもしれない。だがもう二度と、どんな話でも父と話をすることは——ふたつ先の建物に入っているスローン数学物理学研究室棟にある父のオフィスに立ち寄ることも——ないのだとあらためて思い、自分が耐えがたいほど年をとった気がした。

フィリップはドアの鍵をあけて、足元のお悔《く》やみの手紙の山を避けながら、新鮮な空気を求めて窓際に進んだ。クランクを回して四階の窓をあけると、完璧な雲ひとつない楽園が見えた。太陽がひたすらに、キャンパスの隅々、オリーヴの木の葉の一枚一枚を照らしている。フィリップはいつも、この南カリフォルニアの百二十四エーカーの敷地に数多の知性が集まっていることに驚きを禁じえなかった。いったいどうやって、窓のそとに揺れる椰子の葉やまばゆい日差しを無視して知的な思考に取り組めるのかも、謎のままだった。うっとうしい気候の国——イギリスやスウェーデンやロシア——なら、科学者たちは仕事に精を出すだろう。さわやかな楽園なら、人々は理論物理学をやらないありとあらゆる理由を見つけるはずだ。だがカルテックは例外らしい。

床に落ちている手紙を拾い、何年も前にジェインが終身在職権取得祝いにくれたレターオープナーを使ってひとつひとつ開封していった。根っからのセンチメンタリストの妻はその刃の近くに小さなハートを刻んだ。気づくとフィリップの親指は、ハートの繊細な縁と、ありふれた、だが愛情のこもったメッセージ「あなたはわたしの定数よ」にふれていた。

彼は一瞬手を休め、公的な見た目の鮮やかな黄色の封筒二通に目をとめた。どぎつい色と政府の封印がいますぐあけろと求めていたが、いま彼が受けとめられる情報の量には限界があった。机の袖の抽斗をあけて二通をなかにしまった。

お悔やみのカードをぱらぱらと見て、「かけがえのない」や「敬愛された」といった言葉、よく知る名前やどこかで見聞きしたことのある程度の名前を眺めた。だが言葉や文章はただの空虚な音節であって、誰かの、まして彼の父親の本質を伝達することは不可能だ。「彼の遺《のこ》した偉大な――」なんとかかんとか……「もし何かお力になれることがあれば――」うんぬん……「ご逝去《せいきょ》を心から――」だまれ……「ご尊父のような方はほかには――」やめてくれ。フィリップはそうしたカードをどうしたものかと考え、先ほどポケットにしまった封筒のことを思いだした。取りだして、螺旋形の脳の絵をあらためて見た。急に見覚えがあるような気がしてきた。だがどこで？

ふたたびレターオープナーを取ろうとしたとき、大学院博士課程四年目のウクライナ人学生アニトカ・デュロフが、ドアのところに現れた。ふり返る必要はなかった。その声は聞き間違えようがなかった。アメリカに何年住んでいようと、彼女はその強い訛りを直そうとはしなかった。

「セヴリー教授、このたびのご不幸に心からお悔やみを申しあげます」妙に平板で、まるで隠し持っている旅行客用会話集を読んでいるかのようないい方だった。

「ありがとう」なんとか返した。

「お式のときにお話しできずに残念でした」

「きみがいたとは気がつかなかった」彼は目をあげた。

彼女はほほえんだ。「お父さまにも一度お会いしたことがありました。すばらしい方でした」

「たしかにそうだった」

「お父さまの高速道路網についての試験的研究はじつに見事でした」

彼が机の上に手紙を置く場所をあけていると、彼女が続けた。「交通はばらばらなものの集まりではなく、予測可能なひとつの有機体だというアイディアですが？」

フィリップは彼女にいらだちの目を向けた。「失礼するよ、アニトカ――」

「いまおじゃまでしたか？」

「ぼくもときどき授業で教えることになっていてね」

「わかりました」彼女は大げさにくるりとふり向いて部屋を出た。

　だがフィリップが授業に必要なものをまとめていると、彼女がドアのすぐそとで、彼が敷居をまたいだとたんに捕まえようと待っている気配が感じられた。アニトカ・デュロフはいま一番会いたくない人物だった。彼女は学部内の厄介者、不人気な博士号候補生であり、元の研究計画を完全にはずれて、いまは新たな論文の指導教授を探している。それは彼の気持ちをざわつかせる特異な力のせいばかりではなかった。彼女の元の指導教授であったキミコ・カトウは世界トップクラスの超弦理論研究者だが、女性の連帯は脇に置いて、アニトカといっしょに研究することは断固として拒否した。そしていまはフィリップが、アニトカの第一の狙いとなった。彼女の論文のテーマは彼の考えとは正反対だというのに。彼女がフィリップに強く執着するようになったのは、今年の春にキャンパスと物理学のブログ界隈で「デュロフ事件」として知られるようになった一件で彼が彼女に救いの手を差しのべたからだった。アニトカ・デュロフは、あろうことか、科学雑誌の歴史上もっともありえないでっちあげをやってのけた。超弦理論分野であまり探究されていない問題についてのインチキ論文を偽名で書き、『ヨーロピアン・レビュー・オブ・セオレティカル・フィジックス』に発表したのだ。

　この捏造《ねつぞう》が明らかになると――というのも、彼女は真の執筆者を隠す手間をかけておらず（偽執筆者のウェブサイトはつくったが、容易に彼女のＩＰアドレスまでたどれるものだった）――アニトカはすぐに停学になった。彼女はこの処分にたいして激しく闘い、でっちあげには気高いふたつの理由があると主張した。ひとつは、物理学雑誌へ投稿された論文への審査プロセスにおける不備を暴露すること、もうひとつは、超弦理論コミュニティ全体に科学的な厳密性が欠けているのをユーモアをもって示すことだった（もっとも、おもしろいと受けとめた人間は誰もいなかった）。自分の半分ばかげた論文の掲載から二週間で、何かがおかしいと気づいた研究者はたったひとりしかいなかった、これはどうなのかと彼女は訴えた。

学部としては、彼女が審査前の論文を公開できるウェブサイトであるａｒＸｉｖ《アーカイブ》に論文を投稿しただけなら、話は簡単だった。それなら論文を削除または無視することもできた。だが実際の論文を捏造し、きちんと残される本物の学術雑誌に提出するのは弁解不可能だった。だがフィリップは、学部教員の憤《いきどお》りは彼らがいうような「重大な科学的捏造」とはほとんど関係がないとわかっていた。真実はより個人的なことだった。別の状況では、大がかりな詐欺《さぎ》に拍手を送り、冗談がわかる自分たちを褒《ほ》めていただろう。アニトカの名前はパーティーで多くの口にのぼり、教室では称賛され、学会誌では冗談めかして引用されたはずだ。だが彼女が、多くの著名な理論物理学者の業績を風刺し、彼らの論文からそのままコピーペーストして恥をかかせるような寄せ集めをつくったせいで、使われた教職員は彼女の行為をかわいいともよくやったとも思わなかった。

フィリップは教授陣でただひとり、彼女のしたことは「無鉄砲で愚かだった」が、「学究的なリスクをとる精神でおこなわれたことだ」と弁護した。ミス・デュロフは数カ月の停学と学部からの警告のあとで、研究を続けることを許された。だがアニトカの評判はこの一件で地に落ち、いまは指導教授としてフィリップに狙いを定めており、フィリップは自分の英雄的行動を後悔していた。

彼は廊下に出た。

「あとでお話しできたら」講義に向かう彼にアニトカが話しかけた。

「話があるならメールでもいいだろう？」

「一杯飲みながらでは？」

「あー……」

「困らせるつもりはないんです」彼女はいった。「でもわたしの博士論文について相談に乗っていただきたくて」

「テーマは変えたのかい？」

「いいえ、わたしが変えないのはご存じでしょう」

彼は大きく息を吸って吐いた。「前にもいったとおり、ほかをあたったほうがいい――ここまで来たら、実際にきみの力になってくれる学外の誰かがいい」

「新しいアイディアについて教授のご意見をお聞きしたいだけなんです。ひも付きではなく――」彼女はしゃれを終わりまでは言わなかった。

フィリップは聞き流しながら、オフィスのドアに鍵をかけた。「いずれにせよ、金曜日までは時間がない」

彼は小さくうなずいて廊下を進み、いつものように彼女が声をかけてくると予想した。だが彼女が何もいわないので、ふり向くと、驚いたことに反対方向に歩いていくのが見えた。しばらくそのうしろ姿を見つめていたが、階段のところで曲がった彼女の腰の曲線に思わず目がいった。彼は目をそらし、自分がどれほど彼女にそっけない態度をとったかに気づいて一抹《いちまつ》のうしろめたさを覚えた。だが厄介者を追い払うのに、ほかにどうしたらよかったのか？

腕時計を見た。アニトカから早く離れようとして、余裕をもってクラスに向かうことになった。開始まであと十分ある。フィリップは教職員ラウンジに行った。学部の世間話をする気分ではなかったので、人影が見えないことにほっとした。だが部屋を横切って、同僚のひとりが隅の席に坐っているのに気づいた。テーブルの木目に鼻をつけるようにして鉛筆で何か書いている。アンドレイ・クーチェクで、世間話という点では無害な人物だ。

フィリップはクーチェクと知り合ってからずっと——学部の超弦理論グループのメンバー同士、多くの論文を共同執筆したあとも——彼が仕事をしているところに出くわすたびに、赤の他人のように感じた。クーチェクは近眼で、社交性に問題のある古典的な学者の典型だった。研究に没頭し、どうしても必要な場合以外は極力会話を避ける。彼はそれで、指導する学生たちから容赦なく、ただし愛情をこめて、からかわれていた。

「おはよう、アンドレイ」

返事なし。いつものことだ。これはふたりのあいだの小さなゲームだった。もっともフィリップは、これが完全に一方通行でないとはいい切れなかった。

「葬儀に来てくれてありがとう、アンドレイ。うれしかったよ」

無言。

「今朝のコーヒーはどうだった？……なんていったっけ？　格別ならまさ？」

彼はマグカップにぬるそうなコーヒーを注ぎ、そのとき自分が反対の手にまだ脳の螺旋が描かれた封筒を持っているのに気づいた。コーヒーポットを置いて、棚からバターナイフを取りだし、封を切った。長方形のカード用紙に、きれいな字で、こう書かれていた。


ご尊父のご逝去を悼《いた》み、心からお悔やみ申しあげます。まさに大きな損失でした。わたしはお父さまと最近の研究について連絡をとりあっていました。

ご連絡をお待ちしています。いつでもご都合のよろしいときに、よろしくお願いします。

P・ブース・ライオンズ
ガバメント・スカラー・リレーションズ（GSR）

下に電話番号が記されていた。市外局番は七〇三だ。たしかヴァージニアではなかったか？　P・ブース・ライオンズ。フィリップはカードを長いこと見つめてから、自分が息をとめていたことに気づいた。なぜP・ブース・ライオンズが彼に連絡してくるのだろう？

父は彼のことをおもしろ半分に「電話ボックス《フォン・ブース》」とか「あのスパイ」と呼んでいた。ライオンズは何年間もアイザックに嫌がらせすれすれにつきまとっていた。引退したころからずっとだ。だがその連絡手段は、手紙、メール、彼の秘書による留守電メッセージに限られ、それでフィリップはたぶん害はないだろうと思っていた。だがある晩、アイザックが自宅の玄関でメモを見つけたことがあり（だから脳の螺旋に見覚えがあった）、それでいっとき、父が名誉教授の日々を平穏に過ごせるように、接近禁止命令をとろうかと考えたこともあった。

最後に彼の話が出たのは、親子で教職員用食堂のランチをとったときで、そこでフィリップは父親の精神の安定を心配しはじめたのだった。「ミスター・フォンブースがまたうるさくいってきている」チキンサラダを食べていた父がいった。「わたしが数学スパイのキャリアを始めるなら、いまがそのチャンスだ」

「そうだね」

「このガバメント・スカラー・リレーションズというのが何をしているのか、生きているうちに知りたい気もする。ふたりで彼に会いにいくべきだろうか？」

「それはどうかな。前に数学者や物理学者がこぞって政府を助けたときには、どうなった？そうそう、アジアのどこかで、二十五万人の人々が皮膚を溶かされて死んだんだった」

「わかったよ、だがこの〝ガバメント・スカラー・リレーションズ〟の〝政府《ガバメント》〟がアメリカだとなぜわかる？　彼はこれがどこの政府か言明したことは一度もない」

「詐欺師というものは細部をぼかすもの、でしょう？　この男はしつこく父さんの関心を引こうとしている。よろこばせてやることはない」

父は顔をしかめた。「おまえはいつもそうだったのか？　そんなに真面目くさって冒険心のない？」アイザックは必ずしも手厳しい人間ではなかったが、このときは続けた。「おまえのそういう安定志向の態度が思考と研究の力を弱めているんだ。フィリップ、わたしはおまえの研究をすべて把握しているが、率直にいって……」

そのとき彼は、父親が実際に老化と闘っていたらよかったのにと願った。そうだったらこれほどの打撃ではなかっただろう。

「父さん、大げさにするのはやめてくれ。誰にでも停滞期くらいはある。知っているだろう」

アイザック・セヴリーには停滞期がないことで有名だったが、フィリップは父の顔を見つめて自分が痛いところをついたしるしを探した。父が何に取り組んでいるのかを話してくれたのは何年も前のことだ。父の交通流方程式は初期に目にしたことがあったが、その後どうなったのかと尋ねると、アイザックはいつも答えをはぐらかし、方程式はまだ見せられる段階ではないといった。

今度はアイザックが目をそらし、食事の残りの時間、息子と目を合わせようとしなかった。

「気をつけないと、フィリップ、脳が腐るぞ。弟のように」

そのときフィリップは、父親の最新の研究がなんであれ、それはただの幻《まぼろし》なのではないかと疑いはじめた。

彼は不愉快な記憶をふり払って、ラウンジを出る前にもうひと口コーヒーを飲んだ。

「ああ、それじゃまた」彼はクーチェクにいった。

最後にもう一度、カード用紙を見た。わたしはお父さまと最近の研究について連絡をとりあっていました。本当に？　なんの研究だったんだ？　高齢者の脳のトポロジー？　ジャクージでの自殺の微積分？　フィリップは市外局番七〇三の番号にかけることを考えてみた。

「もしもし、ミスター・ライオンズですか？　ええ、父の研究のことは知っていますが、それが誰かの役に立つとは思えません。まして政府のお役になど。失礼します」それでも、好奇心が頭をもたげ、父がこの男と連絡をとってみるといったのは本気だったのだろうかと考えた。もしそうなら、なぜ。あとで何か変わったことはないか、父の書斎を調べてみようと彼は思った。ついでに学内の父のオフィスも。フィリップはカードをポケットにしまい、できるだけ〝超対称性の最先端のトピック〟風の顔をして、大教室へと向かった。

7　本部

ヘイゼルがロサンゼルス市警本部のそとの階段に坐って二十分ほどしたとき、誰かの笑い声が聞こえた。ふり向くと、うしろにE・J・ケンリー刑事が立っていて、そのほっそりした体を入口の枠が囲んでいた。

「ホームレスになったの、それともお兄さんにすっぽかされた？」

ヘイゼルは顔をほころばせ、長身の刑事に挨拶しようと立ちあがり、ぎゅっと抱きしめられた。

「〈ランガーズ〉でランチの約束なの」ヘイゼルはいった。「兄が吐き気をもよおさないのはあの店だけだから」

「ああ。いつもなんていってたっけ？」

「〝死んだら食べるよ〟？」

「いままで聞いた言葉のなかでいちばんばかげてる」E・Jはいって、また笑った。「彼は事件で出ているけど、上で待っててていいから」

ヘイゼルは刑事に連れられてセキュリティを抜けた。通る際、E・Jは大文字でMYPと書かれたバッジを見せた。MYP——危険にさらされた少数民族未成年《マイノリティ・ユース・イン・ペリル》は、E・Jが個人的な思い入れから立ちあげたプロジェクトだ。何年も前に彼女は、自分の「小さな弟たちや妹たち」が行方不明になっても誰も騒がず、いっぽうで郊外に住む金髪の少女がいなくなるたびにメディアが原子レベルの精度で即行動を起こすというありさまにうんざりした。「誘拐しても捕まらない方法を教えましょうか？」E・Jはかつて〈ロサンゼルス・タイムズ〉宛ての手紙に書いた。「ジョーダン・ダウンタウン公共住宅から黒人の子供をさらうことです。そうすれば報道機関の動きは流氷並みにゆっくりでしょう。でもユタ州に住む亜麻色の髪の少女に指一本でもふれたら、世界中がおのれの髪をひっこ抜くほどの集団的苦悩に襲われます」

　三階でエレベーターの扉が開き、ふたりは自然光がたっぷり射しこむ現代風の廊下を歩いた。この前ヘイゼルが兄の職場を訪ねたときには、建物は比較的新しく、ペンキと新しく敷かれたカーペットのにおいがした。カーペットはいまや無数の足に踏まれてかてか光り、カボチャ色の壁はひと昔前に属しているように見えた。

「アイザックのことはお気の毒だったわね」広々した廊下から活気にあふれたメインオフィスに出るところでE・Jがいった。「あなたたちふたりにとって父親のような人だったんでしょ。コーヒーはどう？　コーヒーをとってきましょう」

　ヘイゼルは彼女について少年保護課の奥へと進み、兄が毎日目にしているものを垣間見た。一見したところどこにでもあるオフィス——格子状の蛍光灯に、水彩画、標語を印刷したポスターなど、ヘイゼルが人生で避けようとしているすべて――は、よく見るとますます背筋がぞっとするものだった。刑事が早送りで見ていたデジタル画像にはソファの上にうずくまってすすり泣く十代の少女が、すぐ隣の画面にはハッシュマーク形の茶色い痕の残る幼児の脚が映っていた。

「ワッフルメーカーよ」E・Jが小声でいった。

「そんな、まさか」ヘイゼルはいいながら、自分の首筋の細長い花びらの形にえぐれた痕にさわっていた。ほとんど無意識の動きだった。

E・Jは廊下の先に歩いていったが、ヘイゼルは老若《ろうにゃく》の男の写真が並んでいるコルクボードの前で立ちどまった。彼らの目には同じ疲労が浮かんでいた。暗い衝動と闘ってはその衝動に屈することのくり返しによる消耗だ。写真の何枚かは、その顔に赤いマスキングテープでKと貼られていた。

「死んだというしるしよ」E・Jが説明した。「カルマのK」

「カルマ?」

「去年、この悪党はトラックの修理をしていて、シャツにガソリンがついたの。そのあと、ガス湯沸かし器をいじって――ボッ!――種火が引火して人間松明《たいまつ》になった。近所の人が一部始終を見ていたんだけど、電話をかけるころには終わっていた。この部署にはそれはカルマだといいたがる人もいる。宇宙がバランスを正したのだと。わたしはただ気味が悪いと思うけど」

ヘイゼルは宇宙がバランスを正して誰かを殺すなんて考えたくなかった。それが悪党でもそうでなくても。アイザックがライトといっしょにジャクージにつかっていたということも、考えたくなかった。

E・Jはヘイゼルを休憩室に案内して、マグカップふたつにコーヒーを注いだ。

ヘイゼルはひとつを取った。「どうしてできるの、こんな――」

「毎日出勤すること？」

「そう」

「少し自分を切り離して、仕事をごみ拾い競技にするのよ。そうしないと頭がどうかしてしまう」

「兄は？」

E・Jはとくに理由なく笑った。「それは本人に訊いてみないと」

ヘイゼルの近況にかんしてお決まりの質問をしてから、E・Jは奥の窓際にあるグレゴリーの小部屋を指さした。そしてロサンゼルスで行方不明になっているジャスミンやジャマルを探す仕事に戻っていった。

兄の机から、通りを挟んだ市庁舎の輝く尖塔が見えた。ありがたいことに、すぐに見えるところには苦しんでいる子供たちの証拠はなく、一方の壁にはLAの建築物のノスタルジックな絵がかかっていた――そのひとつはユニオン駅で、アールデコの内装に流線形の列車が重ね刷りしてある。兄の机の上は飾り気がなく、ルイスの小さな写真と、マグカップが置かれているだけだった。それには数学オタクのさりげない愛の告白である、$\sqrt{-1} < 3u$ が書かれていた。これは、まだ男の子がなんにでもなれる、その脳がいまだ境界のチェックポイントに出くわしていない年頃のグレゴリーに、アイザックから贈られたものだった。

　ヘイゼルは自分が何をしているのか気がつく前に、兄の机の抽斗をあけていた。もちろんのぞき見だが、からだのほうが頭よりも先に動いていた。この旅のあいだずっとこれを切望していたように感じた。兄のどんどんよそよそしくなる行動を理解できるかもしれない何か。なぜなら兄に問いただすなんてぜったいにできないから。ほとんどの抽斗は鍵がかかっていたが、中央左の抽斗だけは開いて、積み重なったフォルダが見えた。いちばん上にあるフォルダは、蝶のイラスト入りで、場違いな感じがした。若い女の子のバックパックに入っているようなやつだ。

　カバーをめくってみると、中身は恐ろしくつまらなそうに見えた。何かの会計のプリントアウトだ。ヘイゼルはその下にあった青いフォルダに注意を向けた。そのなかには長焦点レンズで撮った写真の小さな束があった。映っているのはすべて、白髪を短く刈りこみ、サングラスをかけた男だった。写真の大部分は男が歩いているところ、バス停で待っているところ、ごみ箱のなかに手をつっこんでいるところだった。誰か、たぶんグレゴリーが、写真の余白に時間と通りの名前をメモしていた。男にはなんとなく見覚えがあったが、もしかしたらさっき壁で見た男たちに似ているからかもしれない。兄の生活はなんて奇妙なんだろう。

変態に忍び寄り、ストーカーを追跡する。ヘイゼルはその男か、それともグレゴリーが男を監視していることか、どちらが気味が悪いのかわからなかった。急いでフォルダを閉じて、元の場所に入れた。

蝶のフォルダも同じようにしまおうとして、ページの角にアイザックの名前が書かれているのに気づいた。よく見てみると、そのプリントアウトは祖父の銀行取引明細書だった。黄色で強調してあるのは、一カ月ごとに現金二千七百ドルが引き出されている取引だった。明細書は何ページもあって、何年も前にさかのぼっていたが、毎月同じ額が引き出されていた。二ページ目に貼ってあった付箋には、「話す気になったか？——フリッツ」と書かれていた。ヘイゼルは机数台を挟んでコピー機があるのに気づいた。だが急いでコピーをとろうかと思ったそのとき、廊下の先からグレゴリーの声が聞こえてきた。彼女はフォルダを戻し、窓際に行って、帰る前にもう一度、街を見ているふりをした。

ふたりで駐車場に向かうとき、兄はいらだっているようだった。ヘイゼルはE・Jについて少し話し、久しぶりに会えてうれしかったといったが、兄は低くうめいただけだった。「きっと刑事でいるのが楽しいのね」とつけくわえそうになったが、世代を超えて永遠に回りつづける〝虐待の輪〟を取り締まるのが楽しいはずがないと思ってやめた。それでも、彼女から見れば、LAあたりで刑事をするのは北の苦労の多い生活よりよさそうに思えた。

まただ。きょう一日中、気づくとその気持ちが忍び寄ってきた。帰りたくない。帰るのがこわい。とり返しのつかない何かをやり残しているのではないかという思いが、ずっと頭にひっかかっている。まるでアイザックの手紙が紙の幽霊になって彼女にとり憑いているかのようだった。たしかにベネットは最近少しよそよそしかったけど、正直に自分の行動をふり返れば、感情を閉ざしていたのは彼女のほうだ。自分が店に寝ていることさえ、彼に打ち明けなかった。最低限正直でいることもできていないのに、どうして彼に頼れるだろう？　ふたりは互いの安全な隠れ家のはずだったけど、二十二カ月間いっしょにいて、ほんとうの意味でそうなっていたのだろうかと思わざるをえなかった。彼女の店さえ、かつてのような安らぎの場所ではなかった。つまり、店のためでも恋人のためでもなかったら、いったいなんのために帰るのだろう？　やめなさい。ヘイゼルは自分に言い聞かせた。人生がしんどいからといって、捨てることはできない。なんとかしなさい、恋人を愛しなさい、店を守りなさい。がんばるのよ。

グレゴリーの車に乗りこみながら、ヘイゼルは書店のバスルームにキャンプ用のシャワーをとりつけるべきだろうかと考えていた。その次はごみ箱あさりをすることになるのだろう、あの哀れな男と同じように。それにあの取引明細書——彼女にひと月二千七百ドルあったら、どれほど助かるだろう。彼女はのぞき見したことについて少しうしろめたく感じていたが、フリッツがコピーをつくるほど重要なものなら、なぜグレゴリーは彼女に教えなかったのだろう？

空港方面の高速道路に入ったとき、グレゴリーが咳払いをした。「ランチに行きそびれてしまったな？」

ヘイゼルはうなずいた。「さらば、クリームソーダとホット・パストラミのライ麦サンドイッチ」

〈ランガーズ〉の――市内でいちばんおいしい――デリサンドイッチで釣っても、食べ物に無関心な兄を変えることはできなかった。彼女は話題を変えて、仕事のことを訊いてみたが、返ってきたのは、「最近はそとの仕事が多い。オフィスから出られるのはありがたい」という言葉だけだった。

横目でちらっと兄を見た。これまで以上に、手紙のことを兄に打ち明けたい、兄を仲間に引き入れたいという思いに駆られる。

「アイザックのタイプライター、憶えている？」ヘイゼルは出し抜けにいった。

グレゴリーは高速の次の出口から出るのに集中していた。「もちろん」

「キーがひっかかるやつ？」

「ああ、それでも気にせず使っていたが」

「直したみたい」

「知ってる」

ヘイゼルは兄のほうを向いた。「知ってるの？」

「おれが直した」

「いつ？」

「二年くらい前かな。本当はもっと早く直そうと思っていたんだ、クレアモント・カレッジズにいたころに。工学部の教授が、最終試験に何か壊れた機械を直すようにという課題を出して。数学はだめそうだったから、アイザックを感心させたくて」兄の表情が曇った。数学の話題になるといつもそうなる。「全部分解したんだが、余計悪くしただけで、もう少しで単位を落としそうになった。だから二年前、名誉挽回《ばんかい》しようと思ったんだ」

しばらくの沈黙のあと、兄は尋ねた。「なぜ？」

「ううん、なんでも……ないの」ヘイゼルの頭のなかにある考えが浮かんできた。

「あの四年間のことは忘れられない」彼は続けた。「名前がセヴリーだから余計悪かった。ホーキングやケプラーでも同じだっただろう」

「やめて、エッグス」ヘイゼルは昔、自分が兄につけたあだなをもち出した。兄が卵を嫌っていたのをからかうのと、なんとなく兄の名前と韻を踏んでいたからつけたのだった。「セヴリーになるには遺伝上の特異例でないと。ボリショイバレエ団のバレリーナか、アルビノに生まれるのと同じ確率よ――」

「数学者全員が特異例なわけじゃない」兄が遮《さえぎ》った。これは彼の持論だった。「一部は人生で有利なスタートを切っただけだ」

「まあ、兄さんは優秀な刑事になったじゃない」ヘイゼルは話題を変えた。「おまけに優秀なタイプライター修理工にも――完璧に直ってた」

兄は顔をしかめた。「おまえ、使ったのか？」

「ええっと」彼女は一瞬、言葉に詰まった。「書斎をのぞいていたとき、ひっぱり出して打ってみたの。懐かしかったから」

「ほかに何かおもしろいものはあったか？」

だが兄の質問は、遠く、ぼんやりと聞こえた。なぜなら彼女はもっと切迫した問題に気をとられていたからだ。グレゴリーが何年も前にタイプライターを修理したのなら、なぜアイザックの手紙に打ち間違いがあったのだろう？　その答えは瞬時にわかった。まるでアイザックが彼女の耳元でささやいたかのように。「なぜなら打ち間違いはわざとだったからだよ、ヘイゼル」

ヘイゼルはあわてて窓ガラスをコツコツ叩いた。「ちょっと車とめられる？　トイレ休憩」

「空港まであと少しだよ」

「それまで待てない」

グレゴリーはため息をついて車線変更した。マクドナルドの駐車場に車をとめ、ヘイゼルはベネットがくれた、バッグの正面に彼女のイニシャルが大きく印字してあるおかしなキャスターバッグのポケットからアイザックの手紙を探しだした。手紙をバッグのなかに入れて、冷房の効きすぎたマクドナルドのトイレに向かった。ハンドドライヤーの上に手紙を広げて、ペンを使って文章を注意深く追いながら、重ね打ちしている文字と、つかえたようなコンマに下線を引いた。

…
theeee
Cottte d'Azurrr（コート・ダジュール）
onn
pleassantt（うららかな）
offf (of)
ttthe
SSShore（海岸）

「The Côte d'Azur on pleasant of the shore――コート・ダジュールはうららかな海岸に」

ヘイゼルはつぶやいた。文章っぽくはなっているが、手掛かりや指示のようには思えなかった。コート・ダジュール――「紺碧《こんぺき》海岸」――フランス領リヴィエラ。まさか祖父が自分をヨーロッパでの宝探しに駆りだそうとしているのではないことをいのった。ジェット機で移動し、地中海沿岸を探しまわるなんてできない。今度は言葉の順番を変えてみた。「On the shore of the pleasant Côte d'Azur――うららかなコート・ダジュールの海岸に」

ヘイゼルはハンドドライヤーを作動させてしまってびっくりし、そのとき、言葉の何かがカチリとはまった。彼女の顔にほほえみが広がり、声を出して笑った。元どおりに便箋をたたみ、バッグに入れて、ほぼ駆け足で車に戻った。

「だいじょうぶか？」グレゴリーが訊いた。でもヘイゼルにはその心配が無理したものだとわかった。兄のあごの筋肉がいらだちを隠そうと引きつっている。「十五分もかかったじゃないか」

「わかってる。ごめんなさい」

彼女は車に乗りこみ、大急ぎで飛行機に乗らない理由を考えた。それでふたたび兄に謝り、家に財布を忘れてきてしまったといった。飛行機のスケジュール変更をしなくてはならないと。

「まったく。明日の足はあるのか？」

「なんとかする。本当にごめんなさい」

グレゴリーは何度か鋭く曲がって、ラ・シエネガ・ブールヴァードに戻り、北に向かった。ヘイゼルは自分の身分証を忘れてきてしまった旅行者のくやしそうな顔をしたが、心のなかでは、自分の愛読書のひとつ、F・スコット・フィッツジェラルドの『夜はやさし』の冒頭の文章を唱えていた——アイザックはその最初の八語を手紙に明示的に埋めこみ、彼女に見つけさせようとしたのだ。

On the pleasant shore of the French Riviera, about half way between Marseille and the Italian border, stands a large, proud, rose-colored hotel. ——フランス領リヴィエラのうら

らかな海岸、マルセイユとイタリア国境のほぼ中間に、大きくて立派な、薔薇色に塗られたホテルがある。

しかしすぐに、祖父のパズルを解いたというよろこびの身震いは、恐怖のおののきに変わった。アイザックが彼女をどこかに連れていこうとしているのに、どうしてその手をふりほどけるだろう？

車が峡谷のジグザグ道をゆっくり登っていくと、従兄のアレックスが、長い脚で大またに丘をくだっているのに出くわした。袖口はほこりまみれで、胸にカメラをさげていた。

「あいつ車に轢《ひ》かれようとしているのか？」グレゴリーがいった。

その考えを読んだかのように、アレックスは家と家のあいだの空地に向かった。そこにある共用階段は丘のふもとまで続いている。

ヘイゼルはウィンドウをあけた。「とまったほうがいいんじゃない？」

グレゴリーがブレーキを踏んだとき、アレックスの頭は階段の下に消えそうになっていた。

ヘイゼルは彼の名前を呼んだが、自分の耳にもその声は震えて変に聞こえた。

アレックスはふり返り、彼女を見て、ほほえんだ。「こんにちは、ヘイゼル」だが車に近づいて誰が運転しているのかに気づくと、そのほほえみは消えた。「ああ、やあ、グレゴ……リー」

「帰ったんだと思っていたよ」グレゴリーはいった。「どこに住んでいるんだっけ？　フランス？」

アレックスはそれには答えず、いった。「聞いたかい？　きょうの午後、ドリューがひどく具合が悪くなって」

グレゴリーはサイドブレーキを引いた。「だいじょうぶなのか？」

「ああ、だがシビルが取り乱していた。ぼくも詳しいことは知らないんだ。きみたちはきっと聞かされるだろう」

「つまりあなたは帰るところだったの？」ヘイゼルは尋ねた。

アレックスは足を踏みかえた。「そのことなんだが。ここでぼくを見かけたことはいわないでくれると助かる。母が来たんでこっそり抜けだしてきたんだ。ひどいよな、自分でもそう思うけど、母とは仲がいいとはいえない。でも家族が大変なときに見捨てていったら、変なやつと思われてしまう。とにかく、頼むよ」

「わたしたちはあなたのことは見なかった」ヘイゼルはいった。

アレックスは彼女をしばらく見つめ、彼女も見つめ返した。いままで彼女はあごひげを伸ばした男性は好みではなかったが、アレックスのひげは気にならなかった。もしかしたら、彼がひげで何か意見表明をしようとしているのではなく、たんに剃《そ》るのが面倒だからということかもしれない。グレゴリーは車のギアを入れて会話を終わらせ、ヘイゼルがさよならという前に、車は走りだした。アレックスは数秒間車を見送っていたが背を向け、ふたたび階段をおりていった。ヘイゼルはサイドミラーで彼が見えなくなるまで見ていたが、もし彼に再会することがあっても、同じような角度から見ることになるのではないかという気がした。まるで彼はどこかに到着することはなく、いつももっと重要な遠い場所へ向かっている途中の人間であるかのように。

「あいつは無職なのか？」グレゴリーが訊いた。

「写真家よ、忘れたの？」

「それは職業じゃない。写真が本物の技術だったころはそうだったかもしれないが」

もともと不機嫌だった兄の機嫌は明らかに悪化した。ヘイゼルは兄がベネットの最近の写真インスタレーションのことを知ったらなんていうだろうと思った。

「それにあいつは家で何をしていたんだ？」グレゴリーはまたいった。

ふたりは丘をおりていくパトロールカーとすれ違い、家のそばに近づいたところで私道に救急車がとまっているのに気づいた。

「なんてことだ」彼はいった。「救急隊員が？」

ヘイゼルは手紙の言葉を思いだした。三人が死ぬ。わたしがひとり目だ。不安な気持ちで車からおりた。

大変なことになっているのにも構わず、セヴリー家の双子たちはラケットを持って芝生の上に立ち、球出し機が次々と吐きだすボールを打ち返していた。球出し機はアイザックからのプレゼントだった。「何かで勝ちたいと思ったら」ヘイゼルは祖父の言葉を思いだした。

「誰よりも多く練習しなければだめだ。勝利は集合だよ」それにこうもいっていたのではないか？「死は三つそろってやってくる」それとも彼女の空想だろうか？ 彼女と兄はそれて飛んできたボールをかわしながら芝の上を歩いた。伯父がポーチにいて、柱にもたれて煙草を吸っていた。

「フィリップが煙草を吸うなんて知らなかった」ヘイゼルは小声でいった。

フィリップは苦虫を嚙みつぶしたようなしかめっ面で、ふたりを見たまなざしにはかすかな関心しかなかった。ヘイゼルはこういう、まるで彼の心は彼女の手の届かないどこかにあるかのようなまなざしで見られたことが何度もあった。それでも彼女はフィリップのことが好きだった。遠くから憧れるような好意ではあったけれど。

グレゴリーは従兄の頼みを無視して、すぐにいった。「途中でアレックスに会った。ドリューの具合が悪いんだって？」

フィリップは煙草を手すりでもみ消し、新しい煙草に火を点けた。「毒のある種を食べたが、量が少なかった。吐きだして、いまは平気そうだ。だが救急隊員が警察を呼んでしまったんだ。シビルを心配させるだけなのに」

「決まりだからしかたない、子供を守るために」グレゴリーはいった。

「そうだろう。だが好奇心旺盛な子供が植物の種類を突きとめようとしてやりすぎただけだとわかり、帰っていった」

ヘイゼルは近くの茂みを見た。「トウゴマの実？ リリーに気をつけるようにいわれたことがある」

「いや、それなら大変だった」フィリップは一瞬、目を見開いた。「ミラビリス・カリフォルニカ、別名フォー・オクロック・フラワーだった。ちなみに」彼は腕時計を見た。「ちょうどいま四時だ」

ふたりは伯父について居間に入っていった。発熱時のように顔を赤くしたドリューが、毛布にくるまれて窓腰掛けに坐っていた。まだ新品のように白い毛並みのユニコーンのぬいぐるみが、窓枠に置かれていた。シビル、ジャック、ジェインがドリューを囲むように坐り、そのそばで救急隊員ふたりが話しあっていた。アレックスから彼の母親がいると聞いていたが、ヘイゼルはペイジが――普段は余程のことがない限り家族の集まりに顔を見せないのに――隅のオットマンに坐っているのを見て驚いた。いまにも走って逃げだしそうに見える。

「ほんのちょっと食べただけだよ、おばあちゃん」ドリューがいった。「ほんのちょっとのちょっとのちょっと――」

「そうね」ジェインが遮った。「でもちょっとのちょっとでも毒は毒なの。もうこんなことしちゃだめ」

「ああもう、自分が何をしているのか、その子がわかっていなかったふりはやめにしましょうよ」ペイジがつぶやいた。「その子は注目されたいだけ」みんな伯母のいったことが聞こえなかったのか、無視することにきめたらしい。

「とにかく」シビルはいった。「ドリューはもう、もっと大きくなるまでオーデュボンの鳥図鑑を読んだらだめよ」

「でもあの鳥の本はわたしのよ」ドリューがいった。

「毒のある鳥もいるかもしれないでしょ、もしかしたら？　牙《きば》もあるかもね！」

「毒のある鳥なんて」ドリューは鼻を鳴らした。

「やれやれ、元気になったようだな」フィリップはいって、部屋を横切り、孫の髪をくしゃっとした。「だがおまえがユニコーンのぬいぐるみなんかではなく、この子の興味を引くものを与えていれば、庭であんなことをしなかっただろう」

「お願い、父さん、いまはやめて」シビルはいった。

ヘイゼルはみんなの輪の端に何もいわずに立っていた。ドリューが元気そうなのは安心したが、騒ぎのときに居合わせなくてよかったという思いが強かった。一度の里帰りでつきあえるセヴリー家のドラマには限度がある。それに、家族全員がひとつの部屋にいる――そこにアイザックがいない――ことで、決定的に締めだされているように感じた。永遠のよそ者のように。兄も同じように感じているだろうかと思ってふり返ると、部屋からいなくなっていた。シアトルに帰りたいという気持ちが戻ってきたが、すぐにアイザックの見えない手でここにいなさいと引きとめられているような気がした。というより、祖父が彼女を部屋のある場所にひっぱっていくような感じだった。

ヘイゼルは話しつづけている家族からそっと離れて、居間の反対側の端まで行った。そこにはオノレ・ドーミエのドン・キホーテの大きな複製画がかかっていた。何年も前、リリーの『ドン・キホーテ』の翻訳が出版された日に、アイザックが妻にプレゼントしたものだ。彼が選んだのは、騎士が痩せたおいぼれの白馬に乗り、やりを少し傾けて天に向けている有名な縦長の絵だった。アイザックはその槍の先がリリーの翻訳本の棚を指すような位置に絵をかけた。

　祖父の膨大な小説の蔵書が納められているのもその本棚だった。ヘイゼルは脚立に登って、本がアルファベット順に並んでいるのに感謝しながら、指で背表紙をなでていった。フィッツジェラルドの本があるべき場所にあったのは、十代のフィリップとトムの写真だった。ぼさぼさ髪、短いパンツで、いわれるままグランドキャニオンの崖っぷちに立っている。この写真はおそらくアイザックの見落としだろう。下の息子を思いださせるものはほとんどすべてどこかの箱のなかにしまわれたはずだから。ヘイゼルはトムの顔を見られなかった。裏に「『楽園のこちら側』貸し出し⁇」と書かれているのを読んでから、写真を元どおりの場所に戻した。少し離れたところに『夜はやさし』を見つけてほっとした。引きだしてみると、それはスクリブナー社による一九三四年刊の初版ハードカバーの複製で、オリジナルの二枚貝のように開くクラムシェルボックスがないにもかかわらず、いい状態だった。彼女の店でも、同じような状態の本を個人の遺品整理セールで数ペニーで手に入れて、かなりの値段で売ったことがあった。この版の魅力のひとつが、多数の小さな誤植だ。もっとも有名なのは、百九十九ページの、統合失調症《スキゾイド》のzがひとつ余計だということだった（フィッツジェラルドもいうことをきかないタイプライターに手を焼いていたのだろうか？）。

ヘイゼルは初めのほうをとばして最初の章の冒頭の文章を読んだ。フランス領リヴィエラのうららかな海岸……。だがそこには何もなかった。祖父の走り書きも、彼女の賢さへの賛辞も、次に何をすべきかというヒントも。彼女は失望をこらえて本の残りをざっと見たが、栞の代用品がふたつ――ひとつはぼろぼろの〈ブック・サーカス〉のギフトカード、もうひとつはアイザックがバスルームの鏡に赤いマーカーで2から97までの素数を全部書いているポラロイド写真が――挟まれているだけだった。写真のなかのアイザックはカメラに背を向け、彼の目は29と31の裏にぼんやり映っていたが、それでもヘイゼルには祖父のいたずらっぽいほほえみが感じられた。その写真をじっと見つめているうちに、自分が本当に欲しかったのは次の手掛かりではなく、もっと個人的なメッセージだったのだと気づいた。祖父に安心させてほしかった。この冒険についてだけでなく、彼女の人生について。「心配いらないよ。おまえは正しい場所で、正しいことをしている」と。

もう一度写真を見てから、アイザックの伝統には反するが、その写真を棚のあいた場所に滑りこませた。本を手に脚立をおりようとしたとき、ペイジが大きな声でいった。「もう棚をあさっているの？　その本はいくらになると思う？」彼女は笑ってそれが冗談だとみんなに伝えたが、ヘイゼルには冗談に聞こえなかった。彼女は頭のなかで本を思いっきり伯母の顔めがけて投げつけ、その勢いで伯母が椅子の向こうに転げ落ちるところを想像した。目を大きく見開き、手足をばたばたさせて。

「数百ドルか、もう少しいけるかも」ヘイゼルはいい返した。

「おまえのオーデュボンの図鑑もあそこにしまっておこう。おまえの手が届かないいちばん上の棚に」ジャックは娘にいった。

ドリューがふいに背筋を伸ばして坐りなおした。「新しい従兄のアレックスはどこ？」みんながペイジのほうを見たが、彼女は唇を引き結んでいた。

「帰ったと聞いたよ」フィリップがいった。

「嘘よ！」ドリューが叫び、一瞬で本来の五歳児に戻った。「アレックス？　いるんでしょ？」

三日前まではその存在さえ知らなかった従兄にたいするドリューの執心に、笑い声があがった。

ヘイゼルが部屋を出ようとしたとき、兄が現れた。「財布はあったのか？」

「うん、というか、どこに置き忘れたかはわかってるから」

それ以上兄から何か訊かれる前に、台所に行った。カウンターの前に立ち、手にした本を見つめていたら、とつぜん、なんの目的もなかった自分に逆戻りしてしまうのではないかという恐怖に襲われた。本当にこの本のなかにも、手紙のなかのように、アイザックが隠したメッセージが存在するのだろうか？　でも考えてみれば、人々はいつも聖書や憲法やシェイクスピアのなかに、秘密のメッセージを見つけているのでは？　暗号化された意味をしっかり探せば、かならず見つかるはずでは？

ヘイゼルは目を閉じて親指でページをぱらぱらとめくった。まるでカードのひと組であるかのように。これは彼女の古いやり方だった。行き詰まりを感じたらいつも、適当な本を一種の占い師として使う。お遊びだが、やるときは真剣だ。ヘイゼルは親指をとめて、そこで本を開いた。左のページに指を滑らせ、とめて、目をあけた。そこにある言葉を予言として受けとめるつもりだった。だが指の下にあったのは言葉ではなかった。本の随所に挿入されている、鉛筆による細かい線画のイラストのひとつだった。その絵があまりにも劇的だったので、思わず笑ってしまいそうになった。男が死に、列車のプラットフォームに横たわっていて、周囲に彼の荷物が山積みになっている。枠の端に、誰のかわからない手が描かれ、まだ煙の出ている回転式連発拳銃を握っていた。

8　もうひとりのセヴリー

あくる日の雲ひとつない空には太陽がぎらぎらと輝いていた。路肩にとめた車のなかから、グレゴリーはハリウッドのハーヴァード・ホテルから出てくる客を見張っていた。色褪《あ》せたHの文字の下をくぐっていくうつろな顔をした人々を眺めながら、前日のヘイゼルのおかしなふるまいについて考えた。昔から妹には少し衝動的なところがあった。まるで彼女だけに告げられる命令に従っているかのような。妹の商売が順調ではないと聞いても、彼はあまり驚かなかった。だがきのうの妹はとくに妙だった。彼がなにかに悩んでいて、そのなにかがトムであることを、感知しているかのようだった。だが妹がなんらかの形で推測したとしても――あいつは驚くほど勘が鋭い、それは事実だ――グレゴリーが計画していることは想像もつかないだろう。

彼はホテルに注意を戻し、フリッツがいっていた、アイザックの譬えのひとつを思いだしていた。宇宙は巨大なコンピュータで、おのれの未来を計算しつづけているのだという。そのコンピュータに侵入するのがアイザックの一生の野望だった。グレゴリーは、祖父の数学がいまやロサンゼルスのあらゆるリズムを計算しているところを想像した――誰が生きて、誰が病気になり、誰がホテルの正面玄関から出てきて死を迎えるのか。アイザックの宇宙サイズのアナロジーが、実際に、世の中がどのように動いているかを類推していたら、どうだろう？　その巨大なメインフレームが個人を計算の負担から解放しているとしたら？　もしそうなら、グレゴリーがこれからすることは彼の責任だなんてありえるのだろうか？

ふたたびホテルの両開き扉があいて、男がふたり出てきた。最初の男にはなんの興味もなかった。ヒスパニック、腕に巻きつくように有刺鉄線のタトゥーを入れている。ふたり目の男がグレゴリーの監視対象だった。白いTシャツとジーンズというこざっぱりした服装で、四角い黒縁のサングラスをかけている。小さなダッフルバッグを持っていた。ジム用のものが入っているということは、グレゴリーにはわかっていた。ジム用の服、水筒、湿ったノート、ビックの青いボールペン。プラスティックのランチ袋と、効き目のあやしい片頭痛薬も入っている。

ハーヴァード・ブールヴァードのハーヴァード・ホテルはもちろんホテルではなく、元受刑囚の社会復帰訓練施設《ハーフウェイ・ハウス》だった。こうした施設によくあることだが、近所の人々が団結して施設を追いだそうとするうるさい委員会をつくらないように、目立たない外観だった。前科者もどこかに住まなければならないが、なぜトム・セヴリーがグレゴリーの家から五マイルしか離れていないところにいなければならない？

この五日間ずっとそうだったが、トムが視界に入ってきた瞬間、グレゴリーは息をとめた。彼の元里親はフィリップやペイジと同じく色白で淡い色の目をしていた。そして秋の日差しを受けると、グレゴリーに見覚えのあるやり方で目を細めた。彼は驚くほど——とにかくセヴリー家の基準では——たくましく、かつて痩せこけていた体は筋肉質で引き締まっていた。だが二十年間の刑務所暮らしのストレスも見た目に表れていた。髪は真っ白になり、顔に張りついている肌は赤くくたびれていた。全身前のめりで歩き、その足取りにはかすかにひっかかりがあった。足を引きずっているというほどではないが、いずれそうなるだろう。

グレゴリーは車からおりてイチジクの木の陰に入ったが、見られる心配はなかった。トムはひどく目が悪い。だがグレゴリーは、かつて父と呼んだ男がなんらかの方法で彼の存在を感じるのではないか、彼を待っているのではないかという考えが消えなかった。トムは賢明にも自分の父親の葬儀には現れなかった——グレゴリーはあの日もきちんと参列者を監視して、そうした場合に備えていた——そして彼の考えでは、トムには彼やヘイゼルが現在どんな見た目になっているか知るすべはないはずだった。グレゴリーは自分と家族の画像をインターネットにアップしないように用心してきた。たとえトムが誰かに見られていると気づいたり、グレゴリーの顔を見たりしても、元の里子だと気がつく可能性は低い。ふたりが最後に顔を合わせたのは裁判所だった。グレゴリーは十二歳になったばかりだった。

トムは東に進みハリウッド・ブールヴァードとウエスタン・アヴェニューの交差点にあるメトロの駅へと向かった。グレゴリーは地下まで尾行していって、トムがダウンタウン行きのレッドラインに乗りこむのを見て、隣の車両の座席を選んだ。周囲だけを見れば、ここがニューヨークかロンドンでもおかしくなかったが、LAメトロは奇妙に衛生的だった。この程度の変人や悪臭では、じゅうぶんに利用されている鉄道網のレベルに達しているとはいえない。パーシング・スクエア駅でトムは降車し、地上に出た。

彼の最初の行き先は駅から数ブロックのところにある非営利のスポーツクラブで、彼はそこの二階で一時間ほど運動した。グレゴリーは通りを挟んだ向かいのデリで待っていた。彼が監視しはじめてから、トムはこのみすぼらしい小規模ジムに一日も欠かさず通っていた。グレゴリーが思うに、エアロビクスとウエートトレーニングは刑務所時代に身につけた習慣なのだろう――その前にトムがしていた自己流の薬物治療より健康的だ。

運動のあとはいつも、シャワーで濡れた髪のまま、トムは一ブロック先の中央図書館に歩いていった。大きな円形広間を横切ってレファレンスセクションに行くと、本に顔をくっつけるようにして医学の教科書を熟読し、閉館時間になるまでノートをとる。グレゴリーが二回ほどトムに気づかれることなく背後に立ったとき、異様な写真が見えた。患者の眼窩《がんか》にドライバーや箸《はし》が刺さっていた。トムが興味を引かれているのは、ロボトミー手術が痛みを緩和する効果なのかもしれない、とグレゴリーは思った。その痛みは実際、頭にアイスピックを突き刺すのが唯一の選択肢になるほどひどいのだろうか？　だがもしグレゴリーが、ごく少数の薬の効かない片頭痛患者のひとりになったら、彼も、過激な前頭葉手術を夢想するだろうか？

トムは図書館を出ると地下鉄で北へ向かい、ときどきスーパーマーケットの〈ラルフズ〉に寄って買い物をして、門限前に部屋に戻る。グレゴリーの見たかぎり、職探しをしている様子はなかった。ランカスター州刑務所で出所時に渡される小切手の金がそんなにもつはずがない。いずれトムは兄か姉に連絡して金を無心するのだろうか？　それともプライドのほうが勝つだろうか？

トムが金を意識している唯一のしるしは、道にあるごみ箱をのぞきこみ、空き缶をレジ袋に入れる癖だけだった。袋がすぐにいっぱいにならないように、ときどきとまっている市バスの後輪の前に空き缶を並べていた。バスが動くと、路肩にしゃがみこんできれいに押し潰《つぶ》された缶を集めた。グレゴリーは何度も、アルミ缶ではなくトムの頭蓋骨《ずがいこつ》が平らに潰れたところや、トムがバスの下にはまって何マイルも引きずられ、アスファルトで肌を削《けず》られるところを想像した。

グレゴリーは自分の想像の残酷さに顔をしかめることもあった。アイザックが彼を見下ろし、全知の力で孫の頭のなかの暴力的な心的イメージを眺めているところを思い描いた。だがアイザックは、そうしたイメージはグレゴリーが制御できるものではなく、それ自体が、急な坂を転がり落ちる鋼鉄の球のように、重量と運動量を有していることを理解する必要がある。グレゴリーにできるのは、一歩離れて自分の頭のなかで物理法則どおりにことが進むのを見ていることだけだ。

グレゴリーがトムを見張るために図書館の閲覧席についたとき、すでに正午を過ぎていた。ロサンゼルスの失われた歴史的建造物についての大型本を開いたとき、妻ではない女からメールが届いた。

よろこびに心臓が高鳴り、彼はすぐに返信した。

「会いたいの」

「いつ」

数分間、電話を見つめて彼女の返事を待ってから、彼はウィルシャー・ブールヴァードの〈ブラウン・ダービー〉創業当時の見開き写真に目を戻した。いまは取り壊されてしまったレストランは、巨大な山高帽の形を模した建物で、彼は自分がこの先、このばかげた建物といま胸を躍らせている期待を重ね合わせることになるのだろうかと考えた。

ふたつめのメールが届いたが、これには気が沈んだ。メールはE・Jからで、午前中どこにいたのかと尋ねる内容だった。彼女はオフィスでロうるさいモードに入り――まるですでに警部に出世したかのようなふるまいで――みんなにうっとうしがられていた。監視はまた別の日にしなければならない。だが立ちあがったとき、トムが読んでいた本を閉じてこちらに歩いてきた。グレゴリーのなかでパニックが駆け巡った。

あいつは知っている。

心のどこかには、トムに歩み寄り、その手からビックのボールペンを奪って眼窩に突き刺してやりたい、悲鳴をあげさせ、やがて悲鳴をあげなくなるまで、さらに奥深く、脳の組織に突きたててやりたいという欲望が眠っていた。なぜならこの男には、こんな平穏な出所後の隠居生活はふさわしくないから。この男にふさわしいのは、上限いっぱいの痛みだ。ひどく赤く充血したその目から、安っぽい青いインクを垂れ流すのがふさわしい。だがグレゴリーは自分の席に坐ったまま、トムが近くの書棚へと向かうのを見ていた。意識して体の力を抜き、トムがふり返って、この一週間ずっと自分を尾行していた人間の顔を確かめる前に、〈ブラウン・ダービー〉のページを閉じて、図書館をあとにした。

9 秘書

宣伝された講演の日の朝、フィリップは螺旋の脳のイメージとともに目が覚めた。上体を起こして頭がはっきりしてくると、そのイメージが何を意味しているかの記憶が戻り、まだ父の書斎を調べる必要があることを思いだした。きのうはドリューの騒ぎのせいでしっかり調べきれなかった。だがいまの彼には、より切迫した懸念があった。講演だ。このままでは、この講演で学部全体にたいして、彼には新たなアイディアが深刻に欠如していることをさらけ出すことになる。ひょっとしたら、朝食の前につまらない考察をいくつか頭からひねりだせるかもしれない。だがランプを点けて、ベッドサイドテーブルの上に置いたノートに手を伸ばしたとき、左目の奥に急激な圧力を感じた。この感覚はやがて広がり、脈打ち、二十分以内に薬をのまないと、脳がジュース搾《しぼ》り器にかけられたような痛みになる。立ちあがったが、その動作で痛みに襲われ、ヘッドボードをつかんだ。

「ジェイン？」

だがジェインはいないとわかっていた。車で双子を学校に送ってから、朝のランニングに出ているはずだ。殺人的な坂道の過酷なコースだが彼女は気に入っていて、夕方も同じコースを走っている。

フィリップはちょっと坐って目をつぶった。彼の片頭痛はたいていの場合、スペクトルでいえば生きられる程度の端に近い――基本は強烈な頭痛で、ときどきそれに先立って閃光が見える。または今朝のように、幻の出血の感覚がじょじょに忍び寄ってくる。少なくとも彼の脳は、医師が処方してくれたトリプタンに反応した。父ほど――あるいは父より重症だった弟ほど――ひどくはない。かわいそうなトム、死んだほうがましだと思うような痛みに苦しんでいた。幻覚を起こし、吐き気を催《もよお》させ、大脳皮質に釘打ち機で釘を打たれるような痛みで、薬はなんの慰めにもならない。以前、ある片頭痛の専門家がフィリップに打ち明けた。「本当にひどくて、治療も効果がないとき、わたしは患者に自殺を勧めています」

きのう煙草を吸ったのは間違いだった。フィリップは古い習慣に戻って、つやつやした赤いダンヒルの箱を買った。動揺したのはドリューの騒動と、娘のシビルが向けてきた敵意のせいだった。ドリューのぬいぐるみのユニコーンについて彼が口を滑らせた言葉が導火線となって本格的な口論が勃発《ぼっぱつ》したが、それは実際には、前の口げんかの再演だった。フィリップは謝ろうとしたが、シビルは彼にも、家族の優越感にも、もううんざりだといった。「ユニコーンのかわいいぬいぐるみで化学セットではなかった、だからなに？　なにもかもがすごく賢くなくてもいいじゃない！」シビルは叫び、家に帰るまでビーチウッド・キャニオンに滞在するといいだした。フィリップはため息をついた。一家がＬＡを発つ前に娘と仲直りしなくては。

フィリップには薬が必要だったが、彼にできた動きはベッド脇のランプを消してヘッドボードにもたれることだけだった。少し休もう。暗い中で、化粧箪笥《だんす》の上にかかっているシビルの作品『壊れた靴 #1』が見えた。その作品をどれほど嫌っていても、それがどれほど、軋む回転肉焼き器のようなシビルの心を思い起こさせたとしても、目を離すことができなかった。ジェインが部屋に入ってきたとき、時間がどれだけたっていたのかもわからなかった。廊下の明かりに浮かびあがる、妻の鍛えたランナー体形をかろうじて認識した。彼女は錠剤を一錠と水の入ったグラスを差しだしていた。「どれくらいここに坐っていたの？」

彼は薬をのんだ。「わからない」

グラスをおろして、彼女の腹に顔を押しつけた。そのスパンデックスを引きおろしたいという気持ちは純粋な欲望というよりは欲望の記憶だった。彼はいまも妻の美しさ堪能し、その優美なからだを称賛することもできたが、最近は自分の欲望を見つけるのがむずかしくなっていた。ふたたび何かが彼のなかに強い感情を呼び覚ますことなどあるのだろうかと、彼は思った。まるで彼の研究と性欲が共謀しているかのようだった。

「そういえば、きょうの講演には行けないのよ」ジェインはいい、クローゼットのほうに向かった。「ドリューを動物園に連れていくと約束したから」

「きみが講演に来る必要はないよ」

「あなたの仕事を知っておきたいのよ」彼女はぼんやりといった。妻の彼の仕事への関心はずっと前に一般的なものになっているとわかっていた。夫が第一線の超弦理論学者だという考えは気に入っていて、人にその話をするときは誇らしげだったが、もう研究の詳細には興味がなかった。たぶん最近は知るべきことがほとんどないのを察しているのだろう。なぜなら知る価値のある彼の研究は十年以上前にやり終えているからだ。いまの彼は年寄りの教授で、最高の着想はすでに過去になり、日々後輩の理論物理学者たちにオフィスを狙われている。

知性は衰える。セックスも衰える。スリルも衰える。その埋め合わせをするはずの知恵はいったいどこにある？　だが父の死で学んだことがひとつあるとすれば、それは、年とともに身につく知恵など存在せず、あるのは強制された服従だけということだ。

フィリップは、「M理論における非BPSのブラックホールMブレーン構成の新たな非摂動論的結果について」と題した講演を始めるべくオーバーヘッド・プロジェクターのほうに向かいながら、がらがらの客席を見た。できるだけおどけた笑顔をつくり、冗談をいった。

「聞くところでは、隣でジョン・ブリトンが講演をしているようです」

数少ない聴衆が笑った。ブリトン――現在の世界でもっともアルベルト・アインシュタインに近い男――がプリンストン大のどこかにある小塔オフィスにこもっているのはよくわかっている。フィリップはその名前を聞くたびに（または自分で口にするたびに）、少し気分が沈んだ。実際に失望させた父親をもつだけでもしんどいのに、超弦理論の父にまで、彼が自分で思うほど優秀ではないと思い知らされる。ブリトンのほかにも、そうした怪物のような頭脳のリストは長くなるばかりで、その全員がフィリップを見て首を振っているような気がした。「きみはとても賢い少年だった。世界の謎を解くんだといっていたよ、憶えているか？」――いま聞こえたのはドイツ語訛りだろうか？　フィリップの想像力は本当にアインシュタインを登場させて彼をあざけっているのか？　もっともそれはエルヴィン・シュレーディンガーやヴェルナー・ハイゼンベルクであっても不思議はなかった。もしかしたら彼は、ここでメルトダウンを起こすのかもしれない。ついに。この古いオーバーヘッド・プロジェクターの脇で。いやあ、あれは見ものだったよ！　セヴリー教授がスローン・ビルディングの151号室で人格崩壊みたいになって。

死んだ天才の幽霊たちが頭の上に浮かんだまま、フィリップは深呼吸して、目の前に書かれたブラックホールの方程式に集中した。彼のブラックホールには慰めがあった。これらの時空のシンクホールは観測可能な宇宙に多くあり、天文学者にとってもありふれている。だが彼のような超弦理論研究者にとっては、それは高次元の対象――ブレーン――の貴重な巣であり、宇宙をめぐる量子力学上の謎を解くのに役立つかもしれないものだった。十分ほどたったころ、フィリップは心地よいリズムをつかみ、ときどき方程式の合間に目をあげると、同僚のクーチェクやカトウが眉間《みけん》に皺《しわ》を寄せてときどきノートをとっているのが見えた。手にペンを持っていなかったのは、アニトカだけだった。彼女はぴったりしたふわふわのセーターを着て、小さなほほえみを浮かべて彼を見ていた。そのほほえみは、「あなたの決意はかわいらしいけど、あなたは重大な思い違いをしている。革命はかならず起きるし、それを率いるのはわたしよ」といっているかのようだった。もしかしたら彼女は正しく、これは彼らがプレーすると決めた、ただの軽薄な数学のゲームなのかもしれない。なんの意味もない、美しい数学。

講演後の質問はとくになく、ひとしきりまばらな拍手があったあと、講堂には誰もいなくなった。フィリップも部屋をあとにして、ドアのところまで行ったらアニトカが飛びついてくるだろうと予想していたが、廊下に出たとき、フィリップを待っていたのはものすごく高いヒールを履いてつやのある黒い箱を手に持った女性だった。明らかに生徒ではないし、教職員とも違った。彼女は目元に皺を寄せてほほえもうとした。

「勝手に押しかけてすみません」

「構いません。気がつかなかった」

女性は縦にカールした濃い赤毛の髪は肩にかかる長さで、軍服風といえなくもない紺色のスーツを着ていた。家にはこんなスーツが十着以上かかっているのではないかとフィリップが想像したくなるようなスーツだった。彼はこの女性には有能な秘書のような魅力があると思ったが、彼女の中年の美しさは、フレームの外側が吊りあがっている大きなキャットアイ型眼鏡で帳消しになっていた。

「とてもおもしろいです。あらゆるものが小さく振動するエネルギーのひもでできているなんて」彼女はいいながら、頭をかすかに傾けた。

「ええ、そうです、われわれはそれを証明しようとしています」

「でも、きょうの講演では一度も〝ひも〟という言葉は出ませんでした——ブレーン、ブレーンと、ブレーンばかりで」

「次は気をつけますね」

フィリップが、まさかこれから知りたがりの素人《しろうと》に自分の研究を説明することになるのだろうかと思ったとき、彼女が手を差しだした。「ネリー・ストーンです。ミスター・ライオンズのもとで働いています」

「ライオンズ」彼はふいをつかれ、彼女の手を握った。「P・ブース・ライオンズのところで働いていると？」

「そうです。あなたが彼のお悔やみのカードを受けとったことを確認するようにとの指示でおじゃましました」

「彼自身がおいでになればいいのでは？」

彼女は顔を動かし、涙型のレンズの片方から彼を見た。「ミスター・ライオンズはご多忙な方です」

「そうでしょう」

「それに電話が大嫌いなんです。直接お会いするほうがいいといって」

「電話ボックス《フォン・ブース》が電話嫌いだと？」彼はいって、急いで続けた。「返信するのが少し遅れただけで、彼が猟犬たちを放つとは知らなかった」

「猟犬は一匹だけです」彼女はまたほほえもうとしたが、むしろしかめっ面のように見えた。

「ライオンズはひどく熱心にぼくの父親と連絡をとろうとしていた。父が死んだいま、ぼくはきみの上司の関心を引き継ぎたいとは思わない」

彼女はケースから名刺を取りだした。「わたしたちの本部は東部にありますが、こちらにもつてがあります。裏にカリフォルニアの連絡先を書いておきました——わたしの直通番号です。ミスター・ライオンズは日曜日にあなたとランチをご一緒したいと申しております」

フィリップは名刺を見た。彼らのロゴである、螺旋の脳の絵が描かれていた。

「申し訳ないが忙しい」

「日曜日はお仕事はなさらないとお聞きしました」

「ぼくは学校の教師ではないよ、ミズ・ストーン」

「わたしが申しあげたのは——」

「——それにぼくは、日曜日にきみの上司と会う気はない」彼はいい、名刺を返そうとした。

「もしその気になったら、ぼくの都合に合わせてもらう」

「どうかお持ちください」彼女はいいはった。「好きにしてください」

フィリップは名刺をポケットに入れた。「いいかい、きみも仕事でしているのだということはわかっている。だがぼくは、父の死で利益が得られると期待する人間と会いたいとは思わない」

「つまり、利益を得られるものがあるとおっしゃっているんですか?」

「そんなことはいっていない」

彼女の顔から一瞬、力が抜け、鋭さがいくらかやわらいだ。「お父さまを亡くされたばかりなのは存じています、ミスター・セヴリー、そんなときに急かすような無作法をお詫《わ》びいたしますが――」

「〝無作法〟はいい言葉だ」

「――ですがミスター・ライオンズはやはりランチをご一緒したいと希望しています。そのあとは一切の連絡を断わっていただいてもかまいません。それに彼はかなりのグルメなんです。がっかりさせることはありません」

「ミスター・ライオンズが何をしているのか、訊いてもいいかな？」

「ガバメント・スカラー・リレーションズです。名刺にも書いてあります」

フィリップは澄ました顔を保とうとした。「少し曖昧じゃないか？ まるで進歩研究所とか、そんな感じだ」

「わたしは組織のことはよくわかりませんが、ミスター・ライオンズならすべてのご質問にお答えできます」

それでも率直な答えを求めて、フィリップはいった。「つまり彼は一種の仲介人ということなのか？」

「そうです」彼女はウインクして、片方の踵《かかと》を中心にくるっと回った。「ご連絡をお待ちしています、ミスター・セヴリー。おやすみなさい」

フィリップはあまりにも腹が立って、返事ができなかった。彼の講演にやってきたのは死んだ父の幻のプロジェクトを求めていたからだったというのは、さらにひとつの小さな屈辱のように感じられた。コツコツと靴音を響かせて出口へと向かう彼女のうしろ姿を目で追いながら、煙草とマティーニが無性に欲しくなった。マティーニだけならひどい影響もないかいいだろうと思い、ふり向くと、アニトカが立っていた。

〈ヘイマン・ラウンジ〉はフィリップが酒を飲むときに行く店で、地下の娯楽室は別にして、キャンパスで唯一、まともな酒が飲めるところだった。ラウンジは教職員クラブ《アシニーアム》のメインフロアの一室を占めており、趣味のよい内装にカルテックのノーベル賞受賞者らの肖像画が飾られていた。フィリップはずっと前に、その壁のどこに自分の肖像画が飾られるか、場所を選んでいた——物理学者リチャード・ファインマンとクォークの父マレー・ゲルマンのあいだ——そしてラウンジに来るたびに、その場所を見上げていた。だがノーベル賞は測定可能な成果にたいして贈られる。美しい数学ではない。超弦理論研究者がスウェーデンの国王の晩餐会に招かれるのは、数年先のことだろう。

フィリップとアニトカが六時半にバーの席についたときには、ラウンジに客はいなかったが、一時間もしないうちに周囲のテーブルはクラブのメンバーとジェット推進研究所《JPL》の職員らでいっぱいになり、JPLの人々はNASAの予算削減について大声で話していた。フィリップが飲めば飲むほど、JPLの人々の声が耳障りになった。

アニトカが、バーの静かなほうに移ろうと提案した。フィリップは同意したが、新しい席の親密さへのとまどいは顔に出さないようにした。この一時間、フィリップはアニトカに反超弦理論運動を諦めるよう説得を試みていた。もし彼女が、これまで習ってきた延長上の学説ではなく、自分の未熟な持論にこだわるなら、ポスドクの望みはゼロでキャリアの自殺だと。

「キーツは物理学者じゃなかったんですよ、フィリップ」アニトカはそう答えた。知りあってから初めて彼を名前で呼んだ。「美しさは真実とイコールではないでしょう。それにもしわたしたちがこの神秘めいたおとぎの国にとどまるのなら、生命の誕生にはなんらかの〝知的計画〟が関与したと考えてるいかれたインテリジェント・デザイン信者といっしょにベッドに入るようなものです。彼らはばかみたいににやついた顔でわたしたちのほうを見て、〝いっただろう、魔法のようだって〟というんだわ」

フィリップはほほえんだ。彼女の自信には驚かされる。「素粒子を見て少しも魔法を――その不思議への驚嘆を――感じないのなら、きみはここで何をしているんだ？」

「魔法？　次にあなたがたは〝神の粒子〟という言葉を使いはじめるんですね、きっと。何年間、目に見える成果が出ていないんですか？　オタクが集まって数学的美しさについてしゃべりつづけているだけなのでは？　超弦理論がこれからも実験によって測定可能な結果を出せず、それなのにライバルの理論を抑制しつづけるとしたら、いずれ〝科学者〟という名前に値しなくなります」

フィリップはもちろん、この話は全部、前に聞いたことがあった。もっぱら彼女の偽論文について論じているオンライン掲示板を追いかけているからだが、それはいわなかった。

「予測はどこにあるの？　検証可能な結果は？」彼女はあるスレッドでそう問いかけた。それにたいするリプライはどれも嘲笑的だった。

「第一に、ミズ・デュロフ、超弦理論はすでに〝重力〟と呼ばれるものを予測した。まあつまり、そういうことだ」

それにたいして彼女はこう返していた。「ああ、そう、それであなたたちは、次に何を予測するんですか？　太陽中心説？　夜明けに日が昇るってこと？　次は、すでに誰もが賛成している以外のことを予測してみなさいよ」

フィリップがマティーニの二杯目を頼んだときも、アニトカはまだ不満をぶちまけていた。

「高エネルギー物理学はアーティストに実存的なメタファーを提供するためだけに存在しているのではないかと思うこともあります。まるでわたしたち全員、へぼな脚本家に自分はなんて頭がいいんだと思わせるためにここにいるのかと」

彼女は本当に、人々に思わせたがっているほど反動的で非ロマンティストなのだろうかと、フィリップは思った。「何がきみの問題かわかるかい、アニトカ？」

彼女が身を乗りだしてきたしぐさを見て、この調子だとふたりとも酔いそうだとフィリップは気づいた。

「きみはこの分野に必要な想像力が欠けている」

「ああ、それがわたしの欠点だというんですね？」

「たしかに、あの雑誌でやったきみのでっちあげにはかなりの想像力が必要だった、だがあのばかげた論文に費やした時間を、本物の数学に使うこともできた」

彼女の顔がどんどん近づいてきた。

フィリップは目を下におろし、ほとんどからになっているグラスを見て、バーテンダーにお代わりを合図した。「最後にひとついっておく。ぼくたちに腐った果物を投げつけるのをやめて自分の研究を真剣に見つめたら、きみは並はずれた科学者になれる」

三杯目のマティーニが来て、ふた口ほど飲んだところで、奇妙なことが起きた。その瞬間、起きてしまったことを悔やんだ。アニトカが彼の目の前で開花したのだ。彼女の美しさに気づいていなかったわけではなかった――アニトカの美貌はジンとベルモットの影響ではない――ただこれまでは、彼女をじっと見つめるほど長く見たことがなかった。彼女は学部で厄介がられている、忘れたのか？　鼻つまみ者だ！　それに普段の彼女は学究世界の服装コードに沿った服装をして、見た目を目立たせないようにしていた。専攻分野が主観的なほど、学生のファッションセンスがいい。いい換えると、服装がやぼったければやぼったいほど、数学部に近づく。

だが今夜、ぴったりしたピーチ色のセーターを着て、髪を顔にかからないようにまとめたアニトカは、まぎれもなく光り輝いていた。滑らかなスラブ系のほおと、大きな、物憂げな目――そしてロシア訛り。シベリアのツンドラに咲いた花。なにを考えているんだ、フィリップ、いったいどうしたというんだ？

視線を彼女の首から下におろさないように努めながら、彼はふいに常軌を逸《いっ》した考えに見舞われた。三十年間の結婚生活で一度も考えなかったことだ――自分さえその気なら、いまここで恋愛を始められる。人生と美と科学への情熱にふたたび火を点けられる。いいじゃないか。何かが変わらないといけないんだ。この壊れた機械をリスタートさせなくては。

彼女に訊きたかった。「なぜきみのような美人が理論物理学に？」だがフィリップはそんなへぼな質問をするほど耄碌《もうろく》してはいなかった。それに、その答えには見当がついた。アニトカが育ったのはウクライナの田舎だ。そこでは美しい少女は珍しくもない。身長百八十センチの女神たちが蕪《かぶ》のように地面から生えてくるのだから。彼女たちはアメリカの少女のように、小さいころから褒められまくって育つわけじゃない。五歳くらいからかわいいねといわれることもない。なぜなら次の週まで生き延びるので精いっぱいの国では、美しさには価値がない。

「奥さまが夕食をつくって待っているんでしょう？」

彼は咳払いをした。「このごろはもう待っていてくれないんだ」そんな情けないいい方をするつもりはなかった。

「わたしなら待っています」

フィリップは紙ナプキンを折りたたみ、どんどん小さな三角形にしていった。アニトカはカクテルのメニューを開いて、沈黙の気まずさをやわらげた。「次のお酒は変わったのにしようかしら。ハイゼンベルク・ハイボールなんてどうですか？」

「ふむ、不確定だ」

彼女は笑顔をメニューで隠した。「おもしろくないわ。オッペンハイマーズ・マンハッタンは？」

「それは飲んだことがある。かなりうまいよ」

「ねえ見てください！　アインシュタイン・オン・ザ・ビーチまである！」

彼女が語呂合わせのカクテルをつぎつぎと槍玉《やりだま》にあげるのを聞きながら、フィリップは頭のなかで浮気の根拠を固めはじめた。何しろ、情事で勢いづいた科学的発見には長い歴史がある。ロバート・オッペンハイマーは、原子爆弾開発のためにニューメキシコに家族連れで移住する前に、最後にもう一度ジーン・タトロックに会いにいった。ソ連の物理学者レフ・ランダウは量子液体論の研究に取り組みながら、結婚後も途切れることなく愛人をつくった。もちろん、アインシュタインの浮気癖は生涯変わらず、詳細に記述されていて、あまりにあからさまで退屈なほどだ。

たぶんもっとも派手だったのは、エルヴィン・シュレーディンガーだろう。アンネマリーと結婚してからもつぎつぎと愛人をつくり、それぞれの恋愛が精力的な研究と発見に対応している。シュレーディンガーは、一九二五年十二月に愛人――いまだに誰かわかっていない――とのアルプスの山荘滞在中に、彼のもっとも重要な功績である波動方程式を発見した。愛人との情事のあいまに夢中で取り組んだ方程式が、のちに彼にノーベル賞をもたらした。シュレーディンガーの友人の数学者ヘルマン・ワイルは――ちなみにシュレーディンガーの山荘滞在中にその妻と情事を重ねていたが――シュレーディンガーについてこう語っている。「彼の偉大な業績は人生後半における性愛の爆発の産物だ」

人生後半における性愛の爆発。彼に必要なのはそれだ。

フィリップの目は部屋の向こう側の壁にかかっているリチャード・ファインマンの陽気な肖像画にとまった。物理学とともにそのいたずら好きで茶目っ気ある人柄で知られている。

〝わたしでさえ〟彼が八×十インチの牢獄のなかから話しかけてくるようだった。〝トップレスバーやヴェガスのショーガール好きは一生治らなかった。カリフォルニアに引っ越したのは学問上の名誉のためだと思うかい？　ちがうよ、フィリップ、女の子だよ、女の子〟

「スリーマイルアイランド・アイスティーをふたりで分けましょうか？」アニトカが無邪気に尋ねた。

「ぼくはもういい」

「ブラディマリー・キュリーは？」

フィリップはとつぜん立ちあがった。「もう帰らないと」

「でもまだわたしの博士論文の話が」

「ああ、だが――」

「どうやって家に帰るんですか？」

「そとにロケット船を待たせてある」

アニトカは噴きだし、椅子から転げ落ちそうになった。「ああ、どうしましょう。わたしたちどうしてこんなに酔っちゃったのかしら」彼女はフィリップの腕をつかんでからだを支えた。

彼はその手を見た。「ぼくにはきみくらいの娘がいるんだ」

彼女はバーカウンターをはたいた。「すごい奇遇ですね、わたしにもあなたくらいの従兄がいます」

そこで彼は上着をひっつかみ、〈ヘイマン〉を出た。

フィリップは家までかなりの距離を歩くことにしたので、今夜自分が口にした愚かな言葉を全部、ふり返ってみる時間がじゅうぶんにあった。ぼくにはきみくらいの娘がいる？ そんなことを昼日中に会うことになる女性にいうなんてどうかしている。それになぜ、逃げだすも同然に出てきたんだ？

ジェインはマティーニ三杯後の彼の状態をどう思うだろうと思った（それとも四杯だったか？）。家に着くまでにどれだけ酔いを醒《さ》ますことができるか計算していたとき、彼はアシニーアムの駐車場のなかを通って彼を尾行する車があるのに気づいた。つけられていると思ってひどく動転し、植え込みにからだをぴたりとつけて車が行ってしまうのを待った。黒っぽいセダンが彼の前にやってきてとまると、非合理的な恐怖のおののきがからだを伝った。助手席の窓があけられた。

「お宅まで送っていきましょうか、セヴリー教授？」運転席の男が申し出た。

車内は半分陰になっており、フィリップから運転手の顔は見えなかった。「きみはぼくの知り合いかな？」

「ミズ・ストーンがあなたをお送りしてさしあげろと」

「ミズ・ストーン？」男はスーツを着ていた。運転手の制服かもしれない。「どういうことだ──」

運転手は説明しはじめたが、話すにつれて訛りが強くなり、フィリップは内容が頭に入ってこなくなった。それに車と植え込みに挟まれて身動きがとれないと強く感じた。

「申し訳ないが」彼は片手をあげた。「よくわからない。失礼するよ──」

彼は植え込みにたまたまあった隙間を通り抜け、歩道に出て、家のある方角に向かって急いだ。だがこの遭遇《そうぐう》──この夜のことすべて──に、フィリップはひどく動揺し、徒歩で四十五分かかった家までの道のりで、十回近くうしろをふり返った。

10 ホテル

ドリューのフォー・オクロック・フラワー事件が落ち着くと、ヘイゼルはあやしい手掛か《スカヴェンジャー》り探《ハント》しに復帰した。家族には、まだシアトルでの書店経営のあわただしい生活に戻る気がしないと説明した。それは半分、真実だった。あしたの朝、店に出勤して、客とのやりとりに苦労し、そのあいだもカウンターの上には督促状《とくそくじょう》が溜まっていくところを想像してみた。午後になって店を店員のチェットに任せるところも想像してみた。棚を整理して店の看板をきれいにしておいてと頼みながら、彼女の留守に彼がするのは読書の遅れをとり戻すことだとは百も承知で（それが悪いというわけじゃない。だってそれこそ本屋で働く意味でしょ？）。チェットの読書はただの読書ではなく、ずっと彼が書きつづけていて、彼女がそれに気がつかないふりをしているタイトル未定の本の資料なのだとわかっていた。

それから彼女はベネットのデザインスタジオまで、きびきびとした足取りで歩いていくだろう。でもそこで不幸せなシナリオしか思い浮かばなかった。ベネットが回転椅子のラインに熱中していて、彼女が来たことにも気づかないとか。もっと悪いのは、ふたり用のロッキングチェアの座りごこちをあのかわいい――前髪を額に垂らしてラメ入りのタイツをはいている――アシスタントデザイナーといっしょに試していて、ふたりとも椅子を評価するふりをしながら、ひそかに隣りあって坐るのを楽しんでいるとか。そしてヘイゼルはそこに立ち、間抜けのように、ベネットの好物のペイストリーの入った袋をぎゅっと握りしめているのだ。

なぜ自分の心が最悪を想像してしまうのか、わからなかった。でも本当のことをいえば、家に帰るのがこわいというより、ロサンゼルスに自分のすべきことがあるという思いが消えなかった。ようやくセヴリー一家のなかで自分の役割が、何年も前に自分と兄を助けだしてくれた人に頼まれた仕事ができるのだ。

ヘイゼルはその後二日間、アイザックの書斎にこもり、彼の手紙をじっくり読んだ。その文面に彼の研究のありかが隠されているはずだ。ひょっとしたらこの家のどこかに。念のため、カルテックの数学部に電話して、建物に一三七号室があるかどうか訊いてみた。なかった。もしかしたら一三七は本物の部屋ではなく、手紙のなかのどこかを指している暗号なのかもしれない。でもいくら文章をいじってみても――アナグラム、語呂合わせ、縦横の頭文字の抜き出し――なんの意味もなさなかった。これで幾度目か、ジョン・ラスパンティについてインターネットで検索してみたが、なにも出てこなかった。同姓同名の人は何人かいたが、いずれもロサンゼルスにはいなかったし、学術的な仕事に就いていたり祖父とつながりがあったりということもなく、そのうえ誰もヘリンボーン柄の服を着ていなかった。

何時間も袋小路をさまよい、ヘイゼルは『夜はやさし』に戻った。祖父の頭がおかしかったとはぜったいに思いたくなかった。探しつづけなければ。いまはない〈ブック・サーカス〉のギフトカードは、いらだたしいほどなんの意味もないように思えた。ハリウッドにあった書店は何年も前に破産し、建物にはいま、ジムと健康食品店を兼ねた店が入っている。ラケットボールのコートや食品棚のあいだの通路をうろついて隠された数学を探しまわるという考えは、即却下した。代わりに本全体に目を通した。何度かざっと読んだが、見つかったのは、二ページの「沿岸の《littoral》」という言葉に下線が引かれていたことだけだった。その余白にアイザックの字で定義が書かれていた。「海岸の、海岸にかんする」。ヘイゼルも大学のときにこの本を読んで同じ言葉を調べたはずだが、その意味は憶えていなかった。彼女はその言葉でアナグラムを試してみたが、できたのは tortilla R. T. Lolita ――トルティーヤとR・T・ロリータという言葉だった。ラスパンティの名前 Raspanti でもやってみたが、hop ninja rats no Japan shirts ――ホップ忍者がスパイする、ノー・ジャパン・シャツを考えて、諦めた。

　それほどばかげていない発見が訪れたのは、二晩目にベッドで横になって、ギフトカードを指のあいだに通しながら、書店のモットーを思いだそうとしていたときのことだった。「サーカスといっしょに逃げろ」だったか？「本を送りこめ」だったか？ランプの明かりが店の王冠に似たロゴを照らしたとき、黒いプラスティックの端が少しはがれかかっているのに気がついた。机のところにいってよく見ると、それは安っぽいシールだった。はがしてみると、その下に金箔《きんぱく》押しの文字が現れた。「ホテル・ダンティーブス、フットヒル・ドライヴ五八一九番地、ロサンゼルス」。これはギフトカードではなく、ホテルのキーカードだった。大きくて立派な、薔薇色に塗られたホテル……。ひょっとしたら、アイザックがフィッツジェラルドの本の冒頭の一文をほのめかしたのは、文学的な意味ではなかったのかもしれない。ここで一三七号室が見つかるのだろうか？

階下にシビル、ジャック、ドリューがいなかったら、よろこびの雄叫《おたけ》びをあげていただろう。ヘイゼルはパジャマの上にコートを羽織って、アイザックのキャデラックを借りることも考えたが、エンジンの音でみんなを起こしてしまうのは確実だった。だから代わりにベネットに電話をかけた。とつぜん彼の声が聞きたくなった。彼が、彼女がいなくてさびしい、彼の犬も彼女を恋しがっている、ものすごくおいしいクラブケーキを出すレストランを見つけたんだ、いつ帰ってくるんだい？　というのを聞きたかった。でもつながったのは留守番電話だった。ヘイゼルは彼が低くてゆったりした口調でメッセージを残してくれというのを聞いて、電話を切った。

眠れず、一時間くらい天井を眺めて、頭のなかで渦巻くシアトルにかんするネガティブな考えを追い払おうとした。代わりに思いだしたのは、兄とふたりで、クリスマスのライトとピンひと箱を使って、天井に星座を描こうとしたときのことだった。ロサンゼルスに本物の星空がない埋め合わせをしようとしたのだ。いくつかの電球を黒く塗って、星の明るさをちょうどよくしたが、けっきょくぐちゃぐちゃになってしまった。ようやく目をとじてうつらうつらしてきたところで、ヘイゼルはふたりの星座プロジェクトが子供の失敗ではなくうまくいった現実を想像した。その現実では白い電球の連なるクリスマス用ライトはふたりの部屋の天井についたままで、ジャクージでアイザックといっしょに浮かんではいなかった。

あくる朝九時、シビルとジャックが残していったパンケーキを何枚か食べてから、ヘイゼルは峡谷から車で五分ほどの、ハリウッドのフランクリン・ヴィレッジから丘を登ったところにあるホテルへと向かった。キャデラックからおりて、フランスの城を模した建物をちらりと見たが、それは立派でも、薔薇色でもなく、アイザックがここで何をしていたのか、想像してみようとした。青いマンサード屋根とルーバー式の鎧戸《よろいど》の並ぶ建物を見れば、はやっていたころは堂々としていたのだろうとわかるが、いまはかつての栄光にすがりつき、想像力に富んだ投資家の出現を待っている。貧弱な薔薇の木数株とブーゲンビリアがファサードを飾っていた。そのファサードはかつてはケーキのアイシングのようなクリーム色だったのだろうが、いまは薄汚れてひびが入っていた。元気のない芝生の左右に伸び放題の椰子の木が対《つい》に置かれ、変な形の生垣が三方を囲んでいた。

歩道にあった緑色の案内標識によれば、これは「注目すべき建物」で、それはきっと、歴史的建造物のひとつかふたつ下のランクだろうと思われた。

一九二〇年代にアパートメントとして建てられたこの建物は、大恐慌時代に人々が家賃を払えなくなって、ホテルに改装された。新しいホテルはすぐにエリートのたまり場となり、その後二十年間、ハリウッドの数えきれない伝説——破滅的な恋愛、薬物の過剰摂取、疑わしい事故、キャリアの妨害など――の舞台となった。財力のある人間は数カ月間滞在して、粋《いき》に羽目をはずした。

いちばん下に映画界の大物の言葉が引用されていた。

もしかっこよく神経衰弱になりたかったら、ホテル・ダンティーブスで決まりだ。ただし、ダマスク織を汚さないように。

ヘイゼルはホテルへの歩道を歩きながら、すでにロビーのにおいを予期していた。実際に受付エリアに入り、低く垂れたシャンデリアの下を歩いていくと、ワインレッド色の絨毯《じゅうたん》からさまざまな記憶がヘイゼルの鼻腔《びこう》まで立ちのぼってきた。四人家族がコンシェルジュの机の前に集まっていて、その父親はどの観光バスに乗るべきなのか、職員を問い詰めていた。

ヘイゼルはロビーを横切り、はげた家具や、最近は小型蛍光灯にとって代わられつつある古いランプを眺め、とくに悲惨な猫足のソファに目をとめた。思わずベネットと、古い物や壊れかかった物全般への彼の憎悪を思いだした。それには古風な魅力がある彼女の書店も含まれていた。電話を取りだして、彼にメールを打ち――「いま、あなたならきっと大嫌いだというホテルにいるの」――ソファの写真数枚といっしょに送った。

休暇中の家族はまだまだ結論に達しそうにないし、自分の存在を知らせる理由もなかったので、ヘイゼルは一階の廊下に進んだ。どこかから掃除機の音が聞こえるほか、建物は静かで、あの家族以外に泊まり客がいるのだろうかと思った。ホテルはアパートメントの居心地のいい雰囲気を残していて、あとから電子錠をつけたとはいえ、すべての部屋に元の木枠のドアがついていた。彼女は角を曲がり、リネン類のカートを押していた小柄なヒスパニックの女性と鉢合わせしそうになって、奥に行くにしたがって部屋番号が大きくなっているのに気づいた。一二九号室が廊下の突き当たりだった。

引き返しながら、どこか曲がり角を見逃したのかと探したが、そんなものはなかった。何も知らないふりをしてフロントで訊くこともできるが、できるだけ名前を出さないほうがいいだろう。

「一、三、七」彼女は声に出していい、頭のなかで数字を入れ替えて六つの候補を出した。ロビーのエレベーターのボタンを押した。扉が開いて鏡張りの箱のなかに乗りこむと、七階までのボタンが並んでいた。「3」を押すと、エレベーターはモーター音とともに上にあがった。周囲の鏡は暗く、年月による染みが出ていたが、反射する光でじゅうぶん明るく、鏡のなかに無限に連鎖するヘイゼルが映っていた。

扉があくと、さっき会ったメイドがいて、エレベーターの呼び出しボタンのパネルを磨いていた。

「ご案内しましょうか？」彼女がいった。

「だいじょうぶ、ありがとう」ヘイゼルはいって、廊下に出た。

女性はヘイゼルを見つめた。もしかしたらこの階には誰も泊まっていないのかもしれないと、ヘイゼルは思った。

三一七号室を見つけて、キーパッドの前でキーを振ったが、赤いライトが点灯した。メイドに見せるように、いらだったふりをして両手をあげた。

「階を間違えたみたい」彼女はつぶやき、エレベーターのところに戻った。

小柄な女性はすでにエレベーターにカートを乗せていた。「上ですか？」

「ええ、お願い」

だがメイドは、階を選ばなかった――もしかしたら次は鏡を磨くのかもしれない――だからヘイゼルは最上階を押した。その後数秒間、メイドは周囲の真鍮《しんちゅう》製の枠を磨いていた。

ヘイゼルは七階でおりた。エレベーターの扉がしまると、七一三号室へと向かったが、ある音に立ちどまった。エレベーターの扉が開くかすかな機械音だった。下ではなく、上で。続いてカートの車輪の音が聞こえた。八階があるのだ。

ヘイゼルはひとつだけついているエレベーターの呼び出しボタンを押した。扉が開くと、中のパネルをよく見た。実際、ボタンは四つずつ並んで二列、全部で八つあったが、「7」の隣のボタンには何も書かれていなかった。そのボタンを押した。ボタンが光り、エレベーターが上昇した。いきなりとまって、扉が開くと、そこには驚いた顔をしたメイドが、手に雑巾《ぞうきん》をもって立っていた。何もいわず、ヘイゼルが何をするのか見ている。

この階はほかの階とはまったく違っていた。絨毯は同じだったが、廊下は短く、いっぽうの突き当たりに部屋番号の書かれていないドアがひとつだけあった。とうとう女性は、おどけたように雑巾を振って、ヘイゼルを通した。

「ありがとう」ヘイゼルはいって、女性の横をすり抜け、進んだ。ドアから数フィートまで近づいたとき、何かが貼られているのが見えた。のぞき穴の下に、まるで古い図書館の目録カードのような白い札がテープで貼られていた。誰かが鉛筆で一三七と書いていた。

メイドが咳払いをした。「失礼ですが、お客さま」

ヘイゼルはふり返った。

「ミスター・ダイヴァーのお連れさまですか?」

「ダイヴァー?」

ダイヴァー! そうか。アイザックはテーマに沿って、『夜はやさし』の魅力的で不幸な結末を迎える主人公の名前を偽名にしたのだ。

「ええ、そうです、ディック・ダイヴァー」ヘイゼルはいった。「わたしの祖父なの」

「それならご存じでしょうが、ミスター・ダイヴァーは完全なプライバシーをお求めで、メイドサービスは一切ご不要とのことでした」女性ははっきりした完璧な英語でいった。まるでいままでずっと、その流暢《りゅうちょう》な言葉でヘイゼルを驚かすチャンスをうかがっていたかのようだった。「でもそろそろお部屋の掃除とタオル交換が必要だと思います。いつならいいか、教えていただけますか?」

「わかりました」

「わたしはフロルといいます。フロントでわたしを呼びだすようにいってください」

フロルはカートのところに戻った。

「あのね、フロル、ミスター・ダイヴァーがいつからこの部屋を借りているか知ってる？」

女性は顔をしかめた。「彼からお聞きにならなかったんですか？」

「具合がよくないの」

「まあ、失礼しました。何年も前からです。たぶん五年くらい？」

「五年？　本当に？」

フロルはうなずいた。「これは特別なお部屋です。口づてのお客さまにだけお貸ししています――ある種の隔離を求める方に。この階は、元々のオーナーが、妻に見つからない秘密の部屋にしようとつくったそうです」

ヘイゼルはこの秘密のドアに貼られた部屋番号に目を戻し、これは最近、彼女のために貼られたのだろうと思った。「3」の巻き具合がいかにもアイザックの字だった。フロルに部屋番号の意味を訊いてみようかと思ったが、彼女はすでにカートを押してエレベーターに乗りこんでいた。

ヘイゼルはキーパッドの前でキーを振り、ライトが緑色に点滅してから、ドアを大きく開いて照明のスイッチを入れた。小さなシャンデリアに明かりが点《とも》り、絨毯敷きの入口と、右に折れている廊下、左に寝室、正面に居間が見えた。ホテル特有のにおいはなくなり、革、木、埃《ほこり》、カードゲームをひとつにした、よどんでいるような、でも不快ではないにおいがした。絶滅した種類の独身者のにおいだ。どうやら長いあいだ窓はしめっぱなしだったらしい。

部屋の状態についてのフロルの心配を考慮すれば、埃を別にして、部屋は非常にきれいだった。ヘイゼルが廊下のドアを押しあけると、キングサイズのベッドにかかるキルトは皺ひとつなく、バスルームともうひとつの寝室も、使われた形跡がなかった。アイザックがここに泊まっていたとすれば、念入りにあらゆる証拠を消したのだろう。

ヘイゼルは簡易キッチンを通り過ぎて広々とした居間に入った。クラブ風のボヘミアっぽい内装に現代的なデンマーク家具を合わせてあった。一方の壁に造りつけられた棚には年代物のお酒の瓶が並んでいた。その前に、揃《そろ》いの革張りの椅子がふたつ、ベイズを張ったカードテーブルを挟んで置かれていた。テーブルの上にあったチェッカーの盤は次の一手を待っていた。

居間のいちばん奥にある小さな木の机の上を、コンピュータのディスプレーが占領していた。その横の壁に張られていた地図には、赤の丸いシールがいくつも貼られていた。ヘイゼルが近くに寄ってみると、それはLA周辺の市街地図だった。シールにはわけのわからない数字が書かれていた。

その地図を見て、すぐにアイザックの交通プロジェクトを思いだした。家の彼の書斎にも似たような地図がずっと貼られていたが、そこについていたのは丸いシールではなく、旗だった。アイザックはプロジェクトに復帰したのだろうか？　執着を家族には内緒にして？　丸いシールをざっと見たが、それは地図の一般道路や高速道路とは対応していないようだった。シールは市内全域に散らばり、あちこちに集中している場所があり、地図の端にいくに従ってまばらになっていた。これが、彼女が廃棄するべき研究なのだろうか？

ヘイゼルはコンピュータに向かって、電源ボタンを押した。一分後、画面に入力をうながすプロンプトが現れた。パスワードが必要だ。

「冗談でしょう？」彼女はいった。いったいいつまで、彼女が探すべきものが手の届かないところにぶらさげられているのだろう？　でもヘイゼルは、アイザックはここまで、彼女が知る必要があるものはすべて教えてくれたと自分に言い聞かせた。もし彼女に自分のコンピュータを見せたかったら、もちろんパスワードだって教えてくれたはずだ。

彼女はバッグのなかから祖父の手紙を取りだし、もう一度読んだ。もうすでに文面はほぼ暗記していた。でもこれ以上、何か意味あることは引きだせなかった。ヘイゼルは部屋に置かれているものを眺めて、内装のなかにヒントが見つかるのではないかと期待した。壁にいくつかのボードゲームが積まれていた。ほとんどが古かったり、あまり知られていなかったりするものだった。地理ゲーム「ユービーアイ」や、「スクラブル」と「はらぺこカバさん」を合わせたような失敗作「レタージャングル」もあった。壁の地図がいちばん有望な味方だと思ったが、その意味がまったくわからなかった。反対の壁には、太陽の形を模した大きな鏡がかかり、彼女のしかめっ面《つら》が映っていた。

アイザックがバスルームの鏡に素数を書いていた写真を思いだして、ヘイゼルはバッグからフィッツジェラルドの本を取りだした。またぱらぱらとページをめくり、これまで見逃していたことを見つけた。表紙の見返しに、薄い鉛筆で短い数字の列が書かれていた。中古の本だから、これは古いデューイ十進法か、彼女も店で使っているような在庫管理用の番号かと思っていたが、よくよく見ると、そのどちらでもなかった。137・13・9。また137という番号で、やはりアイザックの「3」だった。ふたたびパスワードのプロンプトを呼びだし、その数字を、小数点を入れたものと入れてないもの、そのままの順番のものと逆にしたもの、さまざまに入れ替えたものを全部試してみた。でも「パスワードが違います」ばかりだった。ポラロイド写真に写っていた素数のまとまりを思いだして試してみたりもした。

「パスワードが違います」

最後に、「littoral――沿岸の」も。

「パスワードが違います」

ヘイゼルは椅子を机から押しだして、勢いよくカーテンをあけた。日光に目が慣れてくると、床から天井までの窓からルーフトップバルコニーに出られるとわかった。引き違いの窓をあけてそとに出てみると、そこは多肉植物、ウチワサボテン、リュウゼツランの庭になっていて、メイドもアイザックの部屋に入室を禁じられているのに、いったい誰が庭の手入れをしているのだろうと思った。バルコニーには別の出入口があるのだろうか？　手すりのところまで行ってみたが、別の出口はなさそうだった。ハリウッドと高速一〇一号線を眺めていると、胸苦しいほどの不安が忍び寄ってきた。もうたどるメッセージも、解読する暗号も尽きた。アイザックのいう研究がこれほどの秘密を必要とするほど大事なものなら、なぜ彼女に任せたのだろう？　なぜ、フィリップやペイジでもなく、グレゴリーでさえなく、わたしに？　彼らなら次に何をすべきかわかったかもしれないのに。

　ヘイゼルは、祖父の答えが遠くの特定できない場所からやってくるのを想像した。〝わたしはこの方程式を――〟

　――彼らがもっとも疑わなさそうな家族に残すことにした？　でも本当にわたしに廃棄しろというの？　コンピュータにさえアクセスできないのに、どうやって？

　おまえに手紙を出してから、すぐに――

すぐに何？　あの日の朝、何があったの？

　ヘイゼルは兄に電話するために室内に戻った。このホテルに来てもらって、何もかも話すつもりだった。兄ならどうしたらいいか、わかるだろう。でも呼び出し音が鳴り、留守番電話につながったとき、アイザックの警告〝――警察には、たとえおまえの知り合いでも、通報してはならない〟――がはっきりと思いだされた。電話を切った。でも謎は残る。なぜ自分の兄を信用してはいけないのか？

　ヘイゼルはいらいらして、ダマスク織のソファに仰向けで寝ころび、クッションで顔を覆った。

　目をあけると、カーテンが風に吹かれて膨《ふく》らんでいた。彼女は坐ったが、頭が痛かった。片手に祖父の手紙を握りしめていた。電話で目が覚めたのだ。ソファの上から電話を探しだすと、ベネットからの留守電メッセージだった。頭の痛みはいまや胸の締めつけに代わり、彼の冷たくよそよそしい声――「なあ、ぼくたちは話しあうべきだと思う……」――を聞いた瞬間に、何が起きているのかさとった。タイツをはいたあの子でしょ？　彼は続けた。「電話でこんな話はしたくないし、いろいろと大変だと思う、でもそろそろきみが帰ると思っていたんだ。電話してくれ」

電話はできなかった。代わりに自分の目の前に電話をもちあげ、写真を撮った。その写真をベネットに送り、「これがわたしの悲しい顔よ」と書いた。

11　アポイントメント

フィリップは自分の机に向かってネリー・ストーンから渡された名刺を見た。P・ブース・ライオンズという端正なセリフ書体の名前が彼を見上げていた――先週だったら正気の沙汰じゃないと思ったことが、いまは完璧に分別あることに思えた。父は彼にこの問題を解かせたがっている。このフォン・ブースというのはどんな人物なのか、そして何を求めているのか。〝おまえは知りたくないのか？〟彼には父親が尋ねる声が聞こえた。〝世界の謎にまったく興味をそそられないのか？〟

だがフィリップは自分をごまかすつもりはなかった。電話を取り、ダイヤルして、ミズ・ストーンの校長っぽい声が応答するのを待ちながら、彼は自分が何をしているのか、きちんとわかっていた。彼が電話をかけたのは、アシニーアムの駐車場のなかで彼を尾行するほどの価値がある父の研究とはいったい何なのか、説明を求めるためだ。だが同時に、オフィスのくもりガラスにその影が映るところを考えただけで冷や汗が出る学生から逃げるためでもあった。

アニトカ・デュロフのことは何年も前から知っており、彼女の魅力に惹かれたことは一度もなかった。だがいま、何か——許されない何か——の潜伏性の症状が、まるで隠れていた病気のようにとつぜん彼の体内に現われた。単なる〝人生後半における性愛の爆発〟になるはずだったものが、ここ数日で一種の狂気へと変化した。彼はもう何十年もこんなふうに感じたことはなく（ジェイン以来）、難解な問題や直観による探求の歳月のあいだに、こうした種類の恋情がいかにおのれの制御も理性もきかないものかを忘れていた。父がたしなめる声が聞こえるようだった。〝ああ、だがやめておけ、フィリップ。おまえは自分が望んだような非凡な物理学者——ニュートンやアインシュタインの後継者——ではないかもしれないが、自分の大切な人たちを裏切るようなことはする人間ではないだろう。人々はいまでもまだ浮気なんてしているのか？　それは何十年も前の古くさいふるまいではないのか？〟

だがどんな説教も役立たずだった。なぜなら情熱の生きる場所はそこではない——入りこんでいって起爆装置をセットできるような、脳のどこかではないのだ。ばかげていて、赤面ものの、のぼせあがったその場所は、性質的にほかとは遮断され、その存在に反対する理由の長いリストなどまったくお構いなしだった——〝おまえは結婚しているんだろう！　円満に！〟円満？　〝彼女はそこまできれいでもない！〟いや、きれいだ。〝ジェインにばれるぞ！　いったい何を考えているんだ！〟頭のなかの正義の声が、そうやって鍵のかかった門に向かっていくら怒鳴っても無駄だった。

彼は両親の幸福そうな結婚について考えた。父もこんなばかげた迷いに悩んだことがあったのだろうか？　それをいうなら、母は？　母のことを考えたせいで、そろそろ面会にいかなくてはと思った。きょうの午後にしよう。ジェインと子供たちといっしょにサンタモニカまでドライヴして、母さんを連れだして海風にあたる。だが母の認知の衰えを確認するのは気が滅入った。もっと正確にいえば、事実上父が母を見捨てて介護付き施設に入れた――フィリップはそれをとめなかった――ことに、気が滅入った。だがいっぽうでは、精神が壊れてしまったら、その原因が老化でも、病気でも、薬物濫用でも、その人間はすでに死んだようなものだ。彼の家族ではそうだった。

呼び出し音一回でつながり、ミズ・ストーンが気取りのない声で応答した。「こんにちは、ミスター・セヴリー。お電話ありがとうございます」

フィリップは咳払いした。発信者番号通知にはいつまでたっても慣れない。「こんにちは、ネリー。ネリーと呼んでもいいかな?」

「もちろんです」声で彼女のほほえみが伝わってきた。「ランチを承知してくださるなら、レニーと呼んでもかまいません」

「わかった、だがランチはきょうにしてくれ」

間があった。「少しお待ちいただけますか?」何も聞こえないまま、数分間たった。フィリップが切ろうかと思ったとき、彼女の声が戻ってきた。「マリブにいらっしゃるのは可能ですか? 迎えの車を手配します」

二十分後、フィリップが見ると、カリフォルニア・ブールヴァードにタウンカーがエンジンをかけたままとまっていた。先日の夜に駐車場で彼を尾行してきたのはこの車だったのかもしれないが、運転手に訊くと、彼は肩をすくめて自分は昼しか働いていないといった。

後部座席のかすかにエンジン音の聞こえる繭《まゆ》のなかに入ると、フィリップの緊張はとけ、それから一時間、サンタモニカ高速道路と太平洋岸の潮風の吹く道を走りながら、頭を離れなかったアニトカのイメージを脇に置いてノートの数学に集中することができた。彼が選んだ職業のいいところは、紙と鉛筆だけでどこでも仕事ができることだ。知らない人に何を書いているんですかと訊かれると、余裕のあるときには、プリンストン大学の同僚から拝借した譬えで説明することもあった。彼の専門とする数学は電気が消え、カーテンがしまり、照明のスイッチは戦略的に隠されている大きな邸宅に入っていくようなもので、大勢の物理学者が邸宅の反対側で仕事をしている。いつか全員が暗い真ん中で出会えると願っている。

だがいまのところ、フィリップは単独で取り組んでいる。その仕事は特定の翼《ウィング》の見取り図をつくることで、何かを壊したり倒したりすることなくひと部屋ひと部屋つくっていく。邸宅のある部分すべての見取り図をつくってから、次の部分に移動する。暗い部屋に入ってしばらくは、つまずいたり腕で空を切ったり物にぶつかったりする。識別できる物体それぞれが周囲の物体の手掛かりを与えてくれる。化粧台があれば、椅子があるはず。真鍮製の火かき棒があれば、暖炉があるはず。このめちゃくちゃな設計の邸宅では、照明のスイッチはけっしてドアの近くにはなく、いつも彼が最後に探す場所にある。そのスイッチを入れて初めて、彼は周囲の不思議なエレガンスを完全に理解できる。

フィリップはもう何年間も同じ部屋から出られずにいて、手の届くところに解決法は見当たらない。この部屋は諦めようと何度も思ったが、結局、いくら暗くても、この部屋は自分のものだとわかっていた。これからも何度もこの部屋に戻るだろう。一度に一時間ずつ、そのなかに何があるのかがわかるまで、最後にスイッチを見つけるまで。必要ならばここで死んでもかまわない。

フィリップはウィンドウをあけて、太平洋の風に顔を打たせた。そうだ、自分はだいじょうぶだ。彼女のことは一時的な気の迷いだ。父親が死んで彼の人生の目的がカオス――〝めちゃくちゃ〟のほうのカオス――になったからといって、ばかげた衝動に屈することはない。

一時間十五分後、車は、全体が淡い色で現代的な鋭角の設計の殺風景な建物の前にとまった。絶壁の端に建っていて、いまにも海に突き落とされそうな積み木の山のようだった。戸口にネリーがいて、建物と同じオフホワイトの色合いのリネンのパンツスーツという服装だった。彼女がそとを見ている様子が変だと感じた。まるで何かを隠しているかのような、自分の期待をあらわにしないようにしているかのようだった。父の最近の数学に、本当に何か重要なものがあったということなのだろうか？　彼女とP・ブース・ライオンズは彼が知らない何かを知っているのだろうか？

フィリップが車からおりると、ネリーはまるで猛吹雪《ふぶき》に遭《あ》った親しい友人を導くかのように手を伸ばした。「彼はまだなんです。でもせっかくだから午後を楽しみましょう。いいでしょう？」彼女はフィリップをガラス屋根のアトリウムに案内した。そこからがらんとした廊下を通り、自然光の射しこむ広い部屋に出た。空間と白とガラスしかなかった。

「彼は研究者に会いにいっている？」彼は尋ねた。

彼女は笑うふりもしなかった。「現時点で彼が関心をもっている研究者はあなただけです」

「ぼくの父だろう」

彼女は答えず、壁際に置かれたモダンなプラスチック成形の椅子を勧めた。「ここで待ちましょう」

フィリップは坐った。「よく人を尾行させているのか？」

「え？」

「教職員クラブの駐車場で」

「ああ、あれですか」彼女はほほえんだ。「乗ってくださってもよかったのに、本当に。あの夜わたしは車を使わなかったし、あなたがクラブに入っていったのを見たので。ほんの思いつきだったんです」

彼が何かいう前に、ドアがあいて白い服に身を包んだきびきびした感じの男が入ってきた。ミネラルウォーターの瓶と、大変な手間をかけてこしらえたごちそうが盛りつけられた皿を、フィリップの前に置いた。

「ありがとう、サーシャ」ネリーはいった。「お客さまがランチを食べられなくならないといいけど」

フィリップはキャビアの載ったオードブルをいくつか口に入れた。あとになってミスター

・ライオンズ邸の地下にある優雅な拷問《ごうもん》室で目が覚めることはないだろうと思ったからだ。彼は感心してもごもごとつぶやいた。これはこの数カ月でいちばんうまい食べ物だった。すぐに気分がよくなった。
「いったでしょう」部屋の向こう側で彼女がいった。

給仕はさっさと出ていき、フィリップは大きな一枚ガラスの窓のほうを向いた。下の海は見えなかったが、何もない空を見れば下が海なのは明らかだった。陰る日が雲をピンク色に染めていた。「いい暮らしをしている」

ガラスの机に向かった彼女は、興味のかけらもなさそうに答えた。「わたしの暮らしがおもしろくなるように彼がしてくれています」

フィリップはそばの棚に置かれていた雑誌に目を走らせ、皿からもうひとつオードブルを取った。「それで、きみの本当の名前はヘレンなのか、それともエレノアなのか？」

答えがなかったのでふり向くと、彼女はノートパソコンを開いて画面をじっと見つめていた。

「何か？」彼女はいって、顔をあげた。「ほかに何かご入り用なものがありますか？」

彼は別の質問をしてみることにした。「P・ブース・ライオンズのPはなんの頭文字なんだ？」

「電話《フォン》、なのでしょう？」彼女はにこりともせずに答えた。「じつをいうと、わたしも訊いたことがないと思います。親しい友人でさえ彼のことはライオンズかライと呼んでいます」

ネリーはノートパソコンに目を戻し、カチカチとクリックしはじめた。フィリップは彼女をじっと見た。

「つまりきみは詮索好きな人間ではない」

彼女の指がキーボードの上でとまった。「正直に申し上げますと、ミスター・セヴリー、あなたにお会いするまで、わたしは自分が詮索好きな人間だと思っていました。でもあなたを見ていたらそんな自己認識はすべて疑わしく思えてきます」彼女は作業に戻り、タイプするスピードは目に見えてあがった。

フィリップは彼女の無表情な顔を眺め、ネリーは本当に見た目どおりの有能なプロフェッショナルなのだろうか、偽物の笑顔と古くさい外交の技術訓練を受けてしゃれた服装をしているだけの低能ではなくて、と考えた。

彼の電話が鳴った。画面に娘の名前を見て、きょうはハロウィーンだと思いだした。ドリューのトリック・オア・トリートに付き添ってから、シビルとジャックはうちで夕食をとり、そのまま泊まっていくことになっていた。朝、ジェインにも念を押された。少なくともシビルはもう彼に怒ってはいないということだ。だがフィリップはそのまま留守番電話につなげ、代わりに妻に、「少し遅れそうだ」というメールを送った。

フィリップは遅れにいらだち、立ちあがった。ネリーの机のそばにある暖炉の上に飾られた写真立てを観察した。彼女がスーツ姿の重要そうな男女の人物と並んでいたり、握手をしていたりするところが写っていた。そのひとりは元国防総省長官だった。

机の上の電話が鳴り、彼女は受話器を取った。「はい……ええ」彼女は小声でいった。「もちろんです」

受話器を置いた。「彼が大変申し訳ないといっていました。彼の書斎で待ちませんか？」

建物のほかの部分にも興味があったフィリップは、彼女の案内で両開き扉をくぐり、最初の部屋よりも狭くて暗いが、同じようなしつらえの部屋に出た。フィリップはふいに、あと十分したらネリーはふたたび上司から電話を受け、さらに狭い書斎に彼を案内するよう指示されるのではないかという考えが浮かんだ。書斎から書斎へ移動し、部屋はどんどん狭くなり、最後に小さなドアをあけると、人形ほどの大きさのP・ブース・ライオンズが、汗をかき、申し訳なさそうに到着する。

フィリップの足元には大きな黄色い毛皮のラグが敷かれていて、目をあげると、ファイバーグラス製の動物の頭部が机の上の壁に並んでかかっていた。頭部は日本のちょうちんのような柔らかな光を発して、木の飾り板から見下ろしていた。ライオン、シマウマ、サイ、バッファロー、アンテロープ。

ネリーは彼が堂々とした雌ライオンを見ているのに気づいた。「美しいでしょう？」

「そうなのかな」本音をいえば、気味が悪かった。

「〝人道的な狩り〟の記念品です」彼女はいって、ミスター・ライオンズの革張りの椅子に坐った。

「聞いたことがないな」

「それはミスター・ライオンズが創設したからです。狩猟クラブのメンバーは、ケニヤやタンザニアの本物の獲物を追跡しますが、殺すことはしません」彼女はドアのそばの隅に置かれたガラスのケースを手振りで示した。そのなかには未来的な狩猟用ライフルが一組しまわれていた。「これはテーザーに似ていますが、あれより長距離で使えます。電気ショックで獲物を一時的に気絶させます。狩人は特殊なカメラで獲物の3Dの輪郭を撮影し、それが――」

「わかった。頭の型をとってそれを本物の記念品のように壁に飾る。動物にはなんのストレスも動揺も与えないということだろう」

「そのとおりです」彼女はいった。皮肉に気づいていない。「狩人が慎重にやれば、動物は無傷で二十分以内に目を覚まします」

フィリップは足元の毛皮を見た。「このラグは？」

「ああ、それは死んだ獲物です」彼女は純粋に悲しそうに目をしばたたかせてラグを見た。「このやり方も完璧ではないので」

フィリップは大きな机を挟んで、彼女の向かいに坐った。「ぼくが待たされているあいだに、いくつか質問に答えてくれるかな？　今度はでたらめはなしで」

「ミスター・ライオンズがよろこんで――」

「ミズ・ストーンに答えてもらいたい」

彼女は背をのけぞらせた。「何が知りたいんですか？」

「彼は何から収入を得ているのか、このガバメント・スカラーなんとかとはいったい何か、なぜライオンズは何年間もぼくの父につきまとっていたのか」

ネリーは笑った。「でも彼と会ったときに話すことがなくなってしまいます」

「資金面から答えてくれ」彼は冷ややかにいい、自分では感じていない落ち着きをかもしだそうとした。

ネリーは水をひと口飲んでから答えた。「一部は家族のお金です。彼はそれを隠したことはありません。でもミスター・ライオンズは、わが国の知的な富を活用することによって非常に成功したビジネスをつくりあげました。政府と学界――とくに数学者、物理学者、遺伝学者、神経科学者などの科学者――の仲立ちをしています。アメリカ政府は、軍の請負業者さえ、学界が生みだす戦略的に有望な成果のすべてを把握し、吸収する力がまったく不足しているのです。学術的な発展だけでなく新しい才能についての最新情報に通じたライオンズがいなければ、数えきれないほどの機会喪失が起きていたでしょう。ナノテクノロジーが軍事関連に進出したのはライオンズの功績です。わたしたちがいまでは当たり前だと思っている技術のいくつかも。もちろん、具体的な詳細を明らかにすることはできませんが、論文が発表される前の早い段階で才能を見つけるのが、彼のやり方です。それには少々独創的な粘り強さが必要になります」

「独創的な粘り強さ、ときみたちは呼んでいるのか」

「彼は高く評価している方を追いかけるとき、たしかに強引になることもあります」

フィリップはネリーを低能とした自分の見積もりを考えなおした。彼女が上司のビジネスについて話す様子は丸暗記とはほど遠く、心酔しているのもわかった。

フィリップはさらに訊いた。「父は彼の強引さをストーカーと紙一重だと感じていた」

「彼の仕事には私立探偵のような側面があります」彼女は答えた。「彼がニュースに登場したり検索エンジンにひっかかることはありません。GSRは、必然的に、目立たないように動いているからです。ライオンズが、こうした彼のコネで政府が利益を得ることを望めば、ほかの——とくに競争国の——政府には利用させないようにします。それには人目につかないことが必要なのです」

「誰でも賢くなったら、誰も賢くない」

「そういうことです」

「なぜ科学とビジネスの仲介ではないんだ？　そのほうが儲《もう》かるだろう」

「ミスター・ライオンズは愛国者なのです。ビジネスの世界にも顧客はいますが、アメリカ《アンクル》・政府《サム》が最優先です」

彼女は誇らしげにほほえんだ。

「ぼくの父には長年何も教えなかったにしては、驚くほど率直だな」

「ボスが現れる前にあなたがドアに突進して逃げたら困りますから」ネリーは煙草のケースを取りだし、彼に差しだした。ダンヒルだった。

「なぜぼくが吸うって知ってる？」

「知りませんでした」

彼は銀色のケースから一本取りたかったが、断わった。「やめておこう。片頭痛がひどくなるもとだ」

ネリーは一本火を点けた。窓のほうに歩いていくと、リネンのスーツが揺れた。

「あなたは間違っています」窓をあけながら、彼女はいった。「お父さまはさっきわたしが話したことをご存じでした。亡くなる前の数カ月間に何度かこちらにいらしていたんです」

「父がライオンズと会っていた？　そんなはずがない」

ネリーは窓のそとに煙を吐きだした。「本当です。わたしも同席しました」

フィリップは椅子の上でからだをこわばらせ、父が故意にこのことを彼にいわなかった、父子ふたりだけに通じる冗談になっていた何かを隠していたということを、受けとめようとした。

「わたしにも質問させてください。お父さまの研究について、あなたはどれくらいご存じなんですか？」

彼は数秒間、質問を宙に浮かせておいた。アイザックが亡くなる前の数年間、用心深くなっていたという事実以外に、父とフィリップとはまったく違う科学者だということがあった。ふたりとも同じ数学的言語を使いこなし、相手が何をしているか理解できたが、素粒子物理学――とくに超弦理論――の本質はアイザックの非常に確固とした計量可能な世界とはまったく違った。カオス理論の不透明な深みで、父は規則性、均一性、パターンを見つけた。もしアイザック・セヴリーがモットーをもっていたとすれば、それは「宇宙は知り得る」だろう。フィリップの、そして量子を扱っている研究者全員のモットーは、「宇宙は知り得る、ある程度までは」だ。フィリップの考えでは、すべてが宇宙が誕生した瞬間にあらかじめ決められたわけではない。実際、父の世界と決定論への恐怖が、彼が素粒子物理学者を志《こころざ》した理由のひとつだった。不確実性に支えられた宇宙には安全性があった。そこでは素粒子は気まぐれで、不規則で、奇妙だ。その現実では少なくとも、驚いたり、決めたり、誤りを直したりする余地がある。

ネリーは質問をいいかえた。「お父さまは最近の研究をあなたに見せていたのですか？」

「いいかい、ぼくにはとても――」

「ありがとうございます。質問に答えていただきました」

「もしきみたちがすでに父と会っているなら」フィリップは、腹を立て、声を荒らげた。「それも――きみの言葉を信じれば――何度も。それならなぜ、そのことでぼくに声をかけた？　きみたちのほうがぼくよりよく知っているんだろう」

「なぜならミスター・セヴリー、お父さまは取引が完了する前、わたしどもと合意に達する前にお亡くなりになってしまったからです」

フィリップは机の上に身を乗りだして、冷静にいった。「つまり父はきみの上司に何も渡さなかった」

「お父さまが明かしてくださったのは、わたしたちに残りも手に入れたいと思わせる分量でした」

フィリップは彼女の言葉に必死さを感じとり、脈が速まった。ここに来たのは間違いだった。彼は立ちあがった。「帰らせてもらう」

「心穏やかでないのはわかります。でもどうか、もう少し待ってくだされば――」

「もうたくさんだ」フィリップは内心の不安を隠して勢いよくからだを起こした。「もしきみたちが、力を見せつけるか何かしてぼくの時間を無駄にすることができると思い、父の協力についての戯言《たわごと》をぼくに信じさせれば、ぼくが父のしていたという研究をきみときみの変わった上司に手渡すと思うのなら、きみたちはふたりとも頭がイカレている――」彼は強調するために手ぶりで壁を示した。「動物を感電させて狩りをするほどだからな」

ネリーが彼のほうに踏みだした。「つまりあなたは本当に、お父さまが何をしていたのか知らないんですね？」

フィリップはふたたび、父が自分の研究にかんして奇妙に口が重かったことを思いだした。アイザック・セヴリーが息子にも見せなかったものを、彼らに見せたなんてありうるだろうか？　彼はその考えを追い払った。それはあまりにも悲しかった。

「父が何の研究をしていたかは知っている」彼はきっぱりといった。「数学だ。そしてぼくの世界では、それはあまり利益にならない」ドアのほうへ歩きだした。「もう連絡してこないでくれ」

数秒後、彼は廊下で玄関を探していた。ネリーは追いかけてこなかったが、カメラと光ファイバー網で追跡しているのだろうと思った。ガラスで覆われた通路のようなものを見つけ、そこを通ってそとに踏みだすと、生け垣に囲まれた場所に出た。あたりはすでに暗くなっており、家は投光ランプで照らされていた。道路につながっていそうな石の道を登っていくと、一階のオフィスが目に入り、大きな一枚ガラスの窓のなかが見えた。窓の近くの机に向かっていた若いインド系の女は、積み重ねた本を読んでいた。数歩先に行くと、パーティションで仕切られた別の机があった。坐っていた銀髪の男は華奢《きゃしゃ》な眼鏡をかけ、しかめっ面でタブレットコンピュータをにらんでいたが、通りかかったフィリップに気づくと、すぐに笑顔になった。気さくで、おおらかな人懐こいほほえみだったが、フィリップは気まずく、急いでそこをあとにした。

歩道についたとき、彼は家から離れて、やってきた方向に歩きはじめた。この場所はいったいなんなんだ？　ほかに父は何を隠していたんだ？　二ブロックほど歩いたところで、黒っぽいタウンカーが角を曲がり、彼のほうへ走ってきた。フィリップは本能的にいちばん近い家の私道に入り、境界のフェンスにからだをぴたりとつけた。車が通り過ぎてから、電話を取りだし、タクシーを呼んだ。

12　パーティー

ひと晩中ベッドか床の上で過ごすのを避けるために、ヘイゼルはフリッツ・ドーンバックのハロウィーン・パーティーに出席した。「ぼくたちは初めから合わなかった――きみもわかっていただろ、ヘイゼル」という以外にこれといった理由もなく、ベネットが電話で別れを告げたことから気をそらす何かが必要だった。短い会話のなかで確認する勇気はなかったけど、彼はすでにあのデザイナー助手と長くて熱い夜を何度も過ごしているのだろうと確信していた。

痛みを最小限にするために、自分で思っていたほどベネットを愛していたのかと自問してみた。その答えはノーであってほしかったけど、祖父をのぞいて、ベネットは彼女の人生で二番目に身近な人間で、彼の率直な拒絶は悲惨な病気にかかったのが判明したかのように感じられた。自分はどこにも、だれにも拠《よ》りどころがなく、しかもそれは自業自得なのだというう、さらなる証明のようにも思えた。こういう自己破壊的な考えは何年も前に（まだ金銭的余裕があったころ）セラピーでも出てきたが、カウンセリング室でそれを認めることと実際の行動を改善することは別物だった。この別れの根本原因がなんであれ、ヘイゼルは賭《か》けてもいいと思った。デザイナーをしているベネットの新しい彼女は、ヘイゼルより自分に自信があって、情緒が安定していて——幼児の頃からつねに自尊心の点滴を受けてきた、人生に前向きで、結果なんてどうにでもなるというタイプの女の子のひとりなのだ。いいわ、そういう子とつきあえばいい。パーティーに出かければ、大音量の音楽とばかばかしい会話で、ベネットとアイザックとここ数日の耐え難い重苦しさのことを忘れられるかもしれない。

灰色のウールのスーツを着て、屋根裏部屋から発掘したシャンパン色のウィッグをつけ、市バスに乗ってハリウッド・ブールヴァード近くの流行《はや》りのナイトスポットが集中している地区に行った。フリッツは金に糸目はつけない花嫁探しの最中で、この夜も二階建てのクラブを借り切って、ドアマンとレッドカーペットを完備していた。フリッツのことをただの退屈な中年弁護士兼会計士だと思っている人たちは、こうした夜に、スーツの下から現われる色気たっぷりの男性を目にすることになる。たとえ今夜フリッツが生涯の恋人を見つけられなかったとしても、このパーティーはいいタイミングだった。なぜならロサンゼルスの女性たちは、ハロウィーンには、気候はすでに秋になっていてもカーディガンを脱ぎ捨て、大胆に肌を露出し、無限の好意を表すのだから。

ヘイゼルはドアのところで名前をいって、その十分後には二階の壁際の長椅子に坐り、フリッツが足の長いトンボを追いかけていってしまう前に彼女にくれた強いカクテルをぐいっと飲み干した。小柄な弁護士がルイ十四世の装いで離れていくのを見送った——それなら表向き、誰かに何かいわれることなくハイヒールを履ける。その姿のおかしみも、彼女の沈んだ気分には効かなかった。

　カクテルの酔いが回るのを待つあいだ、彼女はジムという名前の、タキシードを着た不動産仲介業者とおしゃべりした。彼は大きなグラスからマティーニをゴクゴク飲み、ときどき、誰かが彼の正体に疑いをもたないように、蝶ネクタイに仕込んだチップからジェームズ・ボンドのテーマを流した。でもジムの話はほとんど、彼が知らない人たちがどのようにふるまうべきか、彼はどれほどラッキーな人生を送っているかということだった。「本当だよ」彼はいった。「ぼくはいいものを引き寄せているんだ。磁石のようにね」ヘイゼルは相槌《あいづち》を打ちながら、どうして自分はいつも、こういうセールスマンタイプに好かれるんだろうと考えていた。

「それできみはだれのつもりなんだい、それは？」彼はショーン・コネリーの舌足らずな話し方をまねして訊いた。

「ああ、ヒッチコックのブロンドの誰かよ。キム・ノヴァクになろうと思ったんだけど、スーツがそれには――」

「それでこのあとはどうする予定なんだ、ミス・ヒッチコック？」

　とつぜん、お酒が効いてきて、ジムが本当に彼女がこのあとどうするのかを訊いているのか、ふたりとも役を演じているのか、わからなくなった。アルコールは、むしろ彼女の惨《みじ》めさを増幅し、目の奥に涙の大波が押し寄せてきて、思わずジムに失恋したことを打ち明けていた。まとまりのない考えをだらだらと話して全部をぶちまけ、終わってからお酒をがぶ飲みした。

「それはつらいな」彼はいい、グラスの氷をからからいわせた。「カクテルのお代わりは?」

「ほんとはやめといたほうがいいんだけど、でも世間ではこんな考えがあると思わない?」彼女はとりとめなく話しつづけた。「思い詰めてやつれるのはいつも男のほうだって。女も同じくらいそういうことすべてに消耗して自尊心が傷つかないとでも思ってるのかしら? ねえ、わたしのいってることわかる?」

ジムは力強くうなずいた。それから返事を、最近自分が仲介して大きく儲かった土地取引について話す機会に変えた。ジムがまだ話しているうちに、ヘイゼルは、クラブに入ってきたなかに、なんとなく見覚えがある人を見つけた。ぼさぼさのウィッグをつけ、ゆったりしたスーツを着て、つけひげをつけている。彼女は目を凝らし、仮装の下は誰かを見極めようとした。彼が部屋を横切り、近づいてくるあいだも、ヘイゼルは首を伸ばして目を離さなかった。彼の動き、その長い脚の歩幅で、わかった。アレックスだ。

アレックスは彼女をちらっと見たが、その顔には彼女だと気づいた様子はなかった。彼女の横を通ってバーのほうに行った。バーでは小さな蜂の衣装を着た金髪女性がからだをくねらせてバーテンダーの注意を引こうとしていた。

「あいつ知り合いかい?」ジムが訊いた。

「ちょっとね」彼女はまたバーのほうを見た。アレックスは蜂に顔をしかめていた。蜂は背中を向けて羽を見せびらかしている。

ジムはポケットから水鉄砲を取りだした。「ボンドはいつでもアインシュタインのけつを蹴りとばせるんだ」

「トウェイン」

「なんだって?」

「彼はマーク・トウェインなのよ。リネンのスーツだもの」

ヘイゼルはアレックスが自分に気がつかなかったのにいらだち——なんといっても、彼女は彼に気がついたし、彼の仮装のほうがずっと下手くそなのに——そのいらだちの激しさにわれながら驚いた。従兄はまだ蜂に向かって顔をしかめているが、そのしかめっ面はさっきより熱心に興味をもっている顔だった。ヘイゼルは氷を一気に飲んで、立ちあがった。目の前でロマンスを演じられる気分ではなかった。「おしゃべりできて楽しかったわ、ミスター・ボンド。でもウィッグを直さないといけないの」

「いや、頼む、行かないでくれ」彼はそういいながら、うしろの女性のほうを向いた。

ヘイゼルが離れると、ボンドのテーマが流れ、甲高い笑い声が続いた。そのどちらも、近くのブースで耳をつんざく大音量のビートを流しはじめたDJにかき消された。ヘイゼルは耳を手で覆って、トイレに行く途中で、フリッツに出くわした。彼に会えたことがとつぜんとてもうれしくなり、彼がなにか助けてくれるのではないかと思ったけど、あまりに酔っていて具体的にどうするのかわからなかった。

「フリッツ！」彼女は大きな声をあげた。「話してもいい?」

彼はほほえんだが、明らかに彼女のうしろの何かに気をとられていた。

「大事なことを訊きたいの」アイザックは死んだときに、何を研究していたの?

「いまじゃなきゃだめなのかい?」彼はさっきのかわいいトンボのほうにぴくりと動いた。

「いいわ、あとでね」

「ああ、あとで」フリッツは巻き毛を直し、足を踏み鳴らして歩いていった。ヘイゼルは今夜彼を見るのはこれで最後だろうと思った。

金めっきを施した鏡でウィッグを少し直したあと、隅の暗がりにあいているソファを見つけた。さっきの場所から遠く離れている。さっきは、初めて会った人とだらだらおしゃべりするのもおもしろいかもしれないと思ったけど、いまはただ坐って、きれいな人たちが互いをものにしようとするのを見物し、お酒で最近の悩みを薄めたかった。黒い羽をつけたウエイトレスのひとりを手を振って呼びとめ、三角型のメニューから適当なカクテルを選んだ。それからゆったりとソファに身をあずけ、少し先のテーブルの集まりを眺めていた。タキシードを着た男性が山高帽三つとスポンジのボールを使って「豆隠しゲーム」をやっていた。女性シャーロック・ホームズがテーブルに近づき――千鳥《ちどり》格子のドレス、高飛車《たかびしゃ》な雰囲気――帽子を指さしはじめた。何度やっても帽子のなかがからっぽで、彼女はピンヒールで足を踏み鳴らし、もう一回と要求した。

ヘイゼルはそれを見ていて、思わずほほえんだ。なぜいまになって全世界にアイザックが現われているように見えるのだろう？　祖父は豆隠しゲームが大好きで、とくにプレーヤーにどのカップの下にボールがあるか、その確率を考えさせるゲームが好きだった。お気に入りのゲーム「モンティ・ホール問題」の名前は、「レッツ・メイク・ア・ディール」というゲームショー番組のホストにちなみ、参加者は閉じた三つのドアから、向こう側に景品があるドアを選ぶようにといわれる。ある日の夜、台所でリリーのパイに使う胡桃を割る手伝いをしながら、アイザックはこの問題のバリエーションのひとつを、当時十一歳のヘイゼルに出した。三つの胡桃の殻のひとつに豆を隠し、豆がどこに入っているかあててごらんといったのだ。そして彼女が予想すると――「真ん中の殻？」――アイザックは、それは必ずしも間違いではないが、あとでもう一度答えを変更するチャンスをあげるよといった。次に、ヘイゼルが選ばなかったふたつの殻のうちひとつをひっくり返し、豆が入っていないのを明らかにした。残りふたつは伏せたままだ。

「答えはそのままでいいかい？　それとも変えるかい？」アイザックは尋ねた。ヘイゼルは長いあいだ考えて、いった。「そのままでいい」なぜなら、どちらでも同じだと思ったからだ。どちらでも、五分五分の確率なのだから。でもこのゲームを二十回以上くり返して、ヘイゼルは自分がだいたい三回に二回は間違っていると気づいた。そこで彼女はいった。「答えを変える」祖父にその理由を訊かれて、ヘイゼルは殻を見下ろしていった。「どうしてかというと、アイザックおじいちゃん、さっきおじいちゃんがひとつをひっくり返したとき、ゲームが変わったからよ」

祖父はびっくりした顔で、彼女を見た。「頭がよくてもその考え方を理解できない人がいっぱいいるんだよ」彼はいった。「だがおまえは、まだ十一歳なのに、たった十分で気がついた。数学はいちばん嫌いな科目かもしれないが、おまえには論理的思考力があるよ」

もちろんヘイゼルは、祖父のいうことを信じなかった。本気では。祖父はただ彼女を励まし、代数やその他、数学の授業で勉強する科目に興味をもたせようとしているだけだった。それは彼の思いやりだったけど、台所で豆隠しゲームをしてくれるのと、現実世界で正気の沙汰とは思えないゲームを用意してくれるのは、まったく別のことだった。

とつぜんヘイゼルの耳のすぐそばで、誰かが大声で叫んだ。「見て、シャーロック・ホームズよ！」

ヘイゼルはふり返り、叫んだ人を見て、うめき声をあげた。さっきの金髪女性が、ソファをひとつ挟んだ先にいた。その隣にアレックスが坐っていた。壁付き燭台《しょくだい》の明かりがふたりを円形の光でつつみこみ、この場面にむかつくほどロマンティックな雰囲気を加えていた。ヘイゼルはすぐに爆発するガラスと悲鳴と流血のイメージを思い浮かべ、その場面を破壊した。だがいつも彼女がそういう想像をするときの漫画的なばかばかしさは欠けていた。彼女の胸に、落ち着かないほど嫉妬《しっと》に似た重いものがあった。アレックスは蜂の耳に何事かささやき、蜂はけたたましい声で笑った。笑いがおさまってから彼女がいった。「お化粧室に行ってくるわ」

連れがいなくなるやいなや、アレックスは手に持っていたハードカバーの本を置き――そのタイトルはよく見えなかった――だぶだぶのスーツからノートを取りだした。彼はていねいにページを繰り、ところどころ、ペンで何か書きこんでいた。ヘイゼルは坐ったままグラスを唇につけ、自分がここにいることを告げるべきだと思ったが、見られていないチャンスを手放したくなかった。

彼女がアレックスは何を書いているのか見ようとしたとき、彼はノートを上着のなかに滑りこませて本を取りあげ、急いで立ち去った。

ヘイゼルは彼が逃げていった方向をじっと見た。奇妙な直感に従って、彼女は席を立ち、温かなからだを押しのけながら進んで、アレックスのぼさぼさの白髪頭が階段をおりていくのを見つけた。彼女も階段をおりたところで、彼が出口に向かって歩いていくのが見えた。見つけた。白うさぎはいつもどこかに走っていく。ヘイゼルはまだ二階にいるかわいそうな蜂のことを思った。お化粧室から戻ったら、彼女を笑わせてくれた男がいなくて、がっかりしているだろう。

通りに出てから、支柱とレッドカーペットの先に白いものが見えないかと探したが、彼に追いついてから何をいえばいいのか、よくわからなかった。彼女は路肩に近づき、つま先立ちをして、歩道にたむろしている身の毛がよだつようなキャラクターの群れをざっと見渡した。酔っぱらったアジテイターたちの衣装は露骨で血みどろだった。ヘイゼルはすでに足元がふらついていて、セーレムの魔女たち――顔は白塗りで、想像上の絞首台から下がっているように固めた輪縄を首にかけている――の一団に押しのけられて、押し返したけど、すぐに街灯にぶつかった。なんとかバランスをとり戻したところで、アレックスが半ブロック先にいて、そのズボンの折り返しがウォーク・オブ・フェイムをこすっていくのが見えた。彼はどこに急いでいるのだろう？　ここに住んでもいないのに。

ヘイゼルはいまや完全に、まったく別の直感に駆りたてられているのを感じた。もう彼に自分を見てほしいとは思わなかった。ただ、この変わった従兄を理解したかった。まだ少し酔いが残っていて、自分に誰かを尾行する能力があるかどうか自信がなかったが、この日の通りには注意をそらすものがいっぱいあった。彼女はハイヒールをぬいで歩道を進みながら、前に兄が尾行について語っていたことを思いだした。「通りの向かい側から見張るんだ。ターゲットが道を渡っても、自分は渡らない。油断は禁物だ」ヘイゼルはそれらのルールを無視したが、アレックスには半ブロック以上近づかないようにした。

ハリウッド・ブールヴァードとヴァイン・ストリートの交差点の手前で、おおいにお祭り騒ぎをしている一団のあいだを抜けなければならなかった。彼らみんなでサイレント映画なのだと気づくのに数秒かかった。幽霊のようなハロルド・ロイドとメアリー・ピックフォード、踊るタイトルカードは「危ない！」という警告をあげ、腕の長いピアノは自分で自分を弾いていた。無言で叫びながらこちらを向いたハロルド・ロイドを見るために立ちどまっていたら、アレックスが歴史的なタフト・ビルディングに入っていくのを見逃していただろう。

ヘイゼルは急いで横断歩道を渡り、タフト・ビルディングの入口まで行った。ロビーには誰もいないようだった。重たいドアを引きあけると、エレベーターの扉が閉まる音がかすかに聞こえた。警備員にとめられる前に、彼女はロビーを駆け抜けた。少なくとも何階に行ったのかはわかるかもしれない。

「失礼ですが、そちらは――」

「ちょっとだけ」

「名前を記帳していただかないと――」

ヘイゼルは真鍮製のプレートの階数目盛りが動くのを見つめて――ずっとこれがやりたかった――Mから1に変わったところで、彼女は誇らしい気分でロビーを引き返したが、最後のお酒がいまごろがつんと効いてきた。動物の耳をつけた女性警備員が、フロントデスクから彼女を呼んだ。

「どなたを訪ねてきたんですか？」

「あの、一階を見せてもらえるかしら？　スペースを借りたいと思っているんだけど？」

警備員はため息をついて、カードを机の上に滑らせて寄越した。「平日にこの番号に電話してください」

ヘイゼルはカードをポケットにしまい、まわりを見回し、警備員に気づかれずにすり抜け、エレベーターまで走っていく方法があるだろうかと考えた。

「ほかに御用は？」

ヘイゼルはお菓子が入ったカボチャの形をしたボウルから、ミニサイズのリーシズを一個もらった。「ないわ、ありがとう」

おもてに出ると、建物の角を曲がって通りの上の階で明かりがついている窓はないかと探した。だがひとつもなくて、彼女はバス停のベンチに腰をおろし、ハイヒールをはいた。自分はいったい何をしているんだろう？　ストーカーのようにあの人をつけていくつもりだったの？　彼女が最初の雨粒を感じて、ウーバーで車を呼ぼうかと思ったときに、不思議なことが起きた。チェッカー・タクシーが隊列をなして交差点に現われたのだ。こんな光景を、しかもロサンゼルスで、ふたたび見ることがあるだろうかと思った。どんどん時代遅れになるものに目がない彼女は一台を呼びとめ、運転手にビーチウッド・キャニオンに行ってくれと頼んだ。

「やっぱり」彼女はタクシーのドアを閉めながらいった。「フットヒル・ドライヴのホテル・ダンティーブスまでお願い」

ホテルの前に到着したときには、雨がタクシーの窓に激しく打ちつけていた。水滴の流れ落ちるガラス越しに見るホテルは、さっき自分がいたときよりなんだか魅力が増しているみたいだとヘイゼルは思った。ごく薄くて柔らかなカーテンの向こうの室内には赤い明かりが灯り、地面には唐草《からくさ》模様の影が落ちている。アイザックの部屋のあたりにも温かみのある光が見えたような気がしたが、それは気のせいだとわかっていた。八階は通りからひっこんだ造りになっている。ヘイゼルはタクシーの料金を支払い、入口に駆けだした。

ロビーは無人で、コンシェルジュの机にも誰もいなかった。彼女は絨毯の上を歩いてエレベーターを呼んだ。やってくるまでにたっぷり一分かかった。扉が開き、乗りこんだ彼女はバッグのポケットの中身にふれ、キーカードがまだ入っているのを確かめた。そして何も書いていないボタンを押した。

「そのエレベーター、ちょっと待ってくれ」ロビーから声がした。

おあいにくさま、待つ気はないわ。彼女は「閉」ボタンを押したが、遅かった。しまりかけた扉の隙間から男が乗りこんできた——髪をずぶ濡れにした、南部紳士。アレックスが。

「もしかして、一三七号室があるのかな？」彼は息を切らしていった。

ヘイゼルはエレベーターの隅にあとじさった。首がほてってぴりぴりする。アレックスは懸命に笑わないようにがんばっていたが、うまくやったと思っているようにしか見えなかった。

「それに、ずっと考えていたんだ」彼は鏡張りの壁にもたれかかった。「きみは『鳥』のティッピ・ヘドレンなのか、それとも『めまい』のキム・ノヴァクなのかって？」

「どうしてわたしをつけているの？」

「いいかい、ヘイゼル」エレベーターが動きはじめた。「通常は誰かのうしろを歩いているほうがつけているんだよ」

彼女はいい返そうとしたが、いうことが何もないのに気づいた。

「いいんだ、本当に」彼は続けた。「誰かをスカウトしようと思っていたんだ。ひとりで探すのに飽きたから」

ひとりで探すのに飽きた？　いったいどういう意味なのかわからなかったが、一瞬考えたのは、彼もアイザックからの手紙を受けとったのだろうかということだった。訊いてみたかったが、そこまでアレックスを信用しているかどうかというと、微妙だった。首と耳がまだ燃えるように熱く、ヘイゼルは視線を下げて、今夜彼がずっと持っている本を見た。『アーサー王宮廷のヤンキー』

ばつの悪さを少しでもやわらげたくて、ヘイゼルはいった。「あのトウェインが自分の本を持ってるところを見られたりすると思う？」

鼻の下のつけひげの陰で、彼がますますにっこりしているのがわかった。

「いいところをつくね」

彼の何がおかしいのか、わかったのはそのときだった。あごひげがなくなっている。はっきりしたあごがきれいにひげを剃られて、雨で光っている。さっきどうして彼だとわかったのか、不思議だった。

「きみは刑事としてはまるでだめだね」彼はポケットからミニサイズのキットカットを取りだした。「タフトを出たあと、きみを尾行するのは簡単だったよ」

「あなたはエレベーターに乗りこんだと思ったけど」

「なぜだい、一三七号室に行くために？」彼は首を振った。「手洗いを使わせてくれと頼んで、プランターの陰に隠れたんだ。とにかく、タフトの部屋番号にそこまで大きな数字があるとは思えない。この一週間ずっと、市内でそのいまいましい番号を探しまわっていたんだ」彼は上着のなかにしまってあったノートを取りだした。　まるでそれでじゅうぶんな証拠になるかのように。

「どうして一三七号室を探すとわかったの？」

彼はそんなこと重要でないといわんばかりに、曖昧に手を振った。「アイザックから聞いたことがあった。彼の非公式のオフィスか何かだといっていた」

つまりアレックスは手紙をもらったわけではなかった。それとも隠しているのだろうか？

エレベーターが八階でとまり、扉が開いた。

「だがうまくいけば今夜」彼はエレベーターをおりて、廊下にドアがひとつしかないのを見た。「ぼくの捜索は終わる」

アレックスはキットカットを口ひげのなかにつっこみ、嚙みながら廊下を歩いて、ドアから数歩離れたところで立ちどまり、書かれている番号を見た。「ここはぼくが最初のほうで探したホテルなんだ。一階より上を探すことは考えなかった」

ヘイゼルはなんとかきちんと考えようとしたが、最後に飲んだカクテルのせいでまだ脳が働かなかった。

アレックスはふり返って彼女の顔をじっと見た。「アイザックが自分の研究を託すのはきみのような人間だと知っておくべきだった」

ヘイゼルはなんと答えたらいいのか、わからなかった。でもできるだけポーカーフェイスをつくった。「そう思う？　彼が自分の研究をわたしのようにおかしな人間に託すと？」

「ああ、数学者ではない誰かにね。考えてみれば当然だ」

「それにしても、その研究がどうしてそんなに大事なの？」彼女は尋ねた。

彼はチョコの包み紙を丸めた。「なぜきみは好きなバンドの新しいアルバムを買うのか？好きな作家の新作でもいい。ぼくはファンだから、それがどこかの部屋に置かれたままにしておけない」

「あなたは中に入らないで。約束したのよ」

「中に何があるかわかっているのかい、ヘイゼル？」

「あなたは？」

「ぼくは数学がわかっている」

「あのね、わたしは数学者ではないけど」彼女は冷たく言った。「調べればわかる」

アレックスは鉛筆で書かれた数字を見て、しばらく目をとじた。まるで137が、彼のつくった方程式の答えであるかのように。ふたたび目をあけたとき、こういった。「帰るよ、きみがそうしろというなら。ぼくの祖父の最後の願いだけど。すまない、ぼくたちの祖父だ――うっかりした」彼のほおが赤くなった――見かけはプライドが高そうに見える彼のその変化にヘイゼルは心を動かされた。顔が赤くなるほど、本物の感情のしるしがあるだろうか？

彼女はスーツのポケットに手を入れた。リーシズが柔らかくなっていた。「あなたは帰ったほうがいいと思う」彼女は感情に流されずにいった。「それにこのことは、誰にもいわないで」

「わかった」彼は神妙な顔でうなずき、うしろにさがった。「それできみはどうするんだ？ああ、やっぱりいい。何年かして、ぼくが興味をなくしたころに教えてくれ」彼は踵《きびす》を返してエレベーターへと向かった。「じゃあ、また会おう」

　それはどうだか。彼はヨーロッパに住んでいるんじゃなかった？

　距離が離れていくにつれて、ヘイゼルは自分が帰ってほしくないと思っているのに気づいた。実際、喉から手が出るほど仲間が欲しかった。あのパスワードをひとりで解けるとは思えない。でも助けが必要だからという理由だけではなかった——アレックスはなぜか安心できた。アイザックの一部が戻ってきたように感じる。ヘイゼルはカードキーを読み取りパッドにかざし、ライトが緑色に点滅した。中に入ったとき、ドアを閉めなかった。逆に大きくあけて、廊下を見た。

　アレックスがくるりとふり返り、笑顔になった。この笑顔でいったいいくつの頼みをきいてもらってきたのだろう、と彼女は思った。

「きみはすばらしいよ、ヘイゼル、本当に」彼は絨毯敷きの廊下を歩いてきて、敷居の手前でとまった。一瞬、彼女の視線を受けとめた。それから彼女の背後の暗闇に目をやり、夢のなかにいるような足取りで部屋に入った。

13　昔の場所

グレゴリーはその夜、ゴールディーとふたりで息子をトリック・オア・トリートに連れていくために、早めにトムの監視を切りあげた。だがいくらルイスといっしょにいる時間が大切だとしても――ゴールディーが息子のためにつくった小さな熊の着ぐるみを見て思わず泣きそうになった――彼の意識は家族といっしょにいるのに苦労していた。考えがトムともうひとつの関心事（彼が会いたいと強く思う女）のことに向かうたびに、自分の息子に注意を戻した。ルイスはどの家の戸口でも恥ずかしそうにプラスティックのカボチャを差しだし、そこにお菓子を入れてもらうたびにあらためて驚いていた。ヘイゼルのくれたゴムの魚がおあつらえ向きの小道具になり、ルイスはドアがあくたびに、凶暴な熊のようなうなり声を出して魚に咬みついた。

ゴールディーはヘイゼルにも今夜のお祭り騒ぎにつきあってもらいたがっていたが、電話に出なかったので、グレゴリーは妹はフリッツのパーティーに行ったのだろうから、放っておいたほうがいいといった。だが内心では、なぜ妹がまだこの街にいるのだろうと思っていた。妹の長居に落ち着かない気持ちになり、妹が遠く離れて安全になるまで、トムにかんする計画に完全な自信はもてなかった。あす電話してみよう、と思った。必要なら、また空港まで送っていってもいい。

小雨が降りはじめたので、彼とゴールディーは息子を連れて家に帰った。ルイスは糖分の摂りすぎによるシュガー・ハイでいつもより大幅に夜更かししていたが、やっと寝て、グレゴリーはその夜の残りを計画しはじめた。最後にもう一度、熊の衣装をぎゅっとつかんだまま眠っている息子を見て、これから自分がしようとしていることに刺すような自己嫌悪を覚えた。寝室のドアをしめると、その感覚は消えた。妻が早く寝てくれたのは運がよかった――きょう一日、ルイスの衣装をぎりぎりまで調整するのに走り回り、くたびれたといっていた。急な仕事というお決まりの言い訳を使わずに済んだ。こっそり家を出て、朝までに戻ればいい。

廊下で、ゴールディーが夫婦の寝室の明かりを消すのを待っていると、メールの着信で電話が震えた。

「また今度にしてもいい？」

グレゴリーは目を閉じ、すぐに彼女に電話したいという衝動をこらえた。代わりに、どうしてもいますぐ会いたい、これは交渉の余地はない、彼らはもうじゅうぶんに待ったというメールを送った。つい三日前に「会いたい」とメールしてきたのはそっちだろう？　なんだったらこれから会いにいって彼女の夜を台無しにしてやってもいい、と。だがそんな脅しを放ってすぐに後悔した。「すまなかった、マイラヴ。ただどうしても会いたいだけなんだ。

一時間だけ出てこられないか？」

八分後、彼女の返事が来た。「昔の場所で。四十五分くらいなら」

グレゴリーはすぐに会話を消去して（デジタルのやりとりは懐かしむものではない）、ロマンティックな夜のための準備をした。ワインひと瓶、グラス二脚、クラッカーとチーズ、リネンクローゼットから出した古い毛布、そして――万一また降りだしたときのために――傘ふたつ。こっそりと家を出たときには欲望で気分が浮きたっていた。彼女が昔の場所と書いてきたことに思わずほほえみ、いつもの勢いの高まりを感じた。転がる鋼《はがね》の球ではなく、陸からどんどん引いていくとまらない波の勢いだった。トムの張りこみと同じく、この密会にも必然性が感じられた――この力はずっと前に動きはじめていて、それにのみこまれるのはスリルがあった。

彼女だったらホテルを提案したかもしれなかったが、そとでの密会にはあらがえない魅力があった。それにクリーンでもある。データをトラッキングされるリスクが少ない。だがもうすぐそんなことを気にしなくてもよくなる。彼女は先週、ある約束をした。その約束を彼はたたんでポケットに入れてある。もし彼女が紙に書かなかったら、とうてい信じられなかっただろう。だが、ロサンゼルスのはるか上にある彼のよく知る丘の麓《ふもと》に車をとめ、草の絨毯と街の明かりのなかで大きく枝を張ったスズカケノキの下の人目につかない場所に向かいながら、彼女にいってもらわないとだめだと思った。今夜、どうしても彼女の口から約束の言葉を聞きたい。

十五分後、彼女が近づいてくるのが見えた。月の光に照らされた草地を蛇行《だこう》するように横切り、彼のほうにやってきた。数ヤードのところまで来たところで、彼はもう我慢できなかった。駆けていって落ちあうと、そのたおやかなからだを抱き寄せ、コートの下に両手を差し入れて滑らかな布地を感じた。彼女の顔に口づけたが、彼女はふいにあたりを見回し、誰かに見られるのを心配しているかのように、木陰に入った。

彼女は自分の考え過ぎを笑い、ほほえもうとしていたが、いつもより緊張しているのがわかった。彼女を毛布の上にひっぱり、ふたりで柔らかなウールの上に倒れ、木の枝の下で慣れたシーンを演じるはずだった。だがグレゴリーは彼女の顔に浮かんだ悲しみとおそれを見なかったことにはできなかった。だから彼は、きみのいうとおりだ、ふたりとも配偶者と別れる手続きを開始しよう、そうすれば新年には、ようやくいっしょになることができるといった。彼がいい終わると、彼女はゆっくりとうなずき、上体を起こして坐った。だがその次に彼女がいったことに、グレゴリーは耳を疑った。彼女が地面を見つめていわなければならないことをいうあいだ、彼は目をぎゅっとつぶっていた。言葉を遮断しようとするかのように。代わりにコオロギの声に集中して、背景で虫たちが羽をこすりあわせる音に耳を澄ました。彼女の声以外のものすべての音を増幅したかった。彼が世界でもっともおそれていたことを聞かなくてもすむように。

14 地図

この一時間、アレックスのパスワード探しはリズミカルにキーを叩く音の形で進んだ。コンピュータにハッキングするというより、音楽をつくりだしているかのようだった。簡易キッチンでコーヒーを淹れようとしていた彼女には、キーボードの抑揚をつけた調べが、アレックスの歌うようなつぶやきをハーモニーの対位旋律にした、音痴のためのソナタのように思えてきた。

ヘイゼルは居間に戻って彼が向かっている机の上にカップを置き、ふたりが部屋に入ったときアレックスの指先が一瞬、彼女をかすめたときのことを思いだしていた。だが彼はコンピュータに目を留めると、からだを引いて机に駆け寄った。いまはシャツの袖をひじの上までまくりあげて、トゥェインのウィッグとひげをはずし、独り言のように鼻歌を歌ったりぶつぶつつぶやいたりして、彼女の存在など忘れているらしい。

彼の背後のソファに腰をおろし、その後頭部を見つめた。パスワードを見つけてほしいけど、見つけたらどうしようとも思っていた――彼を部屋に入れたことは大きな間違いだったのではないかと心配になった。

そのとき、彼女にも聞こえるように、彼がいった。「数字のはずだ」

「どうしてわかるの？」

「どうしても」

「忘れてるでしょ。彼がこれを残した相手はわたしよ」

彼はそのことを考えるように、しかめっ面で彼女を見た。「ひとつぼくたちに都合がいいことがある」彼はいった。「こんなに間違えているのにコンピュータがロックされない。つまり彼は誰かにパスワードを見つけてほしかったんだ」

「せめてどんな作戦なのか教えてくれない？」

「作戦なんてないよ、思いつくかぎりの数字の組み合わせだ」彼は試しながら、声に出して数列や定数をあげていった。そのほとんどにヘイゼルが聞いたこともない人の名前がつけられていた。

オイラーの定数（0.57721…）
プランク定数（$6.626x10^{-34}$）
フェルマー数（3,5,17,257,65537…）
ラマヌジャン数（1729）
メルセンヌ素数（3, 7, 31, 127, 8191, 131071..）
人類の知る最大の素数（$2^{57,885,161}-1$）

自然対数の底e（2.71828…）
黄金比（1.61803398…）

真夜中近くなって、ヘイゼルは二杯目のコーヒーを飲みながら、LAの大きな地図をためつすがめつ眺めた。謎の番号がふられた丸が、いくつかの地域に群れかたまっている——アトウォーター・ヴィレッジ、リンカーン・ハイツ、イングルウッド——それらは高速道路によってあちこちを区切られた区画の土地だ。ヘイゼルはロサンゼルスの地図にはあまり興味を引かれなかった。なぜならLAの地図で重要なのは場所ではないからだ。LAっ子が自分たちの市の地図を見るとき、その目的は土地の形をなぞったり、お気に入りの公園や池を見つけたりするためではない。シアトルの住民はそれをする。サンフランシスコの人やニューヨーカーもそれをする。賭けてもいい。マンハッタンに住む女性を無作為に選んでスケッチ帳を渡したら、彼女は記憶から自分が住む小さな島を描けるはずだ。そして愛情いっぱいにセントラル・パーク、メトロポリタン美術館、ウェスト・ヴィレッジ、自分の好きな噴水を描きこむだろう。でもロサンゼルスの住人は、ゲティ美術館が、グローマンズ・チャイニーズ・シアターやドジャー・スタジアムや自分のアパートメントとの位置関係でどこにあるのかは考えない。ロサンゼルスの地図は、自分が好きな場所が二次元空間のどこにあるのかを明らかにするためのものではない。そこに行くためには、どの一次元の幹線道路を進むかを教えるためのものだ。

でもこの地図は、好きになってきた。祖父は市内の渋滞を解消することに夢中になったが、これらの丸は一見、通りや高速とは関係がなさそうだった。アイザックは何かほかのものの地図をつくったのだ。でもそれはなんだろう？

「地図に書かれている番号はどう？」彼女はアレックスにいった。

彼は首を振った。「それはおかしい」

「どうして？」

「ありえなくもないが、ただ……エレガントではない。こういうものはある種の何かがあるものだ。〝なるほど！〟といった」

ヘイゼルは部屋番号のことを考えた。「１３７はどう？　それなら〝なるほど！〟となるんじゃない？」

アレックスはほほえんだ。「それは最初に試したよ」

「八階の部屋の番号としては変じゃない？」

「アイザックがその数字に夢中だったのは知っているだろう？」

彼女はすぐには答えなかった。代わりに、ホテル備え付けの便箋を見つけて、アイザックが本の表紙の見返しに残した番号――１３７・１３・９――を書いた。「これを見つけたときに知ったわ」

彼は長いあいだその数字を見つめていた。「これをどこで見つけた？」

「どこでもいいでしょ」彼女はいった。「これはどういう意味なの？」アレックスがパスワードとして打ちこもうとしたので、とめた。「わたしがもう試した」

それでも彼はさまざまな変化形を試してみて、ため息を洩らした。「137は数学と物理学のあちこちに登場する不気味な整数なんだ。もっともよく知られているのが、電子のような荷電粒子の相互作用を支配する定数のなかに現れるということだ」

疲れで目がかすむのを感じて、ヘイゼルはソファでアレックスに近いほうに坐り、オーストリア生まれの物理学者ヴォルフガング・パウリが137という数字に取り憑かれ、頭がおかしくなる寸前だったという話を聞いた。パウリが歳をとり、チューリッヒの赤十字病院で看護師が車椅子の彼を病室に案内したとき、彼が見上げると、ドアには「137」という番号が書かれていた。彼はうめき、「わたしはここを出ることはないだろう」といったといわれている。

「それで？」

「パウリはその病室で亡くなった。膵臓《すいぞう》がんだった」

ヘイゼルは顔をしかめた。「アイザックがここで死のうと思っていたということ？」

彼は首を振った。「彼はそんなあからさまなことをする人じゃない。彼なりのジョークだったんだろう。だがこの数字は、まったくわからない」

アレックスの話し方のせいか、彼女がますます疲れているせいかわからなかったが、最初に彼に感じていた疑いは薄らいだ。

「どうしてアイザックはあなたの話をしなかったの？」

彼はその質問に驚いて目をあげた。

「グレゴリーかわたしが、いとこのアレクシスについて尋ねるといつも」彼女は続けた。「アイザックとリリーは口が重くなった」

彼はいたずらっぽくほほえんだ。「ぼくの正体を疑っているのかい、ヘイゼル？」

「ええと」彼女もついほほえんでしまった。「あなたの言うことを信じてるのよ、自分でいっているとおりの人間だと。ひょっとしたら、本物のアレクシスを縛りあげてどこかに閉じこめているのかもしれないけど」

彼は何もいわずに上着の内に手を入れ、EUのパスポートを取りだし、彼女に渡した。ヘイゼルはさまざまなスタンプの押されたページをとばして、あごひげを伸ばして、気楽な表情でカメラに向かっている彼の写真を見た。名前を読んだ。セヴリー、アレクシス・ジェイムズ。

「お父さまの苗字じゃないの？」

「変えたんだ、大学一年のときに」彼はパスポートを取りもどした。「母をよろこばせるためじゃないけどね、本当に。アイザックがぼくの話をしなかったのは、たぶん、ぼくの存在を曖昧にしておきたがった娘の意向をくんでいたんだと思う」

「それはあり得るわ」ヘイゼルはいった。「わたしは昔からペイジ・セヴリーのファンじゃなかった。悪いけど」

「べつに悪くないよ。フランス人の投資家だった父親は母以上に子育てに消極的だった。びっくりだろ。ぼくをヨーロッパ中あちこちの寄宿舎に入れたが、かならず自分が住んでいる場所からできるだけ遠いところを選んだ。ぼくは父母の家族について、自分で調べなければならなかったんだ──ふたつのなかではセヴリー家のほうがはるかにおもしろかった。だが母は、子供はお荷物だとはっきりいっていたし、できるだけぼくの存在を隠そうとしていたのだと思う。ほぼ秘密裡《ひみつり》にぼくを出産し、何年間もその話を誰にもしなかった。ぼくが本格的に学問の才能を見せはじめたときでも。そのときでさえ、母はぼくの男女どちらともとれる名前についての混乱を正そうとはしなかった」

彼は小さく笑った。「笑えるだろ、ぼくはアイザックを彼の研究のファンとして知ったんだ。血縁としてではなく。初めて会ったのは、彼がイギリスに出張してきたときで──ぼくは中学生だった──ずっと前から知っていたように感じた。そのとき思ったんだ。〝ああ、これがおじいちゃんか。ぼくの家族か〟」

アレックスはそこで言葉を切り、目には光るものが見えたが、すぐに目をしばたたいてこらえた。

彼が黙りこむと、ヘイゼルはからだを寄せた。「わたしたちはちょっぴり違う子供時代を送ったけど、わたしもアイザックに同じように感じたことがあった」彼女は目をおろし、自分たちのひざがいまにも触れあいそうなほど近いことに気づいた。「アイザックに会った人はすぐに感じるのよ、自分が……」

彼は顔をあげた。「何か大きなものの一部だと？」

「そうよ」彼女は自分でも驚くほど熱心にいった。「自分が何かすごいスパイ組織に入るために彼に選ばれたみたいに」

彼はほほえんだ。「ぼくはそんなふうにはいわないけど、わかるよ——世界と枢軸国の勝利のあいだに立っているのは自分だと思わせるような」

また沈黙が落ち、ヘイゼルが口を開いた。「アイザックはわたしのことを話したことがあった？」

「ああ」アレックスは正確な日時を思いだそうとするかのように、顔をしかめた。「彼とリリーが子供をふたり養子にしたが、孫だと思うようにしているといっていた。ぼくがトムのことについて聞いたのはずっとあとのことだ——ひどい部分の要点だけだったが」

今度はヘイゼルが黙りこむ番だった。そのとき、自分のもつれた過去についてアレックスに聞いてもらいたいという強烈な気持ちに駆られた。実際、何もかも彼に話すことがとても自然に感じられるのは驚きだった。だが同時に、いつもの何かが彼女に思いとどまらせた——この小さなためらいで、アレックスは彼女が意図していなかった意味を沈黙に読んだ。

「まったく」彼はいって、目を天に向けた。「つまらないことをぺらぺらしゃべっちゃったな。どうして自分がそんなにおもしろいと思うんだ、ア、ア、アレックス？」

「いえ、そうじゃない。本当に、ただ——」彼女は口ごもった。話を続けたいのにどういったらいいのかわからないということを、うまく説明できなかった。

「きみのいうとおりだ。あれに戻らないと」アレックスはくるりとうしろを向いて、またキーボードを叩きはじめた。

つまりふたりともそれぞれに孤児だった。どちらも生みの親と疎遠になり、アイザックが本当の保護者になってくれた。ヘイゼルはこの事実を噛みしめ、アレックスはどんどん平凡になっていく数字の組み合わせを試した。彼はそれらをすべて声に出して、彼女に教えてくれた。

著名な数学者の生没年。

著名な科学者の生没年。

歴史的な日付や記念日。

ひどく行き詰まったアレックスが、フィボナッチ数列に手を出した。0、1から始まり、どの項も前二項の和になる数列だ。0、1、1、2、3、5、8……。そして心から絶望して、円周率のさまざまな近似値を試してみた。

ヘイゼルは三杯目のコーヒーを飲み、完全に目が覚めていた。ウールの上掛けをからだに巻きつけてクッションにもたれ、アレックスが作業するのを眺めていた。彼が数字を打ちこむ音、それにかんする逸話を語る声に耳を傾けた。

「パスワードはぜったいに言葉ではないのはたしかなの？」

「彼の言語は数字だった」彼はいって、疲れた手で顔をこすった。「だがそうだ、たしかではない」

「ログインできたら、何が見つかると思う？」

彼はタイピングする手をとめて、顔をあげた。「何かすばらしいものだ、もちろん」

アレックスが頻繁《ひんぱん》に目をこすりはじめたのを見て、ヘイゼルは彼に簡易キッチンで休憩をとるように説得し、ふたりでミニバーのなかの軽食とお酒をあさった。イチジクのジャムを挟んだクッキーのフィグ・ニュートンを二列全部食べて、ウイスキーといろいろな味の缶ジュースでひどいカクテルをつくった。

「訊こうと思っていたの」ヘイゼルはいった。「あのパーティーにわたしがいるのを知っていたのに、どうしてこそこそスパイさせておいたの？」

彼は間を置き、返事を考えているようだった。「まずは、きみはぼくに気づいていないと思って、次に、ぼくがきみに気づいていないと、きみが思っているのに気づいた。シェイクスピアの喜劇以外で、こんなことが起きたことがあるか？　こういうのをなんていうんだっけ？」

「仮装中のばかげた誤解？」

彼はほほえんだ。「そのとおり。どうなるのか、興味があった」

ヘイゼルは何もいえなかった。彼がいったのは、彼女がクラブから彼を尾行した理由をはっきり言葉にしたらこうなるというものだったからだ。

アレックスは机に戻ると、ほおばったフィグ・ニュートンをジュースで飲みこみ、さらに数字の列をあげていった。ヘイゼルは、最初に会ったときのように、なぜかまた彼を笑わせずにはいられなくなった。それで自分の数列をあげていった。

ただの整数（1, 2, 3, 4, 5, 6…）
スノビトリアム教授の高慢な定数（あら、知らないの？）
ヘイゼル・セヴリーの〝思いついた数字〟（5, 187, 12, 1000000…）

アレックスは場をやわらげようとする彼女の試みを忍耐強く聞いていたが、やがてしつこいといって、作業に戻った。彼が独り言をつぶやく声は心地よく、つい眠くなってきたが、彼女は頭をはっきりさせておくために背中を丸めた彼のうしろ姿に意識を集中させた。とうとうヘイゼルは立ちあがり、かすんだ目で簡易キッチンに行って、お菓子のトレーに残っていたものを取ってきた。居間に戻ったとき、カーテンの隙間から朝の青白い光が射しこんでいるのに気づいてびっくりした。カードテーブルの足元に彼女のちくちくするウィッグが落ちていた。ゆうべ彼女が投げたのだった。本物の髪はたぶんひどいことになっているだろう。ソファの上に置いたはずの自分のバッグと電話を探した。時間は六時十九分。もう八時間近くここにいる。

アレックスがまだ机に向かっているあいだに、ヘイゼルはそっと廊下に出てバスルームに行った。洗面セットの歯ブラシで歯を磨き、フロスをした。そしてバッグからあれやこれを取りだし、なんとか徹夜した顔に見えないように最善を尽くした。少なくともスーツのにおいは消えた。でもなぜ、気にしているのだろう？　アレックスは失恋から立ち直るためにつきあう可能性のある相手ではない。彼は親戚だ。厳密にいえば血縁ではないにしても。

アレックスのつぶやきがどんどん大きくなって、薄い壁を通して聞こえたが、また聞こえなくなった。ヘイゼルは、夜中ずっとある程度は気づいていたことを、とつぜんはっきりと理解した。あの歌うような声。たしかに、つぶやきは指紋とは違う。科学的とはいえない。でも彼女は直感で、葬儀の日にアイザックの書斎にいたのはアレックスだとわかっていた。アイザックのものをあさっていたのはアレックスだ。そのあと、足音を忍ばせて廊下を歩いていったのも。

ヘイゼルは鏡のなかの自分と向きあった。コンピュータにログインするためにはまだ助けが必要だ。ログインできたら、その中身を破棄する。そうして、アイザックの願いをかなえたら――彼がどこにいるのか、それにどういう意味があるのかはわからないけど――ヘイゼルはシアトル行きの飛行機でうちに帰れる。

彼女は深呼吸して、バスルームを出たが、アレックスが廊下の端に立って彼女を見つめていたのでびっくりした。

「どこかに行ってしまったのかと思った」彼はいった。

「見つかった？」彼女は彼を見てびっくりしたのはおくびにも出さず、のんきな口調でいった。

「ぜんぜんだめだよ、あいにく」彼が壁にもたれた拍子に照明のスイッチを入れたので、廊下は温かみのある色の光に包まれた。彼は消そうとはしなかった。ヘイゼルはあごひげと偽のロひげがなくなった彼の顔がすごくハンサムなのに気づいた。こんな顔が称賛されないままなのはもったいないと思った。

彼は一瞬、彼女を見て、手で首をさわった。彼女の傷があるのとおなじ場所だった。ゆうべは上着の襟を立てていたから見えなかったけど、今朝はちゃんと隠すのを忘れていた。

「それは？」

「ああこれ」彼女は口ごもった。「子供のころ事故にあって」

「いいたくないならいわなくていい」

「いいえ、いいの。火傷《やけど》なのよ、じつは」これは完全に嘘ではなかったが、真実でもなかった。

彼は少し目を見開いた。

まだ話をするのは、とにかくこの廊下では、無理だとわかっていたので、彼女はいった。

「実際よりひどく見えるのよ」

彼は首から手をおろした。「記憶がそう思わせてるんだろう、痛みを消すために」

とつぜんヘイゼルはふたりの距離が近づいていることに気づいた。まるで知らずに少しずつ近寄っていたかのようだ。それとも彼女の思い過ごしだろうか？　わたしたちのどちらかが何かいわないと。

アレックスもふたりの接近に気づいているようだった。ふいに向きを変えてさっと居間に入っていった。彼女もあとに続いた。

「いいかい」彼はくつろいだ姿勢でソファのひじ掛けに坐っていった。「彼が死ぬ前にきみにいったことがわかれば、ログインする方法のもっといいアイディアが出るかもしれない」

「でもアイザックはなにもいわなかった」これも、厳密にいえば嘘ではなかった。

「それなら彼は、こういうものすべてをきみがどうすると考えていたんだ？」

どうしてアレックスにいえるだろう？　明らかにアイザックの研究を崇拝している彼に、彼女がアイザックの残した数学の研究について頼まれた内容を。何もかも（ある方程式をのぞいて）すべて破棄しろと指示されたことも。アイザックの曖昧な警告——「三人が死ぬ。わたしがひとり目だ」——や、彼女が連絡をとるべき男の特徴も。わたしはすでに秘密を洩らしてしまったのでは？　たしかに彼女は、コンピュータにログインするためにアレックスを利用しているけど、アレックスも彼女を利用しているのではないだろうか？

ヘイゼルは壁のほうに移動した。「あなたは地図のことは何もいわないのね」

「数学を見るまではね、ヘイゼル、それはなんにでもなりうる」

彼女は衝動的に、電話を取りだし、地図の写真を四枚撮った。それぞれが市の四分の一だ。

「それはいい考えなのか？」

彼女は返事しなかった。いままで見落としていた赤いふたつの丸に気がついたからだ。どちらもビーチウッド・キャニオンの真上に貼られている。彼女はアレックスを手招きした。

「断定はできないけど、このふたつの丸はアイザックの家のある通りにあるみたい。自宅かもしれないわ」

「そうかもな。シールが大きすぎてはっきりとはいえないが」彼がからだを寄せてきた。「ふたつじゃなくて、三つある」

ヘイゼルは目を凝らして見た。

「ひとつ、別の丸の下に隠れている。見えた？」

「ほんとだ」彼女は見えている丸の数字を読んだ。「1－0－1－7－1－5－0－5－5－5－3－1」もうひとつも読みあげて、「1－1－0－1－1－5……」彼のほうを見た。「これは何か意味がある数字？　もしかしたら暗号かも？」

そのとき、ドアのほうで大きなきびきびしたノックが響いた。

「出たほうがいい」彼はいったが、その声は奇妙に緊迫していた。

ふたたびノックがあり、彼女は居間を出た。歪んだのぞき穴から、エッシャーの絵のように歪んだフロルの姿が見えた。積み重ねたタオルを持っている。ヘイゼルはほっとして、ドアをあけた。

「おはようございます」フロルがいった。「まだ早いと思ったのですが、足音が聞こえたので。新しいタオルはご入り用ですか？」

普通にしているのがいちばんだと考えて、ヘイゼルはいった。「ありがとう」

「お掃除をしてもかまいませんか？」ヘイゼルが断わる前に、フロルは彼女の脇をすり抜けて廊下を歩いていった。

「それはちょっと――」ヘイゼルはいいかけたが、フロルはすでにバスルームに入り、必要のない掃除を始めた。

ヘイゼルが居間に戻ると、アレックスは中断されたままのチェッカーゲームを見ていた。

「メイドサービスが来たわ」しかたなく彼女はいった。

聞こえなかったようだ。「アイザックはチェッカーズを好きだったのか？」彼は尋ねた。

「どうして？」

「なぜなら彼がひとりでゲームをプレーしていたのでなければ……客がいたんだ」

ヘイゼルは祖父が、苦労して秘密にしていた隠れ家に誰かを入れるところを想像してみた。

「アイザックが本当に誰かをここに入れると思うの？」

アレックスが答える前に、フロルが現れた。携帯電話を耳にあてている。「すみません、フロントが、どなたかウーバーをお呼びになったのかと訊いています」

「ああ、そうだった」アレックスは跳ねるように立ちあがり、自分の電話をチェックした。

「約束があるんだ。相乗りしていこうか」

ヘイゼルはほほえんだが、内心ふたりの時間が終わってしまったのにがっかりしていた。

「そうするわ」


ホテルのそとに出たとき、ヘイゼルはまだ雲がかかっていて、早朝の日差しがやわらげられていてよかったと思った。待っていたSUVに乗りこみながら、ベネットの記憶が急速に薄れているのに気づいた。それともこれは、この十時間の興奮によってもたらされた錯覚なのだろうか？　またひとりになったら、傷心と不安のダブルの苦しみが戻ってくるのではないかと心配だった。

アレックスは、まず彼女を家でおろしてから自分が目的地に向かおうと提案した。どこに行くのかと訊いてみようかと思ったが、気にしているように思われたくないといういつもの反射的な考えでやめた。SUVの発進する動きに身を任せながら、彼女はふたたび地図のことを考えて、口に出していった。「あなたはアイザックの交通プロジェクトのことについてどれくらい知っているの？」

アレックスは、まるで皿回しをするように指一本でウィッグをくるくる回していた。「きみはカオス理論についてどれくらい知っている？」

「少しは」ヘイゼルは台所の蛇口からぽたぽたと垂れる水や、兄が自分の部屋を掃除しないかわいらしい口実にそれを使っていたことなどを思いだした。〝この部屋は散らかってるんじゃないよ。一見無秩序のなかに知的なシステムが隠れているんだ〟

「九〇年代にみんなが読んでいた本があった」彼女はいった。「それにアイザックが研究でカオスを使っていたのも知ってる」

「それなら彼がカオス理論を使って交通の数学的モデルをつくりだそうとしていたのは知っているんだ」

「ええ、市と協力したプロジェクトね」

「あのころぼくたちは電話でかなり話しあった」アレックスはいい、思い出に悲しげなほほえみを浮かべた。「あのプロジェクトはそもそも、運転者が道路を走りやすくなるよう支援するものだったが、すぐに強迫観念になった――特定の事象を予測したいという願望だ。ロサンゼルスの交通はかなり予見可能だという人もいるだろう。朝晩の通勤時間帯を避ければいい。だがそれは運転者の行動の過度な単純化だ――〝ノイズ〟を計算に入れていない。運転者の気分、天気、路上の障害物、やじ馬根性、タイヤのパンク、迷い犬、運転者の耳元を飛ぶ蠅《はえ》など、予見不可能なことを考慮していない。アイザックは、交通のパターンを本当に予測するためには、何もかも知る必要があると考えた。そのためには、ノイズをなんとかする必要がある。もちろん、そうした小さな偶然のできごとひとつひとつを予測する方法はない――そんなことをやろうとするのは正気の沙汰ではない。だが数学を使えば、この任意の活動をひとつの数学上の定数に要約することができれば、渋滞はもちろん、事故だって、正確な時刻や場所まで予測できる可能性がある」

「そういえば」ヘイゼルはいった。「祖父に一度も訊こうと思わなかったけど、なぜ車だったのかしら？　つまり、渋滞はみんな嫌いだけど、もしそういう予測が可能なら――SFのほら話ではなく――なぜ次の隕石《いんせき》衝突やテロ攻撃を予測しないの？　そのほうが、インターステート四〇五号線で誰かがフェンダーがへこむ程度の事故を起こすかどうかより、危険なことなのに」

アレックスは、優秀な生徒を見る教師のような心得顔でヘイゼルを見た。「そうだな、アイザックにとっては、車の渋滞のような日常的なものを研究するのが無難だった。いま現在起きていて、地元の問題で、出発点だった」アレックスはシートにもたれた。「だが彼は諦めてしまった」

「市が予算を引きあげたのかと思っていた」

アレックスが窓のそとに目を向け、車はフランクリン・アヴェニューからノース・ビーチウッド・ドライヴに入った。「きみのいうとおりだ。彼は何かを諦めたりしなかった」ヘイゼルは地図のこと、高速道路とは無関係に見える丸のことを考えた。「彼の交通プロジェクトが別のものに進化したとしたら？」

彼がこちらを見た。「わかってると思うけど、もちろん、もしぼくらがパスワードを見つけても、見つかるのはぼけたおじいちゃんの数学だけかもしれない。素朴な数字のオートミールだ」

それならいい、と彼女は思った。もし祖父の研究がオートミールなら、罪悪感をもたずに破棄できる。

SUVが峡谷のジグザグ道を登り、ヘイゼルはあと数分もしたらアレックスと別れるのだと気づいた。「それで、次の手はどうする？」妙に元気な声で訊いた。まるで十代向けミステリの相棒役になったかのように。でもアレックスが答えることはなかった。車がデュランド・ドライヴの角を曲がったところで運転手が何か大声で叫び、ふたりは前につんのめった。フロントガラス越しに、パトロールカー三台と救急車が路肩にとまっているのが見えた。セヴリーの屋敷のある丘に登る階段の下に小さな人だかりができていた。

ヘイゼルが最初に目をとめたのは通りの先の家に住む隣人で、彼はグレーのジョギングスーツ姿で地面に坐りこんでいた。彼は前かがみになって、スウェットのフードがねじれて顔にかかっていた。非合理だと思ったが、動転した頭に最初に浮かんだのはグレゴリーのことだった。

「車をとめて」彼女はいった。

運転手がブレーキを踏むやいなや、彼女は車をおりた。ビーチウッドの住人たちと警察で丘の斜面はよく見えなかった。ヘイゼルは彼らのほうへ向かいながら、自分の衣装と、それがひと晩着たきりの雰囲気を漂わせているのをぼんやりと意識していた。だが誰もそれに気づいたり、気にしたりする様子はなかった。

「かわいそうに」誰かがいった。

「すごく危険だもの。わたしも何度そういったのか憶えていない」

ヘイゼルは兄の姿を見つけて、安堵《あんど》のあまり声をあげそうになった。人混みをかき分けていって、両手で抱きついていった。兄はこちらを向いて彼女を抱擁《ほうよう》したが、その目は丘を見つめたままだった。彼は疲れた様子で、苦悩のにじむ表情をしていた。

「近所の人がジョギング中に彼女を見つけたんだ」彼はいった。

ヘイゼルは兄から離れて、現場に近づいた。家の建つ絶壁へと続くコンクリートの階段のいちばん下近くに、女性のからだが仰向けに、頭部を下にして横たわっていた。腕と脚が方位図の模倣のようにむごたらしく折れ曲がり、首はやじ馬から顔が見えないような角度にねじれていた。だがその髪は見間違えようがなかった。ラファエロ前派の絵に描かれているようなシビル・セヴリー＝オリヴァーの髪だった。彼女の肩にかかっていたその髪が、こぼれるように階段を流れ落ちていた。ローブかコートを羽織っていたが、からだには半分しかかってなく、シルクの寝間着が太ももまでめくれあがり、下着のゴムが見えていた。片足に光沢のある寝室用スリッパをはいていた。スリッパのもう片方は、どこかで聞いたことのあるおとぎ話のように、階段の数段上に落ちていた。

警察が木と木のあいだに黄色のテープを張っていた。刑事のひとりが写真を撮っている。救急隊員がゆっくりストレッチャーの準備をしている。ヘイゼルは誰もが奇妙に落ち着いているのに気づいた。ジャックは別だ。彼は数ヤード離れたところで、まとまって植えられているオークのあいだをよろめき歩きながら、手を振り、わけのわからない罵声《ばせい》を木々に浴びせていた。いきなりふり向いて人々に叫んだ。「誰か妻に何かかけてくれないか？　頼むから、何かかけてやってくれ！」

ヘイゼルは兄のところに戻って、その肩に顔を押しつけた。

「眠っていたらしい」彼はつぶやいた。

「どうしてなの」彼女は丘を見上げた。シビルの姿とジャンクフード三昧《ざんまい》の夜と睡眠不足がぶつかりあって、気分が悪くなった。「彼女はパサデナに泊まったのだと思っていた」

兄はうなずいた。「またロげんかをしたようだ。今度はジャックと。それで彼女は荷物をまとめて出てきた」

ヘイゼルはなんとか足を動かしてグレゴリーから離れてアレックスを探したが、とつぜん横にやってきた彼に、手首を握られた。その近さに胸が高鳴るのを認めないわけにはいかなかった。「今夜はお兄さんのところに泊まって、もうここに戻るな。ここからなるべく遠く離れたほうがいい」

そのとき、アレックスの温かい息を耳に感じて、ふと思いだした——「十月末より先は家に滞在したり訪ねたりしないこと」彼女は手をふりほどいて電話をチェックした。本当は日付を確認する必要なんてなかった。もちろん、ハロウィーンの翌日は、二〇一五年十一月一日だった。１１０１１５。

彼女は地図の数字が意味していたことをアレックスに伝えようと口を開きかけた。あの数字は驚くほどありふれたものだった。月、日、年——それからなんだろう——時、分？　でも彼はすでにわかっていたのでは？　ヘイゼルは尋ねようとしたが、ふり返ると、彼もＳＵＶもいなくなっていた。

第二部

きょう死ぬなんて大騒ぎ、二時一、二分前！
いうはまったく難し、するはいたく難し
点呼の太鼓を鳴らそう、二時二十分前
アラタタッタタタタトゥー
ドラゴンが来るよ、太鼓の音を聞いて
今日二時一、二分前、二時一、二分前

――エドワード・ジャーマン&バジル・フード
オペラ『メリー・イングランド』より、一九〇二年

15　教授

　アイザックの葬儀から十二日後、シビルの死から五日後に、ヘイゼルはふたたび家族とともにレザレクション・セメタリーにいた。従姉とくに親しかったわけではないが、セヴリー家のほかの人々と同様、悲しみの引き波にのみこまれていた。シビルの最後の姿が彼女の心のなかに重たく居坐り、峡谷でのあの朝のことを考えて、死体というものは残酷なまでに命がからっぽだという思いに打たれた——階段を転げ落ちたことでシビルはまるで、捨てられたものやごみの入った袋になってしまったかのようだった。彼女のからだは、生きて動いている人間と同じようなのに。

　シビルは火葬され（彼女には薔薇で飾られた重厚な棺はなかった）、参列者の数はアイザックの埋葬のときよりだいぶ少なかったが、この日のすべてがまるで悲嘆の再放送のように感じられた。低く厚く垂れこめた雲が朝の光を遮り、沈黙があたりを覆い、葬儀にしても不気味に感じられるほどだった。フィリップとジェインは、パン入れサイズの娘の区画の上に立ち、呆然《ぼうぜん》としているように見えた。まるでもう二度と口を開いたり感情を表すまいと決めているかのようだった。ジャックはまったく表情がなかった。その目は乾いていたが、顔は心配になるほどむくみ、紅潮していた。ドリューはどこにもいなかった。ヘイゼルがゴールディーにそういうと、ドリューはジャックがママはどこに行ったのか説明するのに〝しかるべき状態になる〟まで、ジェインの姉が面倒を見ているのだと教えてくれた。ヘイゼルは、いまのジャックには草の上に丸くなってうずくまること以外にしかるべき状態なんてないだろうと思った。

ドリューのほかにも（そして不要に混乱させたくないと家族が思ったリリーも）、シビルの葬儀で不在が目立った家族がふたりいた。グレゴリーは朝、急な仕事が入ったといって六時に家を出た。参列できないことを全員に詫びていたが、ヘイゼルは兄が何かを隠しているのではないかと心配していた。隠しているのは気持ちかもしれない。兄が来なかったのは一種の回避もしくは否定なのではないかと彼女は思った。兄は昔からシビルと仲がよかった。大人になってからは疎遠になっていたが。

もうひとりの不在はそれほどの驚きではなかった。峡谷であの朝アレックスがいなくなってからずっと、彼のささやき声が聞こえていた。「今夜はお兄さんのところに泊まって、もうここに戻るな。ここからなるべく遠く離れたほうがいい」彼は自分のアドバイスに従い、ロサンゼルスから立ち去ったのだろうか。ヘイゼルは彼を探しだしてあの数字の意味がわかったと伝えようかと思った。彼はすでに知っていたはずだ。シビルの死のせいで、アレックスを探そうと思うたびに、それは瑣末《さまつ》なことに感じられた。それでも、彼が完全にいなくなり、パリで数学者が何をしているのか知らないけれどそれに戻ったと思うと、最近のできごとがますますひどく思えた。シビルが見つかった日の夜、ヘイゼルがまたホテル・ダンティーブスに行ったのは、いまとなっては恐怖となった地図に向きあうためでもあったが、それよりアレックスが現れるかもしれないと思っていたからだ。

アレックスはホテルに現れなかったし、フロントデスクにもなんの伝言もなかった。彼女はひとりで部屋のなかを調べることになった。いまや彼女は確信していた。あの地図には恐ろしい予言――少なくとも、ハロウィーンの夜にビーチウッド・キャニオンで何かが起きるという情報――が隠されていた。アイザックが残したのは数字のオートミールなどではなく、きわめて重要な数学なのだと、地図が語りかけてくるようだった。彼女はビーチウッド・キャニオンの曲がりくねった道とその上に貼られた三つの丸を凝視した。丸に書かれている数字――日付、時、分――は、シビルの死だけでなく、アイザックの死も表しているのだとわかった。シビルの丸は110115001146、アイザックの丸は101715055531。この数字が正しければ、シビルは真夜中の零時十一分に亡くなり、アイザックは午前五時五十五分三十一秒に亡くなったということだ。

三人が死ぬ。

三つ目の丸はどうなのだろう？　アイザックは手紙で、どうすることもできない、運命はとめられないといったことを書いていた。それでも、三つ目のシールに書かれている日付と時間をどうしても見たかった。シビルの丸をはがして下に重なっている丸を出そうとしたが、どうしてもはがせなかった。無理やりはがしたらどちらも破れてしまいそうだったので、衝動的に、ふたつ重なったまま地図からはがして、いい解決策を思いつくまでしまっておくことにした。

コンピュータのほうを見ると、ゆうべのさまざまなできごとが、まるで歴史的な事件のように思いだされた。まるでシビルの死が時間に裂け目をつくり、ヘイゼルとアレックスと過ごしたあの夜を永遠に隔ててしまったかのようだった。これまで以上に、祖父のコンピュータにログインすることが重要に思えてきた。でもアレックスがひと晩かけても見つけられなかったのに、どうして彼女に見つけられるだろう？ ヘイゼルは最後にもう一度、地図を眺めた。市内のあちこちにほかの丸が散らばって貼られていて、そこには未来の日付と時刻が書かれていたけど彼女に何ができるだろう？ ほかの死の情報に気をとられていたら、家族を守る、つまりビーチウッド・キャニオンの家に誰も残らないようにすることもできなくなる。

その夜、ただでさえシビルの死と地図の恐ろしい啓示にショックを受けていたところに、別の、より小さな悲劇が重なった。その日、パイオニア・スクエアの彼女の店の直下で、水道本管が破裂した。チェットが電話をかけてきて、商品はまだ濡れていないが、彼女の店の被害がもっともひどいと報告した。もう店を閉めるしかないと。

「真面目な話、これは一八〇〇年代以来最悪のパイオニア・スクエア洪水だよ」彼はいった。

「きみの帰りを待ったほうがいい?」

「いいえ、閉店して。窓に笑える知らせを貼って」

「いつ戻るんだ?」

「この調子でいくと、戻らないかも」

微妙な間があり、チェットは彼女に、〈シアトル・ウィークリー〉にこの洪水の記事を執筆しているといった。彼はそのフリーペーパーの特派員をしている。

「こんなこと訊きたくないんだけど、何かコメントをくれる?」

そもそもヘイゼルがチェットを雇ったのは、彼の取材を受け、それが「アマゾンと戦う戦士――若き古書ディーラーが失われた読書術を救う」という、いささか気恥ずかしい記事として同紙に掲載されたのがきっかけだった。もっともその記事の真のタイトルは「衝動的な女――みずからの怠惰《たいだ》を言い訳し、莫大な借金をこさえ、何度も水の悪夢のなかで溺《おぼ》れる」だっただろう。

ようやく彼女は、「本が好きだからって、本屋になるべきだとはかぎらない」といって、電話を切った。

払えない請求書がどんどん積みあがっていた。葬儀の日の朝、ヘイゼルはチェットから請求書の詰まった小包を受けとった。とくにしつこく電話をかけてきた客のリストも同封されていた。そのひとりにチェットは「ミスター・しつこい《パーシスタント》」というあだ名をつけていた。その男は彼女の留守中に何度も電話をかけてきたが、名前も会社名もいわなかったらしい。短い手紙が入っていた。

親愛なるミズ・ヘイゼル・セヴリー

重要な件についてあなたと連絡をとりたいのです。連絡をもらえないので、わたしの一時的なこの国での番号をお知らせしておきます。早めにご連絡くださるよう、よろしくお願いいたします。

それでは。

L・F・リチャードスン

626-344-9592

借金取りの手口がどんどん巧妙になっている。名前のイニシャルで上品な人という印象を与え、さらに形式ばらない文章は、友人の友人への伝言を書いただけのように思わせる。ヘイゼルはそのメモをたたみながら、アイザックの遺産が助けてくれるかもしれないなんて甘い考えはもたないようにした。それに、フリッツの努力にもかかわらず、祖父の財産はすべて家と結びついている。すべて売却し、借金を清算して、遺産分けとなったら、たいして残らないのではないかと彼女は思っていた。ヘイゼルはメモをゴールディーの書斎に持っていって、シュレッダーにかけてから、急いで葬儀に着る服のアイロンをかけた。スーツケースの底でしわくちゃになっていたのだ。

葬儀の終わり近くになって、ジェイン、フィリップ、ジャックはひざまずいて手で土をすくった。ヘイゼルはアイザックの墓石の方向にある丘を見やった。いつになく分厚く垂れこめた雲のせいでガーゼ越しに見ているような感じだったが、黒っぽいコートを着た長身の男の人がアイザックの区画の前に立っているのが見えた。こちらからは背中しか見えず、彼の脚は霧でかすみ、頭は立てた襟のうしろに隠れていた。それがアイザックの墓だとわかったのは、墓石の左側、数フィートのところにおもしろい形に刈りこまれた木があったからだ。その低木はヘイゼルにきのこ雲を思わせた。すると男がふり向き、どこか威厳を感じさせる貴族的な横顔が見えて、こちらの集まりの方向を見つめた。しばらく身じろぎもせずそこに立っていたが、ヘイゼルたちを見ているのか、ただ風景を眺めているのかはわからなかった。

土が金属にあたる音がして、ヘイゼルは葬儀に目を戻し、シビルの両親が、娘の遺灰の入った箱の上にぼんやりと土を落とすのを見た。すぐに男に目を戻したが、かろうじて見えたのは背を丸めた姿で、彼はすぐに霧のなかに姿を消した。

フィリップとジェインのパサデナの家でおこなわれた葬儀後の会食は、静かで人も少なかった。ヘイゼルはほとんどの時間を部屋の正面に置かれていたピアノのそばで、完全な美しさを構成するように並べられた額装のシビルの写真を見て過ごした。シビルの少女時代と成人後の——どちらでも不格好さや肌荒れとは驚くほど無縁だった——記録写真を見つめながら、ヘイゼルは頭のなかで、従姉の命取りになった転落を再現するのをやめられなかった。

かわいそうなシビルは重力に殺された。宇宙の力のなかでもっとも弱い力じゃなかったの？ 彼女はシビルが芝生を横切るところを想像した。半分目を閉じたままで、コンクリートの階段の端までやってきて、存在しない手すりに手を伸ばすが、その手は空を切る。バランスを崩し、つんのめって……。ヘイゼルはそのシーンを何度か頭のなかで再生した。そのたびに細かい部分を変えて。だがもうひとつのシナリオが存在した。まだぼんやりとしているが、考えないわけにはいかない。そのシーンは、アイザックの地図にあった丸と関係がある。ビーチウッド・キャニオンの正確な緯度と経度で、真夜中に悲劇が起きることが、なぜあの地図に書かれていたのかは定かではないが、地図にあった三つ目の丸が、ますます恐ろしいものとしてヘイゼルの頭のなかに居坐っていた。

三人が死ぬ。わたしがひとり目だ。

ヘイゼルは祖父とアレックス、ふたりのアドバイスに従って、家には近寄らなかった。すぐに自分のものをまとめて、ミッドシティにある兄の家に移った。その前に、家族の誰も峡谷の家には残らないのを確認してからだ。結局、誰も家に近寄りたがらなかったが、彼女がとつぜん家族の当面の居場所をどうしても知りたがったことで、家族の何人かには困惑した顔をされた。

居間のあちこちに飾られた写真を眺めていたヘイゼルは、ある2Lサイズの写真を見つけて、すぐに頭がくらくらした。それはアレックスの写真で、真新しい額縁に埃がついてないことから見て、ほかの写真に加えられたばかりのようだった。彼はどこかわからない大聖堂の、黒く口をあけた入口に立っていた。日に焼けていて、黒髪で、ハンサムで、まったくセヴリーらしくない。たぶん子供に無関心だという父親似なのだろう。ヘイゼルには、アレックスの存在を思いださせるものは必要なかった。ここ数日というもの、憂鬱のとばりの下で、彼女は頭のなかに彼の生き生きしたイメージをつくりあげていた。くだらない会話から学者としての説明、またその逆へと、自在に切り替わる彼の話し方や、いま眉をひそめていたと思ったら一瞬でほほえみに変わるところも。

どうしたら彼と連絡がとれるのか、ヘイゼルにはわからなかった。アレックスの母親は葬儀には参列して端のほうにいたが、そのあとヘイゼルが近づいていくと、彼女に気づかないふりをして、そそくさと自分の車に乗りこんでしまった。ペイジは会食には来なかったから、ヴェニス・ビーチにあるバンガローに帰ったのだろうと思うしかなかった。かといって、はらわたをえぐられるように辛いこのときに、何か力になれることがないかという以外の質問を伯母のジェインにするのはとんでもなく無礼なことだと思った。それならむしろ、安酒を買いだめするために二十ドルほど貸してくれないかと訊くほうがましだろう。もしアレックスが見つからなくて、彼の助けが得られなかったら、ヘイゼルはひとりでコンピュータを分解して、一三七号室のチェックアウトを済ませ、何もかもシアトルに送ろうと思っていた。でもなんのために？　大がかりな焚火《たきび》でプラスティックとハードドライヴを溶かす？

分別ある方法は、もちろん、アイザックが信用するような誰かに任せてしまうことだ。家族のなかにほかに適任者はいないと手紙には書かれていたけど。そんなことを考えていたとき、ふと目をあげると、伯父のフィリップが窓際に立ち、側庭を眺めていた。そういえばシビルが亡くなってから、伯父とちゃんと話したことがなかった。近づいていくと、フィリップは彼とジェインの友人の子供が、小さな滑り台で遊んでいるのを見ていた。滑り台はたぶんドリューのために置かれたものだが、あまり長くはあの子の関心を引いていられなかったのだろうと、ヘイゼルは思った。

ヘイゼルは慎重に近づいたが、呼びかけはしわがれ声になってしまった。「フィリップ伯父さん？」

彼はふり向いたが、目が真っ赤で、彼女を見てまばたきした。さっきまでの無表情ではなく、いつも落ち着いている顔に生々しい感情があらわになっていて、ヘイゼルはショックを受けた。伯父は彼女を温かく抱擁した。「来てくれたんだ」耳元で聞こえる彼の声はかすれていた。「ジェインもぼくも、きみは来ないかと思っていた」

フィリップがからだを引き、ヘイゼルは本当にお気の毒に思っている、こんなことが起きるなんて、シビルはとてもすてきで優しい人だったと、言葉につかえながら伝えた。自分が何をいっているのかよくわかっていなかったが、同時に、このままフィリップの父の研究についての話題に移り、アイザックが死ぬ前に取り組んでいた研究を知っているかと訊けるだろうかと考えてもみた。もちろん、無理だ――あの、お嬢さんを亡くしたときになんなのですが、お父さんの数学を廃棄するのを手伝ってもらえますか？

フィリップは彼女のお悔やみの言葉に礼を述べて、また窓のほうを向いた。子供は滑り台の木の階段をよじ登っているところだった。少しして、フィリップがいった。「峡谷の斜面の階段は何段あるか知っているかい、ヘイゼル？」

それは変な質問だったが、ヘイゼルは答えを知っていた。「二百五十七段でしょ？」階段はいくつかあって、土地の境界線に造られ、ビーチウッド・キャニオンの西端への近道だった。アイザックは階段を登ってやってきた客に、彼らが登った段数だけでなく、二百五十七は素数——フェルマー素数と呼ばれて、非常にまれなもの——だということも教えた。

フィリップはうなずいた。「その質問に答えられない人間に会ったことがない。父はぼくたち全員にそれを教えこんだらしい。それなら、道路からうちまでの階段が何段か知っているかい？」

彼は娘が転落した階段のことをいっていた。

「いいえ、知らないわ」

「二十九だ」

ヘイゼルは記憶のなかにその数字の重要性を探したが、何も見つからなかった。

「シビルは二十九だった」彼はいった。「これで永遠にその年齢ということになるのだろう」

ヘイゼルは何か慰めの言葉を探したが、彼は続けた。「もちろん、こうやってなんでも反射的に数学の話にする習慣を、あらゆるものに適用するのはひどくばかげている。おかしいだろう、ぼくはいまになってようやくそれを理解したんだ。若いころ、ぼくはすぐに傷ついていた――実際の傷だよ、つまり、赤あざや青あざといった――学校であれこれスポーツをやらされて、その後数日間、ぼくは腕や脚にいくつあざができたか数えたものだよ。そのときは、それはいやなことを有益な活動に変える方法だと思っていた。つまり、そうやって自分をごまかして最悪の気分から脱するとか、そういうことだ。ぼくはこの数式化の衝動を自慢にさえ思っていた、だがいまは……」彼は笑った。「それはたんに、いかにもうちの家族らしい、ひどい暇つぶしに過ぎないとわかった。ぼくたちにとっての生きるということの露骨な真実――つまり苦痛だ、なぜなら苦痛がすべてだから――を見て見ぬふりをして、それを小さな構成要素に分解してみようというのだから。数霊術をやってみてもいい」

　フィリップはふり向いてヘイゼルを見下ろしたが、その目はさっきよりも赤かった。彼はすばやくまばたきして、まるで目から何かを払おうとしているかのようだった。「すまない、演説をぶつつもりはなかったんだ、ただ――」彼女が、全然だいじょうぶ、伯父さんと話せてよかった（本当に、彼女に心の内を明かしてくれてうれしく思っている）という前に、フィリップの視線は、彼女を通り越して部屋の反対側に向けられた。双子がピアノでラグタイムの連弾を始めていた。レッスンを受けたのは明らかだが、ふたりともリズム感が皆無で、その演奏は耳障りでしかなかった。「失礼するよ」フィリップはヘイゼルの肩をぎゅっと握って、息子たちにもっとこの場にふさわしい曲を選ぶようにといいに行った。

　すぐにフリッツ・ドーンバックがフィリップのいた場所にやってきた。彼は疲れて、むくんでいるように見えた。たぶん二日酔いなのだろう。「言語に絶することだ」彼は窓のそと

の同じ子供を見つめた。その子は今度は、滑り台の滑りがあまりにも悪いのに腹を立ててい
た。

ヘイゼルはうなずいた。「本当にひどい」

サイラスとシドニーはショパンの葬送行進曲を乱暴に弾きはじめた。

「そういえば」フリッツはいった。「ハロウィーンでなにか話があるといっていなかったか
な」

「わたしが？」ヘイゼルは情報を集めようとした勇み足を思いだして恥ずかしくなった。

「憶えてないわ。かなり飲んでいたから」

「わかるよ」彼はいい、ふいに上着のポケットをぽんと叩いた。「そういえば、きみに渡すものがある」彼はたたんだ紙を見つけた。昔ながらの伝言メモの一枚だ。「率直にいえば、この男が電話線を占領するのに少しうんざりしている」

ヘイゼルは紙を広げた。

緊急
ヘイゼル・セヴリーへ
L・F・リチャードスン教授より
伝言：ジョージ・C・ペイジ博物館ミュージアムシアター＠午後三時、土曜日、十一月十四日。ひとりで来てください。

「リチャードスン教授？」

「知っているのかい？」

ヘイゼルはあのメモをシュレッダーにかけなければよかったと思った。「彼は電話番号をいった？」

「いや、彼はむしろきみの携帯電話の番号を知りたがっていたが、うちでは教えなかった」

ヘイゼルは頭痛がしてきた。

「フリッツ？」

「うん？」

「どうしてリチャードスンはわたしがLAにいるとわかったの？」

「ああ、それか、彼はとても説得力があり、アイザックの親しい友人だと自己紹介した。いわなかったかな？　それにどこかの訛りがあったよ、もし何か関係があるなら」フリッツは咳払いをした。「ペイジ博物館……。タール坑があるんじゃなかったか？」

「そうよ」

「わたしが付き添ったほうがいいかもしれないな、彼はきみをタール沼に突き落とそうとするかもしれん」

ヘイゼルは顔をしかめて、声をささやきほどに低くした。「わたしがハロウィーンで訊きたかったことを思いだしたかも」本当は、口に出していうまで、わかっていなかった。「アイザックの死をどう思う？」

フリッツは驚いた顔になった。数秒間無言で、それから答えた。「もしかしたら彼は深く悲しんでいたのかもしれない、そしてわれわれの誰もそれを知らなかった。それはあり得る、だが……」彼は顔をしかめた。「アイザックの頭のなかではいつでも、人に見せる以上のことが進行していた。そう思わないか、ヘイゼル？」

その夜、兄の家に戻って、彼のコンピュータを使ってざっと調べたところ、祖父が知り合いだった可能性のあるリチャードスンという名前の教授は、ルイス・フライ・リチャードスンだけだった。ヘイゼルの調べでは、彼はかなり有名で、オタクっぽい下手なデザインのファンページもいくつか存在した。彼はイギリス人数学者兼天文学者で、数学的気象予報の草分けだった。これまでのところぱっとした結果の出ていない、これからの分野だ。リチャードスンはまた、天文学者のエドワード・ローレンツとともに、カオス理論の最初期のパイオニアに名を連ねていた。ローレンツは、ささいなできごとが広範囲に及ぶ結果をもたらす現象に、いまではすっかり一般的になった「バタフライ効果」という名前をつけた気象学者だ（中国で虫がぴくっと動くと、数週間後にバミューダで男の帽子が風で飛ばされる）。なるほど、いかにも祖父が友人になりそうな人物だし、アイザックの晩年の研究に興味をもちそうな人物でもあった。ただひとつの事実をのぞいては。ルイス・フライ・リチャードスンは六十年前に亡くなっていた。

16　休暇

親愛なるセヴリー教授
お嬢さまご急逝《きゅうせい》との訃報《ふほう》に接し、心よりお悔やみ申しあげます。シビルさんにお目にかかったことはありませんが、お父さまおよびお祖父《じい》さまのように非凡な方だったと思います。真の才能は、結局のところ、世襲君主制である——かつて才能ある方がそうおっしゃっていました。
貴殿のお悲しみの深さは想像することもできませんが、貴殿とご家族のご無事をお祈りしております。わたしたちがいまだきちんと会ったことがなく、前回の会合は延期されたことを考慮すれば、ひょっとしたらわたしの弔意を奇異にお感じになるかもしれません。ですがわたしはご尊父に心より好意をいだいておりました。同じ好意をセヴリー家全体に捧げます。
この悲しみのときにわたしで何かお力になれることがございましたら、いつでもオフィスにご連絡ください。何かの見返りを期待しているのではなく、思いがけない友人としての申し出です。

略儀ながら書中をもちましてお悔やみ申しあげます。

P・ブース・ライオンズ

フィリップはこの手紙を読むたびにいらっとした。上質なレターヘッド入り便箋に、明らかに筆記体の芸術に傾倒した人間の手によって書かれた文字。その文面に目を走らせれば、ネリーが机で口述筆記し、彼女の上司は大物を狩るハンターのような尊大さで机の前を行ったり来たりしているところが目に浮かぶ。その首の肉はオックスフォードシャツの襟《えり》に乗っているのだろう。「わたしはご尊父に心より敬愛を——いや、消してくれ——好意をいだいておりました。聞こえたかね、ミズ・ストーン？」

「うちの家族のことを何も知らないくせに」フィリップはつぶやき、便箋をくしゃくしゃに丸めて食卓の片側にできたカードの山の上に投げた。明らかにライオンズは自分が求めているものを手にするまで諦める気はない。だがフィリップはもう気にしていなかった。テーブルのこちら側の端には、しおれた花のあいだに、封筒の山ができていた。そのほとんどは未開封で、今後もそのままだろう。お悔やみカードの文面というものは必然的にどれも似ていて、名前や世辞の形容詞くらいしか変える余地がない。アイザックのお悔やみカードはさまざまなキーワード——才能豊かな、非凡な、寛大な、楽しい、親切な——でいっぱいだったが、シビルのカードはどれもひとつのテーマの変化形のようだった。美しい、輝くような、光り輝く、優美な、魅力的な。P・ブース・ライオンズだけが、フィリップの娘は並外れて美しい外見をもつ普通の娘ではなく、本当に、非凡な人間だったと書いていた。

一週間前にシビルが死んでから、フィリップとジェインは自分たちの精神的地平を見渡して責めるべき人間を探した。だが浮かんできたのは、フィリップの父方の祖父が一九五〇年代にハリウッドランドの土地を買い、夢遊病の患者が転落して首の骨を折るおそれのある急勾配のコンクリート製階段を設置したということだけだった。祖父がジェット推進研究所の構造工学技術者だったという皮肉については、フィリップはあまり考えないことにした。

警察はもちろん、本気の疑いというより通常の手続きからジャックを徹底的に尋問したが、捜査は、シビルの葬儀後にジャックが不安障害で入院したために中断された。

まだ母の死を告げられていないドリューは、父親がシダーズ・サイナイ医療センターから退院するまでフィリップとジェインが面倒を見ることになった。だが夫婦のどちらも小さな子供の面倒を見られるような精神状態ではなかったので、ジェインの姉のフェイがフェニックスからやってきて彼らとしばらく同居することになった。フェイはすぐに一家の主婦とセラピストの役割を担い、ドリューの面倒を見て悲しむ妹を慰めながら、何かというとお茶を淹れ、菓子やパンをたくさん焼いた。フェイはドリューに、「ママとパパは少しおうちに帰っているけど、すぐに迎えにくるから」という罪のない嘘をくり返し聞かせていた。もしジャックがすぐに回復しなかったら、フィリップとジェインがその嘘を正さなければならないだろう。それにドリューを地元の幼稚園、いやむしろ、小学校に入学させることを検討する必要も出てくる。

だがドリューはドリューで、周囲の人間全員を質問責めにした。「これは罰なの？」「わたしが毒入りの植物を食べたから？」「すごく悪い子だから？」と何度も訊いた。フェイは、あなたは悪くない、ママとパパはあなたを愛しているといったが、ドリューは納得していなかった。きのうの葬儀の日、ドリューはぱたりと質問するのをやめ、いまは静かにソファに坐って、ひざの上にオーデュボンの鳥図鑑を広げている。あの朝、フィリップは、ドリューがアルファベット順に鳥の名前をささやいているのに気づいた——ショウゾウサギ、セスジツバメ、ヒメレンジャク、ミズイロアメリカムシクイ、クロイロコガラ——だがほとんどいつも、黙ってじっと坐っていて、ソファを離れるのは食事か就寝のときだけだった。フィリップにはもちろんわかった。彼と妻もこの一週間ずっと同じ日課のバリエーションに沿って生活していた。

サイラスとシドニーは、南カリフォルニア・ジュニア・テニス・オープンの練習をしばらく休むことになった（決勝に残ったのはシドニーだけだが、双子は切っても切れない一組として練習していた）。十代の少年たちなので、何日間も家のなかを歩き回り、自分たちの気持ちに混乱しているようだった。祖父の死を知らされたときは人目もはばからずに泣いていたが、姉の死には驚きのあまり言葉を失った。ふたりは普通に学校に通い、夜になるとラケットに目をやり、あとどれくらいしたらラケットを取って近くのコートに行ってもよくなるのだろうと考えている。

ジェインは最悪の鬱におちいった。そこから彼女が発するのは片言のメッセージ——「あの子が……わたしのあの子が」——だけで、自分の人生も終わってほしいとほのめかした。本気ではなく、子供を亡くした母なら心にいだく考えだとジェインはいった。フェイは毎日妹を連れだしてイートン・キャニオンを走らせた。ドリューは双子に預けて。「自分の興味のあることは続けないとだめよ」フェイはジェインにいった。「興味がなくなっても」フィリップは認めざるをえなかった。義姉は鈍感で物質主義だったが、彼女はまさに神の恵みで、もし彼女がいなかったらどうなっていたのか、わからなかった。妻は完全に心を閉ざし、それと同時に、妻と意を伝えあう彼の能力もなくなった。

フィリップは紙用ごみ箱にカードの山を捨てていて、床にごみ箱を落とした。もう花やカードが目に映るのもいやだった。家から出なければならなかった。すぐに。ふたりともだ。彼は散らかったのをそのままにして、車のキーをつかみ、庭にいたジェインを見つけた。もしかしたら、彼女の姉がそばにいなかったら、妻は彼に話してくれるかもしれない。もしかしたらふたりは、せめてお互いの小さな慰めになれるかもしれない。

一時間後、ふたりがイートン・キャニオンの中心部を見渡す尾根を登っていたとき、ジェインが彼のほうを向いた。「もしあの子しか子供がいなかったら、わたしは死んでいたと思う」ふたりは高さ八〇フィートの切り立った崖の端から数フィートのところでとまった。フィリップは両腕を回して妻を抱きしめたが、崖の近さを心配しているのがわかるほどしっかりとではなかった。

「人は自分がどうやって死ぬかわかっていると思う？」ジェインが尋ねた。

暗い推論をする気分ではなかったので、彼はためらった。

「だってわたしたちはみんな死ぬわけでしょ」彼女は続けた。「あらかじめ決まっているのよ。ただ知らないだけで。でももしかしたら、わたしたちの潜在意識はなんらかの形でそれを垣間見ているかもしれない。あの数学者で、連合軍の暗号解読者だった、なんとかっていう――」

「チューリングだ」

「そうだった。アラン・チューリングは林檎《りんご》を見るたびに、かすかに認識していたんだと思う？」

チューリングは第二次世界大戦中にナチドイツの暗号エニグマを解読したが、ゲイであること――少なくともそれを隠そうとしなかったこと――で、英政府による嫌がらせを受けた。刑務所に行くか化学的去勢かの選択を迫られ、彼は後者をとった。それはおそらく、刑務所が第三の選択肢の妨《さまた》げになるからだった。後日、彼は自宅の研究室で第三の選択肢を実行した。青酸カリに漬けた林檎を食べることによって。このケースでは、ジェインのいうとおりなのだろう。フィリップには、チューリングがお気に入りのディズニー映画『白雪姫』を観て、まるですでに起きたできごとを思いだしたかのような強烈な認識の瞬間を経験したところが想像できた。

「でもびっくりじゃない？」ジェインは続けた。「そんなにも不幸せだったのに、どうして自殺を事故に偽装するほどの思いやりをもてたのかしら？　かわいそうな母親を悲しませることがないようにしたのよ。わたしもあなたと双子のために同じことをするわ。わたしも説得力のある反証をあげる」

「この話はやめにしないか、頼むから」

「お願い、少しぐらい不健康な空想をしても許してくれない？」

フィリップはしばらく何もいわなかった。彼は峡谷を見やった。夕日が岩を燃えるようなオレンジ色に染めている。「まず、ぼくたちはチューリングのように趣味で化学実験をしていない。これがひとつ」彼はようやくいった。「青酸カリ入りの林檎で事故死したという話に説得力があったのは、彼が昼食に青酸カリをこぼすのがありえなくもないことだったからだ」

「いいわ、それならわたしたちの、説得力のある事故はなんになるの？」

「わからない。ぼくはきみの姉さんのラザニアを見るたびにかすかな認識を覚えるけど」無理やり場を軽くしようとしたのは、ジェインを笑わせたかったからだが、裏目に出た。ジェインはからだを引き、袖口で目のうるみをはらった。

「理解できない」彼女は声を詰まらせた。「どうしてそんなに冷静なの？　あなたの不安障害はどこ？」

「ぼくはきみのためにも正気でいる必要がある。ジャックのように精神をやられたほうがいいのか？　シダーズの精神科病棟に入院もして？」

「少なくともわたしは孤独じゃなくなる」

「ぼくになんていってほしいんだ、ジェイン？　ぼくたちの子供が死んで、胸が張り裂けるようだ。毎日泣いている。仕事も休職した」

「そうね、宇宙の意味は後回しになってもしかたないでしょう、娘が——あなたのとても平凡な娘が死んだんだから」

　フィリップは絶句した。いったいどこから、〝平凡〟という言葉が出てきたんだ？　それは彼の頭のなかに閉じこめておいたのに、ジェインは勘づいていた。

　彼女は崖に目を向けた。そのとき夕日が彼女の横顔を照らし、影と燃えるようなオレンジの恐ろしいモチーフとなった。その瞬間、彼は妻の悲しみが怒りに変わるのを目撃した。世界に、そして彼にたいする怒りだ。


　フィリップが学期の終わりまでカルテックを休職したのは本当だった。同僚たちの勧めだった。カトウ教授はフィリップの大学院のゼミと超対称性のクラスを引き受けるといってくれたし、クーチェクが一時的にフィリップの指導する院生を担当することになった。それでも翌朝、フィリップは朝起きて学校に出勤した。オフィスで黒板に書かれたままの方程式を見つめて、キャンパス内を目的もなく歩き回る。知人に出くわしてなぜ家にいないのかと思われるリスクをおかしてもよかった。ジェインの怒りが暗く重たくなっていくのがわかり、彼女の助けにも慰めにもなれない自分をどうすればいいのか、もてあましていた。

晩秋のキャンパスはフィリップの好きな季節で、不幸にもかかわらず、楽しむことができた。東部の人々は南カリフォルニアには季節がなく、とくに秋は本当の意味を失っているといいたがった。それにも一理あるが、フィリップは北半球が傾き太陽から遠ざかっているさいなしるしを楽しんだ。十一月になるとセーターや薄手のジャケットを見掛けるようになるほか、オリーヴの木もゆっくりと歩道に実を落としはじめる。それにまばらなオークの木々も支配的な常緑樹に反抗して紅葉しはじめる。

その朝、スローン数学物理学研究室棟の前を通りかかると、イーニッド・エルダーバーグ――グレープフルーツ色の髪をつんつん立たせて、鼻にピアスをつけている――が階段から彼に手を振った。片腕にファイルボックスをふたつ載せてバランスをとっている。エルダーバーグのファッションセンスは、純粋数学をとんがって見せようとするわかりやすい試みだとフィリップは思ったが、彼女はかなり優秀だとの噂を聞き、いいんじゃないかと思った。

「フィリップ、こんにちは」彼女は箱を落としそうになり、地面に置いた。「お嬢さんのことは本当にお気の毒でした。もし何かわたしたちにできることが――」

「ありがとう、だいじょうぶだよ。本当に」彼はこれ以上の哀れみに耐えられそうになかった。

立ち去ろうとしたとき、彼女がいった。「不法侵入があったのは聞いた？」

「不法侵入？」

「先週、最上階のいくつかのオフィスに押し入りがあったのよ。わたしのオフィスも」

フィリップはそこで、エルダーバーグが彼の父が使っていたオフィスに移ったことを思いだした。父は退職以来めったにその部屋を使うことはなかったが、完全に引きはらうこともなかった。

「これはアイザックの箱なの」彼女は続けた。「鍵付きの戸棚にしまっておいたから、何も盗られていないはず」

フィリップは父のいた窓を見上げた。「学生のいたずらかな?」

エルダーバーグは肩をすくめた。「どうだろう? どちらにしても心配だけど。いまからこれをあなたのオフィスに届けるところだったんだ、じつは」

「ここでもらっていくよ、ありがとう。悪かったね、いろいろとあったので、父のものを片付けるのを失念していたよ」

「そんなこと」彼女はいい、フィリップが箱をかかえるのを手伝った。「ちょっとの間でも、偉大なるアイザック・セヴリーが仕事場にいてくれて、光栄だった」

箱はずしりと重かった。駐車場までの短い距離を運んだだけでフィリップの筋肉は痛んだ。車のトランクに積みこみ、不法侵入は偶然のできごとだと自分に言い聞かせた。何も盗まれなかったのだから。だが、なぜわかる? 上の箱の蓋をあけると、新聞の切り抜きが詰まっていた。

すべて南カリフォルニアの新聞に掲載された記事で、その大部分は〈ロサンゼルス・タイムズ〉から、数十年分あった。「映画プロデューサー、庭で不慮の事故死」「男性がプールで感電死、欠陥配線が原因」「エル・セグンド・ビーチで男性溺死」「静電気で男性が火柱に」「父親、自宅冷蔵庫に閉じこめられて死亡」「家族の車がバックして母親が轢死《れきし》」いくつかの記事には赤いマーカーでしるしがつけられていた。

アイザックはこうした凄惨《せいさん》な事件に夢中だった。同じような残酷な記事が父の家のあちこちに置かれていたのを思いだすと同時に、フィリップは首のうしろに激しい脈がのぼってくるのを感じた。続いて点滅する閃光の幻像も。こうした前兆《アウラ》がますます頻繁に起きており、彼は自分の片頭痛がなんらかの形で変化し、薬物治療を出し抜こうとしているのではないかと疑った。

トランクを閉めてグラヴコンパートメントに入れてある薬の瓶を探した。フィリップはかかりつけの医師に処方薬を大幅に増やすよう説得し、それでかなりの量のストックを置いていた。だがスバルの予備は補充が必要だった。残っていたのは一錠だけで、酒をあおるように瓶を傾けたとき、自分が高級市場のジャンキーの典型になった気がした。教養がありツイードを着たトムみたいに。

このみっともない姿を誰かに見られていないかと一瞬目をあげて、窓ガラスの不透明な黒いタウンカーが、駐車場の端にこちら向きにとまっているのに気づいた。錠剤が喉をおりていくのを感じながら、自分は監視されている、しばらく前から監視されていたのではないかという疑いに襲われた。

そのとき、黒いつば付き帽子をかぶりサングラスをかけたネリー・ストーンが、駐車場を横切ってタウンカーのほうに歩いていくのが見えた。フィリップは見つからないようにとっさに車のうしろに隠れたが、なんとなく彼女が歩いてきたほうを見た。物理学の建物の陰にアンドレイ・クーチェクが立っているのがわかった。彼は不機嫌な顔で本を数冊胸にかかえていた。まるでそれが鎧《よろい》であるかのように。クーチェクはネリーのほうを一瞥《いちべつ》すると、何か独り言をつぶやき、そそくさと建物のなかに入っていった。

フィリップはふたたび怒りに火が点くのを感じた。ライオンズからのカードは無視すればいいが、彼の生活への度重なる侵入は？　この一週間、ネリーは何度か彼の留守電に伝言を残したが、彼はすべて聞かずに消去した。

タウンカーがスペースから走りでていなくなると、フィリップは車をロックして、教職員ラウンジでクーチェクを見つけ、彼にコーヒーを注いで彼女のことを質問した。

「彼女は何をいったんだ、アンドレイ？　きみに近づいてきたのはこれが初めてなのか？」

クーチェクは例によって何も答えなかった。

「聞いてるのか、アンドレイ？　アンドレイ」

クーチェクは鉛筆を落として強いチェコ訛りでいった。「きみは休職中だと教えてやったんだ。なぜきみが彼女に直接、何が望みか訊かないんだ？　ぼくはこんなことをしている時間はない」

「わかったよ、アンドレイ。心配するな。二度ときみのじゃまをするなと彼女にいっておくから」

クーチェクは鉛筆を取り、いつになく仕事に関係のない人間に興味をもって、尋ねた。

「彼女は何者なんだ？」

「ぼくの父の知り合いなんだ」フィリップはいった。「もしまた彼女に会っても、何もいわないでくれ」

駐車場に戻ろうとしたフィリップは、ふと気づくと、暮れかかる日に照らされたミリカン池にかかるモダニズム建築の歩道橋の上に立っていた。なぜ自分がこの道を選んだのかよくわからなかった。まるで物語の登場人物のように小さな橋の上に立っている自分が、ばかばかしく感じられた。ジェインのいる家に帰るべきだとわかっていた。父の箱をもっとよく調べるための時間をつくるべきだとわかっていた。だがどうしても動けなかった——まるで何かが起こるのを待っているかのように——そしてそれが起きた。

フィリップは彼女の声に少しびくっとした。

「お嬢さんのことは本当にお気の毒でした。カードを受けとっていただけましたか」

ふり返ると、アニトカが橋のたもとに立っていた。オレンジがかった黄色のカーディガンを着てストライプ柄のスカーフを巻いて、パサデナというよりニューヘイヴンに似合う装いだった。そして彼女の顔は妙に虚《うつ》ろ——いや、悲しげだった。彼女が悲しい顔をしているのを見たのは初めてだったが、彼のなかで庇護《ひご》欲のようなものが頭をもたげた。

「図書館に行くところなんです。会えてよかった」

「アニトカ――」

彼女は立ちどまった。

「きみの博士論文、どうなった？」

「まだ指導教員を探しています」彼女は無理しておどけていった。「ジョン・ブリトンに打診してみました」

いつもの職業上のねたみがフィリップの心を刺した。「グレート・ブリトンは、きみの彼の研究への攻撃をどう受けとった？」

「彼から返事があったというわけではないんです」彼女は足を踏みだした。「図書館まで送ってもらえますか？」

ふたりでアシニーアムへと向かう並木道を歩きはじめると、デジャヴュが高まり、こんなふうにふたりで歩くのはこれで二度目だとフィリップは気づいた。彼のアニトカへの興味はシビルの死で劇的に冷め、彼は自分の執心を完全に克服したと思っていた。だがいま、アニトカが彼の血液に何を注射したとしても、彼の悲しみはワクチン接種ではなく、症状を悪化させる抗生物質治療だったのだとわかった。ふたりは図書館を通りすぎた。どちらもそれについて何もいわず、やがて大学に隣接した静かな地区にやってきた。

「お宅と職場が近いし、ご家族もそばにいていいですね」アニトカがいった。

「きみの家族はウクライナに？」

彼女はうなずいた。「両親と兄弟にはもう二年会っていません。旅費が出せないからと自分に言い訳しているけど、本当はみんながわたしを見るときの顔——必死のプライドみたいなもの——が耐えられなくて。家族で何かになろうとしたのはわたしだけです、そして家族はいま、わたしが大評判になって、科学で金持ちになることを期待しています」彼女は笑った。「ばかばかしい夢物語でしょ」

「きみはきみの研究にふさわしい場所にいる」

「でも博士の何パーセントが学問で生活していけるんですか？　カルテックでは超弦理論研究者の終身在職権付きポストが二、三しかないし、他のいくつかの大学では、合わせても五つくらいでしょう？」

フィリップは彼女に、横目でほほえみかけた。「忘れたらだめだよ。そのポストは主流の理論を毛嫌いしていない人間用だ」

アニトカはいらだったように手を振った。「まさにそのとおりです。あなたのように専門をなりわいにできる人はほんのひと握りだということを考えてみてください。主流のイデオロギーに対抗する理論を紹介するわたしが、どうやって生活していけると思います？　たとえわたしが博士論文を完成させて卒業したとしても、そのあとは？　まぬけたちにF=maの方程式を教える仕事に就く？　それともこんな広告を出したらいいのかもしれないわ。〝職求む。失業中の理論物理学者、宇宙の性質を考えること以外の有利な技能はなし〟」

フィリップは、彼女がこのように自分を卑下《ひげ》するのを聞いたことがなかった。

「あなたのいうとおりです、あの夜あなたがいったこと」彼女は続けた。

「ぼくはひとりの人間にすぎない」彼は抗議した。「あまり――」

「いいんです。先週、気づいたんです、あなたはずっと正しかったんだって」彼女は平屋の家の前で急にとまった。「これがわたしなのだと」

彼女は曲がって私道を進み、裏庭へと続く木の門をくぐった。彼は動かなかった。家に帰るんだろう、フィリップ？

「あがっていきますか？」彼女がフェンス越しに声をかけた。

彼は一瞬目をつぶって、彼女のあとを追った。ただ立ち寄るだけだ。家の側面に沿って歩いて裏庭に出ると、小さな客用コテージが庭を占領していた。アニトカは彼のほうを向いていた。そのからだはツタの絡《から》まった格子の額におさまっていた。彼女は石の階段を登るとドアの鍵をあけた。

中に入ると、アニトカはスカーフをはずしていなくなり、残されたフィリップは部屋を見回した。ソファの上にきらきらしたクッションがいくつか置かれていて住人が女性だとわかるが、それだけだった。壁際の樹脂合板の棚は本と論文の重みでたわんでいた。その隣にあるホワイトボードには彼らの専門にまつわる数学的な図形が落書きされていた。中心には死んだ物理学者によるふざけた詩が書かれていた。

　　歳を重ねるのは発熱と悪寒《おかん》に等しく
　　物理学者なら誰もが恐れるべきものだ

生き長らえるより死んだほうがいい
三十を過ぎたら

――ポール・ディラック、一九二六年、二十三歳

「昔からこの詩が嫌いだった」

彼女は簡易キッチンから笑った。「わたしは永久恐怖の状態で生きていくのが好きなんだと思います」

フィリップは本に目を戻し、一部が丸ごと――彼女の専門ではない――カオス理論と非線形ダイナミクスで占められているのに気づいた。そのなかには彼の父親の仮とじ本もあり、付箋が貼られていた。彼は棚から一冊抜きだしてみて、角が丸くなったり折れたりしているページをぱらぱらとめくった。

「きみはぼくの父のファンだったのか」

「そういいませんでした？」

「誰でもそういうが、これは本気だよ」

彼女は紅茶の入ったマグカップをふたつ持ってきて、ひとつを彼に渡した。

「お父さんの数学は楽しいから。そう思うでしょう？」

「ああ、だが自分の父親だから」

「まるで音楽を読んでいるみたいだわ」

フィリップはほほえんだ。

「前にひとつ間違いを見つけたことがあるんです」

「嘘だろ」

「ほんとに小さなことだけど。ささいなことだったし。お父さんに伝えようと思っていたのだけど、亡くなってしまったから」

亡くなってしまったから。彼女は無礼にならないぎりぎりのところでずばりとものをいう才能があった。

フィリップが部屋の奥へと歩いていくと、楕円形《だえん》のテーブルの上、所せましと学術論文や雑誌が置かれていた。タイトルをざっと見てみると、おなじみの研究者たちだった。ヴェネツィアーノ、シュワルツとグリーン、南部、ウィッテン、マルダセナ、ブリトン――二度にわたる超弦理論の革命を担ってきた巨大な頭脳たちだ。

「読んでるね」

「ええ、あなたに聞いてもらいたいことがあるんです」彼女はいつにない落ち着いた口調でいった。「このあいだの夜、もっとも頑固な問題の答えは、わたしが解こうとさえ思えばすぐ目の前にあったのだとわかった瞬間がありました」彼女が窓際に行ってブラインドをあけると、草が見えた。「わたしは庭にいました、そこに。そのとき母屋《おもや》でやかんの笛が鳴ったんです――あの人たちはいつもお茶を淹れてやかんを火にかけっぱなしにしていて――まさにその瞬間、まるで誰かがわたしに近づいてきて電報を手渡したかのように感じました」彼女はふり返ってテーブルを見た。「自分が天井に頭をぶつけたのだと気づきました。はっきりわかったんです。わたしは物理学者ではない。少なくとも学者としては違う。いままであれほどはっきりと何かがわかったことはありません」

フィリップも窓際に行った。いまはお芝居をしているようには見えない、とフィリップは思った。フィリップの知るかぎり彼女がずっと身にまとってきた虚仮威《こけおど》しがとれた。そのことで彼女はますます魅力的に、ほとんど抗いがたくなり、かつて彼女が自分にとってなんの意味もない存在だったことに驚くほどだった。

「いまわかってよかった、そうですよね？」

「きみは自分に厳しすぎると思う」

自分が彼女のすぐ近くに立っているのに気づき、本棚と落書きのところに戻った。彼女から離れるのには大変な努力が必要だったし、もう帰るべきだった。そのとき、気づいた。ホワイトボードの色とりどりのドーナッツと多様体の真ん中に、異質なものがある。脳だ。より正確にいえば、彼が見覚えてしまった、小さな尾が伸びている螺旋の脳。ほかの落書きのように薄くなっていなかった。描かれたのは最近なのだろうか。

「アニトカ、これはなんだ？」

彼女が横にやってきた。その顔がとても近い。「どれのことですか？」

フィリップは彼女のほうを向いた。「このシンボル。どこで見たんだ？」

彼女はほほえんだ。「フィボナッチの螺旋を見てわからないんですか？」

彼が落書きに目を戻すと、たしかにそれはフィボナッチ数列に基づいた有名な螺旋だった——あまりきれいには描かれていないが。彼の脳の錯覚だった。

「たしかにあまりうまく描けているとはいえないけど」彼女はいい、眠そうな大きな目で彼を見上げた。

「もう帰らないと」彼はいった。

なんの前触れもなく、彼女は息をのみ、手で顔を覆った。フィリップは胸が締めつけられた。誰か——妻や子供——が泣きだしそうなときはいつもこうなる。だが今回はそれとは違う、耐えがたいほどの締めつけだった。

彼女は手をおろして、手に持ったマグカップを見た。「ごめんなさい、本当に。もう引きとめませんから」何気なさを装っていたが、その睫毛《まつげ》が濡れているのがわかった。彼はいま、自分の人生でこれ以上悲しい人を見るのに耐えられるかどうかわからなかった。悲しみ、責任、何もかもの重みに死ぬほど嫌気が差していて、完全なよろこびとはいわないまでも、心の満たされる一瞬を心から求めた。

彼女のほうに踏みだし、マグカップを脇にどけて、そのウエストに手を置いた。全身でもたれかかるようにして、彼女にキスした。ふたりとも目をつぶったまま壁のほうに移動し、フィリップは彼女を壁に押しつけ、その香りを吸いこんだ。さまざまなローションやヘアケア製品、かすかな塩のにおい、カーディガンのウールのにおい。唇を彼女の肌にはわせながら、フィリップは頭のなかでそうした表面的なにおいをひとつひとつぬぐい去り、とうとう肌そのもののかすかな香りだけが残った。これほど甘美なものを味わったことがないと彼は思った。アニトカ・デュロフのかそけき感覚の細部。そして彼は完全にそれに降伏した。

17 家

サウス・ロサンゼルスのほとんど木のない通りで、グレゴリーは日で色褪せたクラフツマン様式の家の前で車をとめた。本当はいまごろカルヴァー・シティに向かっているはずだった。最近ロサンゼルス統一学区が訴えられた性的虐待裁判の被害者のひとりと面会する約束をしていた。だが午後の道路が驚くほどすいていたので、予定より早く着きそうだった。だからイングルウッドの油田の首振りポンプに差しかかったところで東に曲がった。左折してストッカー・ストリートに入ると、アイザックの世界コンピュータの手が計算して彼の車をボールドウィル・ヒルズ、クレンショー・ブールヴァード、アーリントン・アヴェニューへ導いていくのを感じた。

その家を目にするのはほぼ二十年ぶりだった——数日前、かつての里親を尾行してここにやってくるまでは。トムはバスをおりると足をひきずりながら数ブロック歩き、フェンス越しに昔の自分の家をじっと見ていたが、やがて日光に耐えられなくなったらしく両手で後頭部を押さえて急いでバス停に戻り、苦しそうにからだを丸めた。彼はまだほとんど毎日ジムや図書館を訪れていたが、そのスケジュールはどんどん不規則になり、グレゴリーは何度か彼を見失った。もちろん、この勤務外の尾行をいつまでも続けられないのはわかっていた。トムに自分の存在を知らせ、顔を突きつけて、「おれがわかるか?」といってやる必要があった。トムがこの家に来たときにそうするべきだった。だがその機会を逸した。

家は放置され、かなり前から周囲の不動産相場を押しさげていた。ごみが庭をとり囲み、芝生は汚れたマットレスのような色に変わっていた。高い金網フェンスが不法侵入を妨げていたが、スプレーペイントの落書きをとめることはできなかった。なぜトムがこの家——自分の犯罪現場——にやってくる気になったのか、グレゴリーにはよくわからなかった。ひょっとしたらグレゴリーがいまここにいるのと同じ理由かもしれない。もしかしたらふたりとも、なぜ、どのようにしていまの自分になったのかを確認する必要があるのかもしれない。

車のトランクからボルトカッターを出してきて、グレゴリーは歩道で立ちどまり、彼とヘイゼル——九歳と七歳——が最初にケースワーカーのヴァンからここにおりたったときのことを思いだしていた。彼らは新しい家(一軒家!)に来たことがうれしくて、周囲三百六十度をよく見ていなかった。だがそのときは、何であれ、里親家庭をあちこちたらい回しにされることや〝ホール〟暮らしよりはましだと思った。〝ホール〟は郡が虐待やネグレクトを受けた子供たちを収容する施設だが、そこではさらなる虐待やネグレクトが待っていた。

グレゴリーと妹はそれまで五年間、行き当たりばったりの里親制度に耐えてきた。兄妹の母親が病気になり(〝がん〟ということしか教えられなかった)無一文で死んでからずっとだ。父親は子供たちにダインという苗字を与えてすぐに家族を捨てた。親戚——少なくとも子供を引き取る気のある親戚――はいなかったので、ヘイゼル・ダインとグレゴリー・ダインは孤児になった。その移行期にまだ四歳だったので、グレゴリーは〝以前〟のことをほとんど憶えていなかった。曖昧な記憶はすぐに頭のなかにつくりだした母親のイメージとごっちゃになった。兄妹が公立学校に入学し、自分たちをほかの子供たちとくらべるようになって、ひとつのことがはっきりした。ヘンゼルとグレーテル――彼らにつけられたあだ名――は、遺伝子のごみ箱だった。

グレゴリーとヘイゼルの新しい里親は最初はいい人たちに見えた。話ではトム・セヴリーは有名な大学教授の息子で、彼自身、地元小学校の教師だった。その妻カーラはバーテンダー兼フリーランスのインテリアコーディネイターだった。家の様子にはカーラがインテリアコーディネイターであるしるしは見えなかったが、客にはとびきりのジントニックをつくっていた。

夫婦は金持ちではなかったが、じゅうぶんちゃんとした人たちに思えた。そのうちグレゴリーが知ったのは、ふたりは自己治療をする人たちだということだった。彼らが頭のなかで書く想像上の処方箋の内容は夜の注射、錠剤、ごろごろすることだった。カーラの病気は、診断未確定の精神的不安定――たぶん双極性障害だった。トムのはとつぜん襲ってくるひどい頭痛で、正しい組み合わせの薬をとらなければ、何日間も動けなくなっていた。だがじつをいえば、片頭痛であろうがなかろうが、トムはいつも動けなくなっていた。あるときヘイゼルが――まだ八歳になっていなかったはずだ――学校の保健婦からくすねたアスピリンを無邪気にトムにプレゼントしようとしたら、トムはビックリハウスのようなけたたましい声で笑った。

グレゴリーはまもなく、自分と妹は本格的な麻薬常習者に引きとられたのだと気づいた。兄妹を担当したソーシャルワーカーはどうやらその種の手掛かりを見逃したらしい。トム・セヴリーのすばらしい学者家系にだまされたのだろう。それに不規則な時間に家にたむろしている夫婦の〝友人たち〟のことも、玄関ドアは昼夜を問わず鍵がかかっていないことも、ソーシャルワーカーたちは知らなかった。だが当時は孤児が多く、州政府としても、年齢が高くて養子縁組の難しい兄妹ふたりをまとめて引きとりたいという夫婦がいたら、それほど厳密な調査はしなかったのかもしれない。長期の養育をご希望ですか？ 兄妹を引き離すことはしない？ どうぞどうぞ。

やがて里親制度の手当ての小切手が郵便で来るようになったが、トムは聞いていた教師の仕事に出かけることはなかった。じつは不定期の代用教員だった。そしてソーシャルワーカーがしきりに褒めていた大学教授は？ 一度も姿を見せなかった。トムのほかの家族もだ。でもグレゴリーとヘイゼルは、普通がどんなことか知らなかった。里親たちはたしかにだらしない人たちだった――子供に時間どおりに食事させることも、服を買うこともなく、マットレスをふたつ床に直《じか》置きした以外、ふたりに何も与えなかった――が、わざとひどいことはしなかった。最初のうちは。

家の裏の近くで、グレゴリーはボルトカッターを使ってフェンスを切り、すり抜けた。裏庭は昔と同じく手入れされていなかったが、イチジクの大木だけは元気で、堂々とした存在感を保っていた。グレゴリーはこの木が大好きだった。家の自慢であり、夏になればなった実を妹といっしょに食べた。イチジクの柔らかい果肉をすくって食べ、皮をしゃぶった。いまその木を見るとぞっとする。斧《おの》をもってくればよかった。だが家の罪を木のせいにすることはできない。

グレゴリーは幹のまわりを一周して、かつてぶらんこが吊られていた太い枝を見つけた。ぶらんこはとうの昔に切り落とされていたが、擦《す》り切れたロープが二本、樹皮を締めつけていた。妹はロープぶらんこでいつも変な遊び方をしていた。ぶらんこの座の部分に立ちあがり、幹《みき》を押しながらぶらんこを回し、古くてこぶだらけのロープを小さなからだにぐるぐる巻きつける。そこで手を離し——元に戻ろうとするぶらんこごとぐるぐる回転して遊ぶ。だがある日、プツン！という鋭い音がして坐っていた座の部分が落ちてしまった。ぐるぐる巻かれたロープが妹のからだ——そして首——を絞め、宙吊りにした。まるで首吊り自殺に失敗した人のように。いったいどれくらいそうしていたのか、グレゴリーが見つけたときには、ヘイゼルは意識を失っていた。

彼は木に登り、ボルトカッターで結び目を切って、ロープを下に落とした。地面におりてからそれを拾いあげ、よく見た。いまでも妹の首をよく見ると、まさにこのロープの螺旋模様の痕がわかる。

庭の隅に歩いていくと、不法侵入者がバーベキュー炉のそばでキャンプしたようだった。

空き缶、空き瓶、プラスティックの皿、ライターがあたりに散乱していた。グレゴリーは小枝で火を熾《おこ》し、ロープの切れ端を火にくべた。炎があがるのを見ながら、シャツのポケットから、鉛筆で走り書きしたメモを取りだした。

ジャックと別れる。

アイザックの葬儀後の会食でこれを読んだとき、グレゴリーの心は胸のなかで宙返りした。多くの人がいるところで彼女の近くにいること、メモを渡されたときに彼女の指先にふれたことでも感情が昂《たかぶ》っていた。本当に彼女にふれるのは、二時間後に車庫での無我夢中の抱擁まで待たなければならなかった。理想的な情事ではないと彼はわかっていた。ふたりとも小さな子供がいるし、距離の問題もあった。三年前に関係が始まってから会えたのは十数回で、数カ月会えないときにはメールや電話で隙間を埋めた。二年前、シビルがサンフランシスコの展覧会に向けた作品を制作しているとき、ふたりは四カ月間会えなかった。ドリューは保育園に通っていたのに。それである日の早朝、彼は思い立って六時間車で走り、サニーヴェイルに行って午後をシビルのベッドで過ごし、夜には何も知らない妻のところに帰った。何度か、ふたりの住まいの中間である、インターステート五号線沿いの適当なモーテルで待ち合わせた。一度など、必要な口実を用意して、贅沢《ぜいたく》にビッグサーでロマンティックな夜を過ごしたこともあった。グレゴリーは間遠な逢瀬《おうせ》に慣れていたが、このときにはなぜか、彼女とずっといっしょにいられないことが耐えがたくなった。

彼はふたたびメモを見たが、いまは気分が悪くなるだけだった。グレゴリーは記憶にあるかぎり、ふたりが子供のころからずっと、シビルを愛していた。おとぎ話から抜け出してきたような少女をひと目見たときから、畏敬《いけい》の念をいだいていた。まるで妖精の棲《す》む森から出てきて、普通の人間のようにLAの街を歩いているみたいだと思った。彼女がグレゴリーのことを愛していると気づいたのは、大学で家を出て、妊娠し、ジャックと結婚——〝大きな間違い〟だったと彼女は打ち明けた——したあとのことだった。彼女は夫と別れるはずだった。彼がゴールディーと別れるはずだったように。そういう計画だった。もちろんシビルは心配していた。ふたつの家族を壊すことやグレゴリーの短気のことを。だがあのつかの間、彼女はグレゴリーといっしょになろうとした。

シビルは正しかった。彼は怒りっぽい人間だ。いつからこんなふうだったのだろう？　いつから危険なほど表面近くに怒りをかかえるような人間になったのだろう？　グレゴリーは家に目を向け、地面近くにある窓に注目した。小さな、ガラスをけちった窓は、その下の闇に一条の光しか通さなかった。彼はその場所を燃やしてしまいたかった。中にトムを閉じこめたままで。ゴキブリが炎から逃れようとトムの肌の上を駆けずり回るのが目に浮かんだ。そう、あんな幼いうちに種が植えられなければ、その種が継続的な虐待と無関心という堆肥《たいひ》で育てられなければ、グレゴリーの人生はまったく違うものになっていただろう。死ぬべきなのはトムで、シビルではなかった。

グレゴリーはライターをかざしてメモに火を点けた。それを炉に落とし、煙の螺旋が幾筋も立ちのぼって、紙とロープを空気中の無名の粒子にするのを見守った。火が燃え尽きて煙が真っすぐになると、彼はそれらのものが存在した証拠が残らないように、ボルトカッターで灰をかき回した。

18　死んだ男

死んだ大学教授と同じ名前の男と会う予定の土曜日、ヘイゼルはじっと坐っていることも会話することもできなかった。これが問題だった。シビルの葬儀のあと、ゴールディーの彼女へのつきまといはどんどんひどくなった。ヘイゼルが家のどこにいても、義姉は彼女を探していっしょにいたがった。二歳児以外の誰かと話したくてしかたがないのだ。

グレゴリーは毎日いなかった。ヘイゼルが起きる前に出勤して、帰宅は夜中近くだった。いつものことよ、とゴールディーは日課となったカクテルアワー・セラピーで説明した。「ほんとうに働きすぎなんだから」義理の姉から、仕事について話すことができない相手と結婚したことの愚痴を聞かされることが増えた。「一日働いてきた彼に、そんなことだれも期待できないでしょう?」ゴールディーはいった。「でもそうしたら、わたしとルウはどうなるの?　わたしが選んだ人生だけど」ヘイゼルは話を聞き、同情しているふりをしながら、眉間の深い皺はゴールディーではなく兄を思ってのものだということは隠していた。

ヘイゼルがいちばん驚いたのは、甥《おい》といっしょの時間がすごく楽しいとわかったことだ。毎日、ルイスのゲームの遊び方を学び、独特のおしゃべりを解読できるようになると、この子を守ってあげたいと思う気持ちが募った。でもそれは母性本能というよりは、あの地図に貼られた生死にかかわる丸にたいしていだく恐怖のせいだった。

兄の家に泊まった最初の一週間、ヘイゼルは三つ目の丸のことが心配で夜中に目が覚めていた。夢を見たのは憶えていなかったが、とつぜん実物を見なければいけないという気がした。こっそりランドリー室に行って、アイロンを見つけ、しっかり貼りついているふたつの丸に蒸気をあてた。はがれはじめたところで、端をピンセットでつまんでひっぱった。下に隠れていた数字が接着剤の残りのあいだからゆっくりと現われた。11011500114 6。インクは少しにじんでいたが、数字は最初の丸とまったく同じだった。十一月一日、真夜中少し過ぎ。シビルが死んだ時間だ。最初はほっとした。アイザックはインクのにじんでしまった丸の上にはっきり読める丸を重ね貼りしたのだろうと思ったからだ――それなら、もうビーチウッド・キャニオンで誰かが死ぬおそれはない。でも、この丸がただの貼り直しだとしたら、祖父が予言した三人目の死はどこで起きるのだろう？

ヘイゼルは一族全員の動きを見張るつもりはなかったが、極度の不安が忍び寄ってくるのを感じた。まるで不吉な装置の運動量が増しているようだ。それだけでなく、彼女は何も決められない状態におちいっていた。早くシアトルに戻って浸水した店を修復しないと、〈ガータースナイプ〉は終わりだとわかっていた。でもアイザックの友人だという人物からの招待はどうすればいい？　ホテルの部屋は？　一三七号室にふたたび行ってみたけど、もう彼女がすることは何もないように感じた。でもフロントデスクからは毎日電話がかかってきた。

ホテルに自分の電話番号を教えていたので、ミスター・ダイヴァーの電話が通じなくなったが、連絡をとるにはどうすればいいのかという問いあわせが何度も留守番電話に残っていた。ある従業員からは、部屋を借りたいという人がいるし、十二月分の前払い金二千七百ドルを払ってほしいといわれた。それでアイザックの銀行取引明細書の謎は解けた。「いつもどおり現金でお支払いでしょうか?」従業員に訊かれた。ヘイゼルはどうしたらいいのかわからなくて、払うという嘘の約束をしてしまった。

土曜日の二時、L・F・リチャードスン教授とラ・ブレア・タール坑で待ちあわせた一時間前に、ゴールディーがルイスを海岸に連れていこうと提案した。ヘイゼルは古い友人に会うからという下手な言い訳で、遠慮した。

「そう」ゴールディーは見るからにがっかりしていた。「どこかでおろしてあげましょうか?」

「いいの、自分で運転していくから」ヘイゼルはいった。ビーチウッド・キャニオンの家から逃げだしたときにアイザックのキャデラックを借りてきてよかった。

ゴールディーのプリウスが行ってしまってから、ヘイゼルは戸締りをしてキャデラックのほうに歩いていった。路肩の駐車スペースの競争は激しく、家から二ブロック離れたマグノリアの木陰にとめなければならなかった。彼女は通りを渡ろうとして、はっとしてとまった。キャデラックの運転席に男が坐っていたが、その顔はガラスに映った木と空のせいでよく見えなかった。彼女は街灯のうしろに回った。心臓がどきどきしてきた。L・F・リチャードスンが彼女を探しあてたのだろうか？ でももう一度見たとき、ステアリングホイールを握っている手に見覚えがあった。兄だ。

通りを渡って、助手席側の窓を叩いたが、顔をあげたグレゴリーがあまりにぎょっとした様子だったので、すぐに後悔した。兄は窓をあけ、その表情は驚きからいらだちに変わった。

「忍び寄られるのは嫌いだって知っているだろう。なにを笑っているんだ？」

「ごめんなさい」彼女はいった。「ここで兄さんに会ったのがおかしくて」

「これはおまえの車じゃない」兄は冷ややかにいった。「勝手にもっていくな」

ヘイゼルは兄の怒りにとまどい、とっさに何も言葉が出なかった。車に乗りこんだが、昼間にここで何をしているのかと訊くこともできなかった。ふいに、何年も前に観たフランス映画を思いだした。主人公は突然仕事に行くのをやめて――毎朝スーツを着て、家族と朝食をとり、一日中街をさまよい、ゆっくりとものの見事に精神が衰弱していく。ヘイゼルは兄の足元に置かれた、半分空の酒瓶に気づいた。

「お酒なんて飲まないのに」彼女は瓶を拾いあげた。カティーサーク。

「飲むよ、まあ」グレゴリーは曖昧に手を振り、機嫌を直した。「自分を解放してみようかと思ったんだ。映画でやっているように気持ちが楽になるのかどうか」

「家に帰ったら」彼女は優しくいった。「ゴールディーならルイスを海岸に連れていったよ」

彼はすぐには何もいわなかった。「おまえにどう見えているのかはわかるよ、ヘイゼル」

「教えてよ。だってわたしには本当にわからないから」

「事故以来、みんな心ここにあらずという感じだ」

なぜ〝事故〟という言葉が、暗に何かを指しているように感じられるのだろう？

「つまりこれはシビルのせいなの？」彼女はそっと尋ねた。

兄は答えず、彼女の手から酒瓶を取った。押し殺した苦痛。ヘイゼルはシビルが見つかった朝、兄の顔に浮かんでいた表情のことを思った。そういうことを知っているのが普通みたいに。以前、兄はシビルのことを好きなのではないかと疑っていたが、結婚してからは忘れていた。子供のころも、もちろん、シビルといっしょにいたがったのはグレゴリーだった。シビルのほうがいくつか年下なのに。兄のほうが何かと口実を見つけてシビルのところに行った。

ヘイゼルは兄がウイスキーを飲むのかと思ったが、そうはせず、ひざの上に瓶を置いて、こちらに手を伸ばしてきて、彼女の手をしっかりと握った。

「わたしにはなんでも話してくれていいのよ、エッグス」

彼はかすかにわかるくらいにうなずき、あいかわらず前方を見つめていた。

こんなふうに手をつないだのは子供のころ以来だった。ずっと昔のあの夜、兄妹で——九歳と十一歳だった——家の前に坐り、ＬＡＰＤの警察官が里親を連行するのを見ていた。ヘイゼルは半ばストレッチャーに寄りかかり、首には救急隊員が彼女の意識を回復したあとで手当した包帯が巻かれていた。グレゴリーは妹の隣で、救急車のバンパーに腰掛けていた。

ヘイゼルが病院に連れていかれる前の混乱のなかで、誰も子供たちにトムの逮捕騒ぎを見せないようにしようとは配慮しなかった。トムが芝の上を引かれていくとき、ヘイゼルは兄の湿った手を握って、トムがふたりに向かって叫び、唾《つば》を吐くのを見ていた。「カーラとおれがおまえたちを引きとってやったんだろう、くそがきどもが！　カウンティのひどい施設から助けてやったのに、この仕打ちか？　おれの頭のなかで生きることがどれほどしんどいことか、なにも知らないくせに！　なにも！」パトロールカーに押しこまれてからも、彼は逆上し問いかけるような目でふたりを見つめていた。まるでとつぜん、なぜ自分がこんなところにいるのか解き明かそうとしているかのようだった。トムがそこにいたのはもちろん、警察が彼の地下室で、さまざまな麻薬の蓄えと、バスタブに横たわるアヘン依存の妻の遺体を見つけたからだった。のちに行なわれた検死の結果、カーラの死因は薬物過剰摂取ではなく、脱水だったとわかった。恍惚《こうこつ》となった彼女は出しっぱなしの蛇口の下にからだを横たえ、脱水で力尽きた。ラリっていたトムは妻の死に気づかなかったか、急いで通報することはないと考えた。近所の人の家から冷静に救急に通報したのはグレゴリーだったが、それはその日の午後、妹が庭の木に吊るされ、ロープで首を絞められていたからだ。駆けつけた救急隊員が警察を呼んだ。児童虐待。麻薬所持。里親詐欺。死体遺棄。殺人とまではいかないが故殺。

ヘイゼルは自分の首にさわった。だが傷痕のことも、ときどき頭のなかの疑問を黙らせるためにつくりだす話のことも考えていなかった。彼女が考えていたのは、グレゴリーの、より恐ろしいホラーストーリーのことだった。ある夏休み、ふたりがトムとカーラといっしょに暮らしはじめてまだ一年たっていなかったころ、グレゴリーは地下室の真っ暗なクローゼットに水も食べ物もなしで閉じこめられた。なんかの罰として始まったのか忘れたが、里親たちは彼を閉じこめたことを忘れたか、忘れたふりをして——どちらだったのかは結局わからなかった——グレゴリーに人生最大のトラウマを与えた。あのふたりは、彼がコンクリート壁の向こうから声が嗄《か》れるまで叫びつづけ、何日も眠れず横たわっていたのを知っていたのだろうか？　夜中になるとゴキブリが出てきて、丸まっている彼のからだの上を這いまわると知っていたのだろうか？

当時七歳だったヘイゼルは幼すぎて地下室で起きている静かなホラーを察知できず、何度も尋ねた。「お兄ちゃんはどこにいるの？　隠れてるの？」彼女は、つねに鍵がかかっていた地下室以外、家のなかのすべての部屋、すべてのクローゼット、戸棚のなかを探したが、それ以上どうしていいかわからなかった。グレゴリーがやっと出されたとき、閉じこめたふたりは驚いたふりをしたが、彼は与えられた炭酸水をごくごく飲んですぐに吐きだした。それから一週間、グレゴリーはベッドに寝たきりだった。壁にからだごとぶつかっていたせいで、全身傷だらけだった。人間のからだは五日間、水なしで生き延びられる。グレゴリーはあのクローゼットに四日間閉じこめられていた。体力はやがて回復したが、彼は堅苦しく陰気な性格になった。グレゴリーはレイプされたり、性的虐待を受けたり、身体的な痛みを与えられたりしたわけではなかったが、ヘイゼルはあとになってから、兄があの何もない穴蔵に監禁されたことは、じつはもっとひどいことだったのではないかと思った。

ふたりは日常的にひどい目に遭っていて――たとえば同級生にくさいと陰口をいわれたり、無料給食でばかにされたくなくて食べ物を盗んだり、暖かい毛布がなかったのでタオルを何枚も重ねたりした――その頻度を考えればたぶん一度のできごとよりそのほうが心を蝕《むしば》んだはずだったが、あの家での二年半を象徴するのは、グレゴリーのあの悪夢のような経験だった。

なぜ家出しなかったの？　逃げなかったの？　彼女もグレゴリーも、どうして誰にもいわなかったの？　そういう質問をする人は孤児になったことがない。なぜなら孤児にとっては、どの選択肢も等しく絶望的で、等しく恐ろしいものなのだ。

それでも、怪物はもう戻ってこない。二度と。

ふたりはキャデラックのなかに二十分近く坐っていた。

「わたしはもう行かないと」ヘイゼルはいって、兄の手をぎゅっと握った。

グレゴリーは理由を訊かず、深く息を吸ってうなずいた。酒瓶を手に、車からおりて、勢いよくドアを閉めた。無理して軽快に手を振ると、歩いていった。

ひび割れたビニールシートの上を滑って横にずれながら、兄の姿が角を曲がって消えるのを見送り、ヘイゼルはなぜ兄がここに隠れていたのか理解した。兄の人生で何が起きていても、何を口に出せなくても、この古い車にはなんとなく心安らぐものがある。ごつごつしていて、四角張っていて扱いにくく、キャデラックのなかでも美しいモデルというわけではないが、何よりもこの車は、救助と安心の思い出が詰まっているタイムカプセルだった。アイザックとリリーがやってきて、ヘイゼルとグレゴリーを養子にするといい、ふたりをこの車に乗せてあの家から連れだしたとき、彼女と兄はトムの実家の人々が普通の人たちだと知ってものすごく驚いた。峡谷に立つ美しい家には、ふかふかのベッドと清潔な寝具が待っていた。冷蔵庫にしなびた野菜や賞味期限の切れた調味料ではなく、ちゃんとした食べ物がたくさん詰まっているのもうれしかった（もっとも、クローゼットに監禁されてからの兄は食べ物にたいして、逆説的に、妙に無関心だった）。

そんなたゆまぬ思いやり――あれはたしかに愛情だった――につつまれて、ヘイゼルは心の傷を克服できた。あるいはほとんど忘れられた。グレゴリーもそうだったのだろうか？兄がLAPDに入ったのはそれが理由だったのだろうか？ひょっとしたら、グレゴリーが警察官になろうと決意したのは、あの夜、兄妹でトムが逮捕されるのを見たときだったのかもしれない。兄は大学時代には頭脳を数学の狭き門にくぐらせる努力をしたが、もしかしたら前から自分が別の仕事に就く運命だとわかっていたのかもしれない。

ヘイゼルはアイザックのキーを出して、イグニッションを回した。十五時十分前だ。死んだ男との待ち合わせに遅刻しないよう、急がないと。

タールの濃厚なにおいが地面から立ちのぼるなか、ヘイゼルは公園を急いで横切り、博物館へと向かった。あちこちにできている原油の水溜まりが、地下に埋まる大量の石油とそのなかの動物の骨の存在を知らせていた。真っ黒な水溜まりにうっかり足を踏みいれ、数ヤードにわたって靴を草にこすりつけながら歩かなければならなかった。十五時十分過ぎだ。遅れてしまった。

入館料を支払い、子供をがっかりさせることだけが目的の――「タール坑で恐竜は見つかっていません」という――看板の前を通りすぎながら、館内案内図を一部取った。それによると館内にはシアターがふたつあった。リチャードスンの伝言ではどちらという指示はなかった。ひとつ目のシアターでは一般受けのするように制作されたドキュメンタリー、ふたつ目のシアターでは、カーター政権のときにつくられたように見える教育映画が上映されていた。ヘイゼルはふたつ目のシアターを選び、扉の近くの席に坐った。公園を走ってきたせいでまだ心臓がどきどきしている。それともこれは不安のせいだろうか。

画面では、パニックを起こしたアニメの馬がタールの引きずりこむ力に抗おうとしているのを、近くにいるオオカミの群れが見ていた。ナレーターは冷静だった。「動物たちはしばしばタールで次々と命を落としました。はまった動物があげた悲鳴が捕食者を呼び寄せたのかもしれません。たとえばここにいる恐ろしいオオカミたちです」ヘイゼルは、昔この博物館に来たときにこの映画を観た記憶があった。あれは彼女と兄にとって有頂天《うちょうてん》になるような時期だった。安定した子供時代という夢が、ようやく実現したのだ。実際、新しい両親がヘイゼルとグレゴリーに、ふたりは正式にきみたちを養子にするが、自分たちのことは祖父母と思ってほしいといったのはこの博物館ではなかっただろうか。アイザックはこういった。

「わたしたちは新たに親になるには年をとり過ぎている。〝おばあちゃんとおじいちゃん〟のほうがしっくりくるよ」あとになってヘイゼルは、その決定はふたりのかつての父親であったトムへの一種の承認だったのだろうかと考えた。彼がどんな悪事を働いたとしても、グレゴリーとヘイゼルをアイザックとリリーに会わせてくれたのは、ふたりの薬物依存の息子だった。

画面のなかのオオカミたちは困ったことになっていた。「これらの捕食者は馬と同じ罠にかかってしまいました……」アイザックとリリーといっしょに博物館に出かけるのはうれしかったが、こうした先史時代の動物たちがタールの沼にはまって死ぬのを待つほかなかったと思うと、こわくてしかたがなかった。何度か訪問するうちに〝野ざらしになって死ぬ〟という言葉を憶え、それは想像するかぎり最悪の運命だと思った。それでクローゼットに閉じこめられた兄のことと、気分が悪くなるような疑問が頭に浮かんだ。タール坑ではなくて、家のなかで〝さらされて死ぬ〟ことはないのだろうか？

画面のなかのドラマはヘイゼルの不安をやわらげるのにまったく役に立たなかった。映像の光で、行儀のいい生徒たちの一団がシアターの後部に、その横に目を光らせている教師たちが坐っているのがわかった。一列うしろに坐っている若いカップルはくすくす笑いを洩らしていた。たぶん古くさいアニメがおかしいのだろう。彼女と同じ列には五人家族がいて、全員つまらなそうだった。待ち合わせをした謎の教授のような人物はどこにもいなかった。

音量が大きくなって音がひずんだ。「そしてこの過程が、数千年にわたり骨を良好な状態に保ったおかげで、ジョージ・C・ペイジ博物館を訪れるみなさんが、いまでもこうした興味深い生き物たちに出会えるのです。どうぞお楽しみください」

場内の照明が点いて人々が出ていっても、ヘイゼルは自分の席に坐っていた。博物館の案内図を見ながら、からだはシアターの入口のほうに向けていた。最後の子供が出ていったとき、彼女のうしろで声がした。強い訛りは、スペイン人かイタリア人のようだった。

「あなたのスカーフを褒めてもよろしいですか？」

ふり返ると、眼鏡をかけた五十代くらいの男が彼女と同じ列に坐っていた——家族連れの父親だ。それともあの家族の隣に坐っていただけなのだろうか？　茶色のウインドブレーカーと革のサンダルという服装は旅行中のヨーロッパ人という風情だった。

ヘイゼルはまわりを見回し、ほかの人に話しかけたのではないと確認した。シアターには彼らしかいなかった。

「ほんとうにすてきなスカーフですね」彼はまたいった。

「スカーフなんてつけていません」ヘイゼルは手で首にふれて確認した。

「ヘリンボーンでしょう？　わたしの好きな柄です」

へ、へ、へ、ヘリンボーン。

彼女は鋭い目で男を見た。「ミスター・リチャードスンですか？」

「ミズ・セヴリーですね？」

照明が消えて、彼の顔も見えなくなった。次のショーのオープニングが始まり、音楽が響いた。

「それともラスパンティですか?」ヘイゼルはサウンドトラックにかぶせるようにして尋ねた。

「そうです。亡くなったミスター・リチャードスンがわたしが名前を借用したのを許してくれるといいのですが。アメリカにいるときは目立たないように気をつけているので」

「本当に大学教授なんですか?」

「数学者といわれたいですね。でも、そうです。ミラノ工科大学で教えています」

「それがなぜこちらに?」

画面が真っ暗になり、映画のナレーションが始まった。「数千年前のロサンゼルスを想像してみてください……」

暗闇から彼の声が聞こえた。「ナマケモノのところにいます」

ふたたび画面が明るくなったとき、ドアがそっと揺れて、ラスパンティの姿はなかった。

ヘイゼルはシアターを出て博物館の奥へと進んだ。彼女は長い脚をもつノスロテリオプス・シャステンシス——先史時代の巨大なナマケモノ——の骨格標本の前でためらった。壁にはこの動物の大きなイラストが描かれていて、のろまそうな顔は絶滅してもしかたがなかったと思わせた。

こんな小細工が必要なのだろうかとヘイゼルは思ったが、ふり向くとラスパンティが骨格標本を挟んで向こう側に立ち、頭蓋骨の眼窩をのぞきこんでいた。彼はとても長身で、その横顔は古代のレリーフから飛びだしてきたような、ローマ人の鋭角な顔立ちだった。その瞬間、あの日彼女が見た、アイザックの墓地の近くにいた人はこの人だったとわかった。

「不幸そうな見た目の動物ですね」彼はいいながら上着の襟を立てた。まるで着ているのはウインドブレーカーではなく、トレンチコートだと思っているかのようなしぐさだ。

彼女も寒気を感じて、カーディガンをからだにしっかりと巻きつけながら、何から質問したらいいのだろうと考えていた。

ラスパンティが少しからだを寄せてきて、かすかに煙草と外国産のケア用品のにおいがした。「アイザックはあなたが連絡してくるといっていたのですが、待ちきれなくて。それに彼は、あなたがわたしに渡すものがあるともいっていました」

ヘイゼルは躊躇《ちゅうちょ》した。「方程式、のことですか？」

彼はこわばったほほえみを浮かべ、肩越しにうしろを見た。「もっと小さな声でお願いします、ミズ・セヴリー」

「もしわたしがそれをもっていたとしても」彼女は声を落としていった。「あなたがそれを渡すべき人だと、どうしてわかるんですか？」

「わたしが成りすましだと思っているんですか？」彼は非難をこめてしばらく間を置いた。「もしあの合言葉で足りなくても、あなたがわたしの正体を確認するのはそんなに難しいことではないはずだ」

背を向けようとした彼を、ヘイゼルは呼びとめた。「ジョン・ラスパンティで検索しました。でも数学の教授はひとりも出てこなかった」

　彼は納得したようにうなずいた。「きみのおじいさんは本当に、ものごとを簡単にするのが嫌いなんですよね。彼はわたしのことをジョンと呼んでいたけど、本当はGで始まるジャンです。ジャンカルロ」

　ラスパンティは彼女から離れて、数ヤード先のコロンビアマンモスのジオラマの前で立ちどまった。ヘイゼルも好きな展示だ。もじゃもじゃの毛皮の下にあるアニマトロニクスが数分ごとに動く。遠くから鳴き声も聞こえてくる。

　ヘイゼルは電話を取りだし、検索エンジンに彼のイタリア語のフルネームを入力した。ミラノ工科大学のサイトに掲載されたラスパンティの紹介写真が出てきた。ほかにも、数学サミットでの——男女がソルヴェー会議風にずらっと並んでいる——集合写真があり、長身のラスパンティが祖父の隣に立ち、その肩に腕を回していた。どちらのラスパンティもいまより若いが、彼女の前に立っている人物に間違いない。

　彼女はジオラマのところに歩いていった。

「なぜ祖父は、自分であなたに方程式を渡さなかったんでしょう？」

　ラスパンティはせわしなく目をしばたたかせた。「わたしが同じ疑問をもたなかったとでも？　彼があんなことになるとわかっていたとでも？　わたしにいえるのは、ある日彼から手紙が届き、〝彼ら〟に渡さないために、ライフワークをわたしに託すと書かれていたということです。あなたが使いだともいっていました」

「でも、祖父はメールに添付してあなたに送ることもできたはずですし、そうすればわたしが苦労することもなかったのに」

男は顔をしかめた。「そんなメールを彼らは探しているでしょう。電話も同様に安全ではありません」

「〝彼ら〟って誰ですか？」

マンモスが生き返り、ガタガタと動いた。「〝彼ら〟はいつも同じです。自分の目的のために科学を搾取《さくしゅ》することを楽しむグループふたつのうちのどちらかです。ひとつ目のグループは科学の発展を戦争の道具に利用する。ふたつ目のグループはいま以上に金持ちになりたいと願う。ひとつは殺し、もうひとつは盗む。どちらかがアイザックの研究を手に入れたら、そうですね、取り返しのつかないことになるでしょう」ラスパンティは声をひそめ、ほとんどささやき声になった。「方程式は始まりにすぎません――いわば種です――カオス予測の。政府がなんでも望むものを予測する公式を手に入れたらどうなるか、想像できますか？　ウォールストリートは？　彼らがわたしやあなたのような人々に、その公式を教えると思いますか？」

「つまり予測式ということですね」

「きわめて特別な種類の」

「それならなぜ、全部廃棄して終わりにしないんですか？」

「水素爆弾をつくりだしたからという理由で素粒子物理学を廃棄しますか？」彼はまた声を

低くした。「その方程式には価値があります。たとえわれわれがそれを未来を予測するのに使わなくても。すべての優れた数学の内には利用可能な宝石が閉じこめられているのです。一九四四年、アンドリュー・ワイルズはフェルマーの最終定理を証明しましたが、その他の偉大な定理を足掛かりとしてそれを実現したのです。わたしのドイツ人の同僚は、その現象を表す言葉をつくりました――ゲニーシュルターン――〝天才の肩に乗る〟という意味です。そうやって脈々と続いていくのです」

「それはいいんですが、ミスター・ラスパンティ。でもそういう問題じゃないんです、わたしは方程式をもっていないのだから」

「もっているのに、どこを探せばいいのか知らないということかもしれません」

ホテルのあの部屋にあるものをすべて彼に引き渡せばいいのかもしれない――さあどうぞ、あなたが謎を解いてください――アイザックには何もかも破棄するようにといわれたけれど。とはいえ、もしコンピュータのなかにも地図上にもなかったら、その方程式はいったいどこにあるのだろう？

地図。ヘイゼルは電話を取りだして、今回の旅で撮った写真をつぎつぎスワイプしていった。広角撮影したビーチウッド・キャニオンの家、昔の自分の部屋、花のにおいをかいでいるドリュー、しかめっ面でこちらを見るグレゴリー。でも探している写真が見つからなかった。ごみ箱も探した。ない。とつぜん頭がくらくらして、近くのパネル展示に寄りかからなければならなかった。

「どうかしましたか？」ラスパンティが訊いた。

「祖父の地図を写真に撮ったんです――四枚とも――でもないんです」

「地図！」ラスパンティは大きな声を出した。「特定の地点で、できごとの起きる日付と時間を予測しているものですか？」

彼女は目をあげた。「どうして知っているんですか？」

「前にミラノの同じような地図を見せてくれたことがあります。試運転のようなものです。彼はまるで地震を予知する地震学者のように、事象を予測していました」ラスパンティは首を振った。「いや、こんなふうに地震を予知できたらと願う地震学者のように、です」

「〝事象〟というのは？」

ラスパンティは答えなかった。彼はまたマンモスを見つめていた。

「アイザック自身の死も、地図に載っていました」彼女は話を続けた。「それにわたしの従姉の死も。このあいだ事故で亡くなったんです」

彼は急にふり返った。「アイザックの死が地図に？」

「そうです、死の地図なんでしょう？」

ラスパンティは両手で頭をかかえた。まるで何もかも考え直しているようだった。「いや、違います。きみのおじいさんはあらゆる死を予測していたわけではなかった。それでは広すぎる。それに無意味です。人々は毎日、平凡な死に方で死んでいます」

「それならなんの？」

「わからないんですか？」

ヘイゼルにはわかったが、あまりにも重たく、あまりにも恐ろしくて、口に出していいたくなかった。早くすべてが終わって家に帰りたかった。

先史時代のマンモスの関節が軋み、動きはじめて、ふたたび生き返ったとき、彼女はいった。「あなたにお見せしたいものがあります」

三十分後、ヘイゼルはラスパンティを連れて、一三七号室のドアの錠をあけた。ドアを押しあけ、彼を先に廊下に通したとき、彼女は何かがおかしいと気づいた。居間に入ったところで、立ちどまった。コンピュータがなくなっている。地図も。それ以外は、部屋に変わったところはなかった。テーブルはひっくり返っていないし、クッションも投げられていない。祖父の仕事だけが、ひっそりと消えていた。ラスパンティは部屋を見回したが、自分が何を探すべきなのか、よくわかっていなかった。

ヘイゼルは何もなくなった壁を見つめ、息をのんだ。自分の見ているものを見たくなかった。「全部ここにあったんです」ようやくいった。「ほかにキーをもっている人間はいないのに」

イタリア人数学者はそこで初めて理解して、手で髪をかきあげた。彼はバルコニーに出られる窓のそばに行った。「押し入るのはどれくらい難しい？」

ヘイゼルは赤くなった。彼女のほかにこの部屋のことを知っている人間は、ひとりしかいない。あの夜自分がどれほどまぬけだったのか、認めたくなかった。酔っぱらって、舞いあがって、愚かだった。

ラスパンティは直感でコンピュータが置かれていた場所に行った。「これはなんだろう?」

彼女も机のところに行ってみた。オークの机のガラスの天板の真ん中に、ぼさぼさの白いウィッグとつけひげがあった。何気なくそこに忘れていったという感じではなく、わざとそこに置かれていったようだ。つけひげは、ほほえんでいるかのように、上下逆に置かれていた。

「アインシュタインが名刺代わりを残していったらしい」ラスパンティは不機嫌そうにいった。

「トウェインです」彼女は訂正した。「マーク・トウェイン」

19　申し出

土曜日の朝、フィリップは車でサイラスとシドニーをテニスのレッスンに送り、無理して終わるまでコートサイドに坐っていた。この一週間は毎日、アニトカのコテージに忍んでいく口実を探していたが、ここにきて息子たちともっといっしょにいようと決めた。

フィリップは息子たちの練習に集中しようとしたが、朝食時に片頭痛の薬に加えて緊急用のヴァイコディンを二錠のんだせいで、いまは少しハイになっていた。だからそとからは双子と大気の精のようにほっそりとして優美なコーチを見ているように見えても、実際に彼が見ていたのは、アニトカがコートを駆けまわる姿だった。黒髪が太陽に照らされて赤褐色のハイライトのようになっている。アニトカはテニスをしないが、彼のかわいい幻がサイラス相手にドロップショットを決めたときは、本当に手を叩いていた。

拍手をやめたのは、コートを挟んで向こう側の観覧席に、ネリー・ストーンが坐っているのが見えたからだ。隣にいる大柄な男の顔は陰になってよく見えなかった。目をしばたたくと、ふたりは消えていた。フィリップは薬の量を減らそうと心に決めた。

レッスンのあと、フィリップは息子たちをお気に入りのアイスクリーム屋に連れていった。

バナナスプリットを食べながら、フィリップはサイラスとシドニーが自分を見ているのに気づいた。

「なんだ？」

「なんか変だよ、パパ」

「疲れているだけだよ」できるだけ薬で頭が混乱していると聞こえないように答えた。「新しいコーチはどうだ？」

「いいと思う」ふたりは声をそろえた。

フィリップはもう少しで、「ああ、たしかにきれいだな」といいそうになったが、気持ちが悪いかと気づいてやめた。それに、息子たちは女性の美しさに無頓着《むとんちゃく》で、フィリップは彼らがふたりそろって男のほうが好きだといってくる日を想像していた。そのときに顔に浮かべる揺るぎない受容の表情まで準備してあった。そしていま、ふたりがミントチップ・アイスクリームを口に運ぶのを見ていると、どんな選択をしても――学問でもそうでなくても――ふたりが幸せならそれでいい、と感じていた。思ったのは、この気持ちがずっと続くだろうかということだ。

家に戻り、家族で遅い昼食をとったとき、フィリップの薬によるハイは不安に変わっていた。アニトカは午後になって何度かメールをしてきて、彼は返信するために何度も中座しなければならなかった。何度もバスルームに行っているとジェインにいわれて、彼は消化不良だと小さくつぶやき、二階に引きとってメールの送受信を両方消した。

四時半ごろ、家の電話が鳴った。キミコ・カトウが、フィリップが論文で使った、五次元のある多様体について難解な質問をしてきた。すぐに答えられるような問いではなく、したがってフィリップが二時間ほど家を留守にする完璧な口実を与えてくれた。電話を切ってから、〝グループ〟で話す必要があると家族にいうときには、笑みを押し殺さなければならなかった。

フェイは、彼のはやる気持ちを察して、さぐりを入れてきた。

「グループ、ですって？」

「ああ」

「全員男性なの？」

「ひとり女性がいる。日本人だ。世界でも指折りの物理学者だよ」

彼女は鼻を鳴らした。「それは男の人たちが女の背中をぽんぽん叩くような意味ではなくて？」

「ときどきはぼくたちも女性が偉大な科学者になるのを許している」

フェイは彼に、途中まで車に乗せていって食料品店でおろしてくれないかといった。フィリップは了解したが、いらだちを隠すのに苦労した。彼はドアに向かい、最後に家のなかに目を向けると、ジェインが階段から彼を見つめていた。うっすらと笑みを浮かべて。彼は敬礼のまねをしてからドアをとじたが、それから十五分ほど、彼女のほほえみが頭を離れなかった。それと、ほほえみには何か意味があるはずだという考えに気をとられて、車のなかでのフェイとの会話に集中するのが難しかった。

「そのグループはどこに集まるの？」

「キャンパスのラウンジだよ」

「つまりビール仲間のようなものだけど、スポーツや女の話ではなく、宇宙の意味について話すということ？」

「いや、ぼくは意味についてはわからないけど」彼は食料品店の〈ラルフズ〉の駐車場に車を入れた。「もし誰かが立ち聞きしても、そんなに重要な話には聞こえないだろう」

「だって、万物の理論といわれているんでしょ？」

「それはちょっといいすぎだ」

彼女は自己満足の笑みを浮かべた。「わたしがどう思っていると思う？」

そういったフェイがあまりにもジェインに似ていることにどきりとして、彼は何も返せなかった。

「わたしが思うのは、あなたは本当に重要な人だから自分の仕事を実際よりも軽く見せることができるけど、心のなかではそれがどんなに価値のあることかよくわかっている。自分の仕事よりも重要な仕事は世界には存在しないと思っているはずよ」

彼は義姉がこのようなレベルの心理分析をしてくるとは思っていなかった。

「あなたのことはよくわかってる」彼女は買い物用の袋をまとめた。「いつかわたしもグループに入れてちょうだい。わたしも宇宙については多少知っているから」まるでとても気の利いたことをいったかのように、彼女は笑った。

「フェイ、こういうこと全部、ありがとう」彼は車をおりた義姉にいった。「ジェインがよくなっているのはあなたのおかげだ」

フェイは車のなかに頭をつっこんだ。「よくなっていると本気で思っているの？」

「そう思わない？」

彼女は肩をすくめた。「あなたはあまり家にいないから。ささいなことに気がつかなくてもしかたがないわね」

「あなたが来る前とくらべたら見違えるようだよ」

フェイはため息をついた。「妹はわたしとは違うから。自分の状態をあなたには見せないこともあるのよ。乗せてきてくれてありがとう」勢いよくドアを閉めると、太陽の光を反射して白く光るスーパーマーケットのほうにつかつかと歩いていった。

バックミラーの〈ラルフズ〉が小さくなるにつれて、階段にいたジェインのほほえみが戻ってきて、いつの間にか他意のない信頼の表情から口に出さない懇願になっていた。アニトカの住む地区に入ると、妻の小さな口は絶望の空洞に変わり、それが恐ろしいほど大きくなったときに、コテージのドアがあいて、悪夢は消えた。

彼はそれから二時間、アニトカのシングルベッドの上で過ごし、ふたりは楽しみながらその狭さをなんとかした。だがフィリップには、まったく気がかりがないわけではなかった。

義姉の詮索が気になっていた。夕食までに彼が戻らなかったら、彼のアリバイをチェックするくらいやりかねない。フィリップはさっとシャワーを浴び、服を着て、アニトカにさよならのキスをするためにベッドに行った。

「行かないで、お願い」彼女は枕の上に彼を引きおろし、組みつくふりをした。「それに、お父さまの箱を見せてくれてない」

彼は目をしばたたいて彼女を見た。「驚いたな。きみは本当に熱心なファンなんだ」

「約束したでしょ」

「ぼくが？」彼はアニトカの手をとってキスした。「見るほどのものはないよ、ただ本が何冊かと新聞の切り抜きばかりで」

彼女は片ひじをついてからだを起こした。「それでも見たいといったら怒る？」

「少しね」彼はほほえんだ。「だが次にしないと」

彼女はわざと顔をしかめて、ベッドを出た。フィリップはバスルームに向かう彼女を眺めながら、もし彼が死んだら、彼のオフィスに残ったものを誰かが念入りに調べたり、未出版の貴重な研究を探して残された家族をつけまわしたりするだろうかと考えていた。

シャワーヘッドの激しい振動音にかき消されないように、フィリップは大きな声でさよならをいった。さっさと立ち去るほうがいい。ぐずぐず別れに時間をかけることはない。だがなんとなく去りがたく、フィリップは居間にとどまっていた。まだここに泊まったことはなかった。その気なら、数日間アニトカといっしょに過ごす口実はすぐにつくれた。よその町での講演、どこかのシンポジウムへの急な参加、アスペン物理学センターでの週末研修。だがどれほど恋心が募っても、いくつもごまかす方法があったとしても、フィリップはそうした綿密な嘘をつく気にはなれなかった。

彼はアニトカの本棚の前で立ちどまり、父親の古い出版物に指を滑らせた。アニトカがどこかの間違いを正したといっていたのを思いだし、棚から論文をひとつひとつ取りだし、彼女がたくさん書きこみをしている一冊を見つけて、丸めてコートのポケットに入れた。

その数秒後、寝室のドアが開いて、彼女がバスローブの紐《ひも》を結びながらやってきた。論文のことを彼女にいおうかと思ったが、彼女はきっとなんでもないことだからといって抵抗するとわかっていた。だから彼女の額にキスをして、いった。「またあした」

玄関に向かうとき、ホワイトボードに書かれていたものが消えているのに気づいた。いたずら書きはなかった。フィボナッチの螺旋も。かすかにマーカーの痕が残っているだけだった。

「ディラックの詩のこと、あなたのいうとおりだと思ったの」彼の視線を追って、彼女がいった。「本当に気が滅入る詩だと」

おもてに出ると、サンタ・アナの冷たい風が強まっていて、頭上の椰子の葉は肉を包む包装紙のようにがさがさといった。何かがフィリップの心にひっかかっていた。彼の父親の研究に対するアニトカの熱意だろうか？　自分がこうして少しずつ何度も妻を裏切っていることだろうか？　きょう二ブロック離れたところに車をとめたのは、彼の罪悪感がつくりだした幻の探偵の尾行をまくためだったが、一ブロック離れてもほとんど意味はなかった。ピッピッという甲高い音を追ってスバルに近づき、ドアハンドルに手を伸ばしたときに、うしろにとまっている車のヘッドライトが点いた。フィリップは固まった――ああ、これで終わりだ――彼はライトのほうを向きながら、自分がここにいる理由を考えだそうとした。

車のなかから女の声がした。「驚かせてしまってすみません、ミスター・セヴリー」

彼がライトを透かして見ると、黒いセダンがとまっていた。後部座席からネリー・ストーンのほっそりした姿が現れた。

「ああ」フィリップはいって、ほんの少し緊張を解いた。「諦めの悪い秘書さんか」

「わたしは電話が鳴るたびに」彼女はいった。「あなただと期待しています。いつもはずれるのに」

「あからさまなストーカー行為。ぼくたちはここまで来たのか？」

「そんなふうにいわれたら、取り乱した恋人になったような気分になります」

「きみの望みはなんなんだ、ネリー？」

「この車は洗車したばかりです。寄りかかっておしゃべりしてもよごれません」彼女は運転手にいった。「アルトゥーロ、ライトを消してくれる？」

ヘッドライトはすぐに消え、街灯のナトリウム灯の明かりだけになった。ネリーはチャコールグレーのコートとスカーフという服装だった。眼鏡をかけていないせいで、奇妙に無防備に見えた。まるで昼間におもてに放りだされた夜行性動物のようだった。ひょっとしたら眼鏡は目のくぼみを隠すためのものだったのかもしれない。彼女は年下ではなく同年代だと、フィリップはいま気がついた。

彼女はコートのポケットから煙草とライターを取りだし、フィリップにもどうぞと箱を差しだした。フィリップが近づくと、彼女はしなやかに腰で後部座席のドアをしめたが、スモークフィルムを貼ったガラスの向こうで何かが動いたように見えた。ただの光のいたずらだろうか？　光子はたしかに厄介なものだ。とくにガラスに反射したときには。光の粒子がどんな目の錯覚を引き起こすかは、まったくわからない。フィリップは暗い窓を見ているうちに、不安が高まってきた。

「ほかに誰かいるのか？」いいながら、ダンヒルを一本取った。

彼女は答えなかった。自分の煙草に火を点け、フィリップの煙草にも同じようにした。風が強まり、彼はコートの襟を立てた。ネリーが寒さよけに車に乗ろうと提案するかもしれないと思ったが、彼女は気にする様子はなかった。

「お嬢さんのことはお気の毒でした」

彼はこれを無視することにした。「知ってるかい？　先日、ぼくの父親の使っていたオフィスに不法侵入があった」

「本当に？」

「どういうわけか、ガバメント・スカラー・リレーションズの名前が頭に浮かんだ」

彼女は首を振った。「関係ありません。それに、盗む必要もなかったでしょう」

「なぜだ？」

「GSRはもうアイザックの研究を探していないからです」

「諦めた、ということか？」

ネリーはほほえんだ。「もう見つけたものを探すことはしません」

彼女がフィリップの反応を見るために顔を見つめたとき、彼のなかで警報が鳴りひびき、父親の研究を守らなければならないという気持ちがとつぜんわき起こった――その研究が存在するかどうか確かではないとしても。

「どうか説明させてください――」彼女は続けた。「考えていただきたいんです――」

「ミスター・ライオンズに会うことか？」

「わたしがここに来たのはそのためではありません」

彼は腕時計をチェックした。「それなら早くいってくれ」

「あなたを雇いたいんです。わたしたちのところで働いていただけませんか？」

フィリップは笑った。「きみは本当にどうかしている」

「検討してみてください。高給を払います。かなりの高給です。実際――」

「つまりきみはぼくに、大学のいまのポストを捨てて何も知らない組織で働いてほしいといっているのか。疑わしい雇用のやり方をする、そしておそらくぼくの父のものを盗んだ組織で――それもすべて金のために？　ぼくが金で動くと思うのか？」

「それなら知的満足のためでも」

「ぼくの答えはわかっているだろう」

「でもあなたはまだ、提案のすべてを聞いていません」彼女は煙を下向きに吐いた。「アニトカ・デュロフはどう考えるでしょう？」

彼は顔をしかめた。「これが彼女となんの関係がある？」

「彼女にも意見があるんじゃないかと思って」

「今度は脅迫か？」

「お願いです、わたしたちはそこまで下種《げす》ではありません。ただあなたの気を引こうとしただけです。あしたの昼食はいかがですか？　やり直しとして」

フィリップはふり向いて自分の車へと向かった。

「お父さまの研究を見たいと思わないんですか？」ネリーは風の音に負けないよう大声でいった。

彼は立ちどまり、ふり返った。「たびたび尾行されたり、連絡してこられたり、家族よりもきみにぼくのことを知られたりしたくない。放っておいてくれ」

「それは、学界で無名の存在に戻るためですか？　大学院生と寝て脳を衰退させるため？」

彼女はダンヒルの煙草を地面に落とし、靴で踏み消した。「それとも、お父さまが後世に残したものについていわれたくないということですか？　自分はそうした成果を残すのに苦労しているから？」

フィリップは凍りついた。怒りがこみあげてくるのを感じたが、その言葉の残酷な真実を否定することはできなかった。

彼女は続けた。「もしかしてあなたは、好奇心旺盛な人間ではない？」ネリーは新しい煙草に火をつけ、ライターの火が風で揺れた。「あの日マリブでわたしにいろいろと質問したのはなんだったのかしら？」

「ライオンズがぼくをすっぽかした日のことか？」フィリップは叫んだ。

彼女は一瞬、考えているように黙った。「わたしたちはあなたにたいしてフェアじゃなかったと思います、ミスター・セヴリー。わたしはあなたにたいしてフェアじゃなかった。だからあなたさえよければその埋め合わせをしたいと思っています」

ネリーのポケットからスタッカートのような断続音が聞こえて、彼女はほっそりした手をポケットにつっこんで黙らせた。「でもまたの機会にしなければいけないようです」

「上司の拘束か？」

彼女は訳知り顔で彼を見て、車の後部座席に向かった。彼女がドアをあけたとき、フィリップは後部座席がよく見える位置に近づいた。だが座席には誰もいなかった——黒い革のシートの上に蛇革のハンドバッグが置かれているだけだった。車に乗っているもうひとりの人間は運転手で、イグニッションに手を伸ばすところだった。

「ちょっと待って、アルトゥーロ」ネリーはドアに手をかけたままフィリップに向き直った。「あなたが尋ねたけどわたしが答えられなかった質問を憶えていますか？」

「どれだったかな？」

「あなたがＰ・ブース・ライオンズのＰはなんの頭文字かと訊いたやつです」

「きみは知らないと答えた」

「たぶんあなたに隠すべきではありませんでした。わたしたちにとってのあなたのお父さまの重要性を考えたら」彼女はドアについている灰皿で煙草をもみ消し、その手が元の位置に戻ったとき、まるで手品のようにそこに名刺が握られていた。それがトランプのハートのクイーンだったとしても、フィリップは驚かなかっただろう。

「もうもっている」

「これはもっていないはずです。これは世界に一枚しかないものですから」

フィリップは彼女から名刺を受けとった。電話番号も連絡先も書かれていなかった。セリフ体の文字で書かれた名前がクリーム色の紙から浮きあがっていた。

ペネロピ・ブース・ライオンズ
彼は眉をしかめ、自分の見ているものの意味を理解しようとした。「ペネロピ」

「でもネリーのほうが気に入ってるんです」彼女はいった。「音節が少ないから」

彼女は車に乗りこみ、ドアをしめた。すぐに窓ガラスが半分あけられた。

「では、あすのお昼に会えますか？　もう秘密はないと、約束します」

フィリップは答えなかった。まるで互いに矛盾するふたつの考えが彼の脳に打ちこまれ、銃を突きつけられて和解しろと脅されているようだった。

タウンカーのエンジン音が響き、ヘッドライトがふたたび点灯された。

「あしたのこと、お返事をいただけますか？　もうあなたを追いかけることはしません、フィリップ。お父さまの研究を見る準備ができたら、そういってください」

暗い色のガラス窓がじょじょに彼女の安心させるようなほほえみを覆いかくしていった。

そして彼女の顔が完全に見えなくなったとき、車のギアが入り、P・ブース・ライオンズと名乗った女は車で去っていった。

20

リスト

黄昏《たそがれ》が迫り、少年保護課のオフィスはほとんど空《から》になっていた。グレゴリーはロサンゼルスのダウンタウンを見おろす窓際に立ち、街にちらちらと明かりが灯《とも》りはじめ、夕焼けの蜂蜜色の輝きが急速に夜にのみこまれていく景色を眺めようとした。だが彼は落ち着かなかった。自分ではどうすることもできない何かが起きそうな気がした。目を凝らせば、下にいるトムが見えるかもしれなかった。とぼとぼと地下鉄の駅へと戻っていくその姿が。いつか、トムは日課をやめるかもしれない、と彼は思っていた。荷物をまとめて転居するかもしれない。彼の監視できない遠くのどこかに。そんなことが起きるのをグレゴリーは許すつもりはなかった。

彼は席に戻って自分のものを片付け、抽斗に鍵をかけた。さっき注いだコーヒーが冷めていた。それでも、彼はスプーンを取ってぼんやりとコーヒーをかきまぜ、もし彼がじゅうぶんな時間、反時計回りにかきまぜたら、マグカップのなかに熱を取り戻すことができるかもしれないと想像していた。もっと長くかきまぜれば、クリームはコーヒーから分離して、前に描いた、見る者に催眠術をかけるような渦巻き模様に戻っていくだろう。だが熱力学の法則は絶対だ。コーヒーが冷めたのをなかったことにはできない。人を殺したのをなかったことにはできないように。

そばを行ったり来たりしているE・Jが、ヒールで少しよろめいた。今夜は夫とデートの夜なのだろう。E・Jはこの十九年間、市内で危険な目に遭っている子供たちを救うことに人生を捧げてきて、そのあいだに目にしてきたあらゆるものにもかかわらず、驚くほど朗《ほが》らかにふるまっている。おそらくE・Jは夫の待つ家に帰った瞬間に、靴をぬぎ、背から仕事をおろして、夫婦の気さくな会話に移れるのだろうとグレゴリーは思っていた。彼女はそういう刑事だ。解放に怒りを使う必要はない。暴力に暴力で応える必要もない——彼とは違って。切り替えがうまいのだ。

だがこの数週間、E・Jは様子がおかしかった。オフィスの全員にたいして母親のように世話を焼いていたと思ったら、いまは逆に引いている。そしていまはこの意味ありげな行ったり来たりだ。そんなふるまいが心配だったし、自分が同じような質問をされたくないということがなければ、どうしたのかと訊いていたかもしれない。実際、グレゴリーはこの二週間、ほとんどオフィスに顔を見せなかった。今朝もキャデラックに乗っているのをヘイゼルに見つからなかったら、いまでもそのまま車のなかで坐っていたかもしれない。

E・Jが、彼の視線に気づいた。彼女は黄緑色のフォルダの角で頭皮をかいた。

「ちょっといい、グレッグ？」

彼はためらった。関心はあったが、話をする気分ではなかった。きょうは四回目の結婚記念日で、ゴールディーは何日も前から計画して細部までこだわった食事を用意していた。彼女はグレゴリーにもご馳走を楽しみにしてほしがっていた。ステーキ・フランベでもハム・サンドイッチでも彼にとっては同じなのだとよくわかっているはずなのに。ゴールディーがどんな反応を望んでいても、たいてい彼はそれに合った反応を演じられた。妻が感情の模倣を見抜くのが不得意でついていた。

「なにか気になることがあるのか、E・J?」

彼女はジグザグに彼の机のところへやってくると、彼の前に、ほおがこけ、死んだ目をした女の顔写真を置いた。白髪をひっつめてあらわになった顔には、これからほほえむ寸前という以外、なんの感情も表れていなかった。E・Jはマニキュアをした爪で写真をトントンとたたいた。

「この性悪女に見憶えがある?」

ある。輪ゴムのような唇は、満面の笑みをつくろうとして、代わりに薄ら笑いになった。こうした犯罪者がカメラで撮られる際、ほとんど恥じる様子を見せないことには吐き気がする。心からの恥辱や悔恨《かいこん》が表れた顔写真はまれだ。ほとんどの連中——子供への性的いたずら、虐待、レイプの犯人——はあごを高くあげている。撮影前に多少はふざけた尊厳を保とうと決めたかのように。なかにはほほえむ者もいる。にこやかな顔をすることが、とんでもなくおぞましいことをして捕まったことへの、独創的な反応だとでも思っているかのように。それはグレゴリーがよく知ることになった罪人のほほえみだった。それは、「人生に導かれてこの瞬間に至ったなんて、おかしくない？」といっていた。

彼は肩をすくめた。「最近はみんな同じように見える」

E・Jは彼の後頭部をぴしゃりとぶった。ふざけているはずだが、痛かった。「わたしをばかだと思っているの？　あなたが忘れるわけないわ」

「バージェス事件」彼はようやく認めた。「リタ？　ロンダ？」

「ローダよ。ローダ・バージェス。子供たちを地下室で鎖につないだサディストのくそ野郎の妻」

彼の胃の中身がのぼってきた。「ああ。やつは子供たちにさわりもしなかったんだ、たしか。インターネットの闇市場で売るために彼らがじょじょに飢えていくのを記録した。キャッスル・ハイツの自宅から全部運営していたが、メーターのチェックにやってきたガス会社の職員が地下室の窓から逃げだそうとしていた骸骨を見つけた」

「ミスター・バージェスは終身刑になった」E・Jはいい、ふたたび写真を指さした。「でもこの女房は――」

「無罪放免になった」

「一日も収監されなかった。何年間も夫が地下室で何をしていたのか知らなかったと主張した。裁判官の前で泣きわめいて」

「それで、この女が何をしたんだ？」

「死んだ」

「それはよかった」

「八月に。ダウンタウンの陸橋から飛びおりたのよ。すぐに頭をベーグル販売のトラックに踏み潰された」

「いいじゃないか。彼女の顔にKをつけてほかのやつらといっしょに壁に貼っておけ。その運転手に酒をおごってやらないと」

「偉そうに」

「なあ、申し訳ないが、自宅の地下室にミニ強制収容所ができていたことも知らなかったほどばかな女の自殺に涙がこみあげることはないよ」

「自殺じゃない」

「そうなのか？」

「目撃者が出てきたの。陸橋の下に住んでいるホームレスの男で、全部見ていた。彼女は突き落とされたんだっていっていた。それだけじゃない」

E・Jは黄緑色のフォルダをローダの写真の隣に置いて、表紙をめくり、少なくとも十枚はある顔写真を出した。

グレゴリーは写真を見ていった。ほとんどは男で、何人かは女だ――以前彼が担当したことのあるケースばかり。彼はそいつらの顔をよく知っていた。荒れた肌、うつろな目。「おれたちの典型的なカード一組に見えるが」彼はいった。

「ほんとに？」彼女はオフィスの向こう側にあるカルマボードを指さした。「この半分は何年間も前からあそこに貼られていたのよ」

「どういうことだ？」

「全員がすでに終わった事件で、そのうちいくつかは六年前にさかのぼる。この写真の連中の共通点は？　全員、軽い罰で済んだということ。短い刑期、無罪判決、地域奉仕、警告」

「ふーん」

「もうひとつの共通点は、全員死亡しているということ」

「まあ、何人かはかなりの老人だ」

「それなら〝老人〟は注意不足になるということね。この男は自宅の浴槽で溺れた。この女はインシュリンの過剰摂取。この男は家の改装工事で屋根から転落した」

「つまり、事故か」彼は机に鍵をかけて窓際に歩いていった。「パターンが存在しないところでパターンを探しているということはないのか？　偶然とは複数事象の同時発生にほかならないだろう？」

「複数事象の同時発生？　わたしに確率の講義をするつもり？　そういえば、グレッグ、あなたは数学一家出身だったわね」

「なら、いえよ。きみの仮説は？」

彼女も窓際にやってきた。ふたりはしばらく無言で、ロサンゼルス市警の前の本部だったパーカーセンターを見つめた。通称グラスハウスと呼ばれた建物が歴史的建造物となるべきかそれとも取り壊されるべきかは誰に意見を求めるかによるが、ときどき物思いにふける刑事が、たぶん取り壊されることになる古巣を眺めていた。

「これは連続殺人よ」彼女はグレゴリーのほうを見て、ようやくいった。「とめなければ、人が死につづける」

彼女のまなざしがあまりに強かったので、目をそらさずにはいられなかった。「いつから調べているんだ？」

「九月に目撃者が現れてからよ。確信をもちたかったから」

「誰かに報告は？」

「あなただけ」彼女は考えているときにときどきするように、舌を口蓋《こうがい》に打ちつけた。「もしわたしが報告しなくても、そのうち誰かが同じことに気がつく。きっと」

グレゴリーは髪をかきあげた。「悪いけど、きょうの夕食に間に合わなかったら、おれは妻に殺されるんだ」

「帰りなさい。あと、これは他言無用よ」

彼はほほえんだ。「わかってる」

「ゴールディーによろしくね」

「カルにも」

グレゴリーは上着を取ってエレベーターへと向かった。

エレベーターに点検中の札がかかっていたので、彼は廊下の先の階段へと向かった。階段室のドアを押しあけ、最初の踊り場を回ったところで、思ったとおり、彼女のイメージが頭に浮かんだ。これから一生、階段を登りおりするたびに、彼女のことを思うだろう――それが彼に課せられた罰だ。最初の計画どおり、いっしょになるという約束を守っていれば、彼女はあの階段を転落することはなかった。

ジャックと別れる。その言葉を書いてからわずか数日後に、シビルはとつぜん考えを変えた。「神さまの助言を求め、たくさんお祈りをしたのよ」そしてジャックと別れるのではなく、もうひとり子供をつくることにしたのだと。「わたしたち、続けるのは無理よ。もう連絡するのはやめて、グレゴリー」

月光の下、ふたりが毛布の上に坐っていたときに、彼女はそういった。シビルが彼と会うのに同意したのは、ふたりで過ごす最後のときにするつもりだったからだ。次に会うときには、いとこどうしになる。最初、彼は何も反応できなかった。まるで彼女の言葉がちゃんと認識できなかったかのように。だが彼が口を開いたとき、その声に彼女はおびえ、たじろいだ。立ちあがり、ハリウッドを眼下に望む庭の端まで歩いていった彼女は、薄手のコートで震えていた。あとを追っていった彼は、たたんであったメモを広げて、シビルの顔の前に突きつけた。「自分が書いたことを憶えているか？　本気じゃないなら、なぜこんなことを書いたんだ？」彼女は首をふり、その睫毛には涙の粒が並んでいた。「わたしは娘のことを考えなければいけないのよ、母親がほかのことに気をとられていたせいで娘はもう少しで死ぬところだった。自分の身勝手な思いで頭をいっぱいにして、娘が有毒な花の種を口に入れたことにも気づかなかった。「そんなのどんな親だと思う、グレゴリー？」彼がこんなふうにシビルを諦めるつもりはないというと、彼女は彼が怒りと妄執にとりつかれているといった。こぶしで胸をたたかれて、自分が彼女をきつく抱きしめていることに気づいた。「放して、放してよ」彼女はいった。だが彼はさらに必死に彼女を自分に抱き寄せた。

だが優しいシビルが、「あなたの怒りにはもううんざりよ、グレゴリー、あなたにも死ぬほどうんざりだわ」と毒づいたとき、彼はふいに彼女を放した。彼女が逃れようと力を入れていた勢いでうしろによろめくのはわかっていた。だが頭のなかでその場面を再生すると、放したのか押したのか、はっきりわからなくなった。本当に彼女をうしろによろけさせ、あの階段を転落させるつもりだったのか？　あんなにも愛していた人間を即死させるつもりだったのか？　そうだ、ひょっとしたらあの瞬間、それが彼の望みだったのかもしれない。

グレゴリーは階段をおりながら、その記憶で胃がねじれるように感じた。彼は足取りを緩め、手すりをつかんだ。自分も転落するのではないかという恐怖に駆られた。一階にたどりつくと、勢いよくドアをあけて、冷たい風に顔を向けた。自分の目に涙が溜まっているのに気づいたのはそのときだった。広場に出て、建物を見あげると、E・Jは窓から動いていないのが見えた。彼女は下を通るグレゴリーを見ていなかった。グラスハウスを見つめたまま、次の手を考えているに違いない。

トムにかんして早く行動しなければならない。こうした状況にゆっくりと対処できる日々は終わりに近づいている。すべてが終わり、最終点は彼には制御できない。彼にできるのは宇宙のコンピュータに導かれてそこまでたどりつくことだ。

21 隠遁者《いんとんしゃ》

あくる日ヘイゼルは二日酔いのような状態で目が覚めた。だが前の夜、彼女は一滴もお酒を飲まなかった。目を凝らして周囲を見回し、自分がどこにいるのかわからないという強烈な当惑に襲われた。きちんと整頓《せいとん》されたなじみのない寝室は、兄の家の客間ではなかった。だがアールデコ風の箪笥とその上に飾られたアールヌーヴォーの版画を見た瞬間、はっとした。ホテルに泊まったのだった。ぼんやりと憶えていたのは、ゴールディーに、外泊するから水入らずで結婚記念日を楽しんでねとメールしたことだ。少なくとも連絡は忘れなかった。でもこんなにひどい気分になったことはなかった。大学で食中毒になったときよりもひどかった。といっても、これは身体的なことではないとわかっていた。精神的な症状で、それはもっと悪かった。

一日のほとんどを寝てしまったと知るのに、時計を見る必要はなかった。それでも、からだを起こしてベッドサイドテーブルの上から電話を取り、とても信じられなくて画面を見ながら何度もまばたきした。午後四時十五分だった。ヘイゼルはふたたび枕に頭を落とし、片腕で顔を覆ってブラインドの隙間から射しこむ光をブロックした。前の日のできごとの記憶が恥ずかしい細部まで戻ってきて、彼女はうめき声をあげ、胎児のような姿勢になった。もう、なんてばかだったの。自分の愚かさのすべての重みで胃が重たかった。ぎゅっと固まって吐き気を催《もよお》させる玉になっている。

ヘイゼルは目をぎゅっとつぶったが、まぶたの奥の暗闇にアレックスの魅力的なほほえみがくり返し再生され、そのほほえみはこういっているようだった――「きみは利用されたんだよ」アレックスは彼女が惹かれていることを利用し、罠にかかったヘイゼルは自分が愛した数少ない人のひとりを失望させてしまった。彼女を信用したアイザックもばかだ。ヘイゼルは本気で死後の世界がないことを祈った。祖父が自分の失敗の大きさに気づいたら気の毒だから。

彼女は力なく上体を起こそうとしたが、アレックスにだまされたつらさでからだが動かなかった。加えて、きのうラスパンティに叱られたことも。アイザックの研究がなくなっていて、それはウィッグの持ち主の仕業だとわかると、ラスパンティは険しい声でいった。「この部屋に男を入れて、そいつに祖父の研究をかぎ回らせたということですか？　アイザックはあなたに託すべきじゃなかった、それだけは明らかだ」

「いいですか、わたしには助けが必要で――」

「あなたからその男に助けを求めたのですか、それともそいつがその魅力を使ってこの部屋に入ったのですか？」ヘイゼルが答えなかったら、彼はいった。「なるほど」

「アレックスはたまたま知りあった他人じゃないんです。わたしの従兄で。アイザックの孫なんです」

「数学の優れた経歴の持ち主で、アイザックの研究に大きな関心をもっていたんでしょう」

「それはうちの家族全員にあてはまります」

ラスパンティは落ち着いて電話を取りあげ、フロントにダイヤルして、空港まで行くタクシーを呼んでくれるよう依頼した。その後ヘイゼルは一階のロビーまで彼についていって、彼がポットからコーヒーを注ぐのを見ていた。自分も同じようにコーヒーを注いで、ラスパンティについてホテルのそとに出た。

彼は玄関の階段に背を丸めて坐り、カップの湯気を吹きとばしていた。彼が努めて彼女を見ないようにしていると気づき、ますます自分に腹が立った。

ヘイゼルも坐ってコーヒーを飲んだ。舌を火傷して、顔をしかめた。「わたしが台無しにしてしまった。わかっています」

やはり彼女を見ないで、ラスパンティはいった。「彼らがセヴリーの一員をスパイに雇ってアイザックのものを探らせて、方程式が表に出てくるのを待っていたとしても、不思議はありません。あなたに勝ち目はなかった」

「わたしをもっと落ちこませようとする必要はありません。もうすでにアイザックを失望させてしまった自分が嫌になっているのだから」

「これが単純な失敗だと思ってるんですか？　家族の期待を裏切っただけだと？」彼はふり向いて、ヘイゼルをまっすぐ見据えた。「これは現状では計り知れない規模の大惨事で、その規模はいずれ明らかになるでしょう。残酷に聞こえると思いますが、いまから何年か後のある朝、あなたは新聞で、自分がいったい何をしてしまったのか知ることになる」

ヘイゼルはカップを置いて、両手で顔を覆った。目の奥におなじみの痛みを感じたが、泣きたくなかった。なぜアイザックは、そんな重大な結果を託す相手を彼女にしたのだろう？

「彼を見つけるのは可能です」ようやく頭をあげて、彼女はいった。「方程式をとり戻すことも」

ラスパンティは、まるで頭痛を防ごうとするかのように、眼鏡をはずして両方の目を手で押さえた。「方程式はなくなってしまった。彼らの手に渡ってしまったのだから、もう永遠に彼らのものです」

「つまりあなたは諦めるんですか？　イタリアに帰国して？」

「あなたが地図についていったことが事実なら、アイザックは彼の数学のために殺されたんです。もし彼らがやすやす方程式を返すと思っているのなら、あなたはおめでたすぎます」

ヘイゼルは胃が締めつけられるように感じた。アイザックの手紙に〝暗殺者〟と書かれているのを読んでからずっと恐れていたことを、初めて誰かが声に出していった。アイザックは彼の数学のために殺された。それが事実として述べられた。

タクシーが到着した。ラスパンティは立ちあがり、そちらに歩いていった。

ヘイゼルはどうしたらいいかわからないほど、彼を引きとめたかった。彼女はいろんなことについて、もうどうしたらいいのかわからなかった。何週間もかかえている重責も。祖父が殺されたということも。祖父を完全完璧に失望させてしまったという事実も。この瞬間、彼女は胸のなかの恐怖感をとりのぞくためなら、なんでもしただろう。

「あなたが間違っていたら？」ヘイゼルはタクシーに乗ろうとしたラスパンティに呼びかけた。「わたしがとり戻すことができたら？」

彼はためらった。「もしあなたがとり戻せたら」彼は大きな声でいった。「わたしが個人的にあなたと方程式をミラノに招待します。ファーストクラスで。そして偉大な数学の意味を教えてあげますよ！」

「それは約束ですか？」

ラスパンティは苦々しげに笑った。「さようなら《チャオ》、ミズ・セヴリー」彼はドアをしめ、タクシーは走りだした。

ヘイゼルはタクシーが視界から消えるまで見ていた。立ちあがると、脚が震えた。落ち着くまでしばらく待ってから八階に戻り、何もなくなった壁を見つめた。彼女は絨毯の上を行ったり来たりして、耳を澄まし、エレベーターの扉が開いてアレックスの足音が廊下に響くのを心から期待した。ドアをあけたらそこに彼が立っていて、首を振り、全部とんでもない誤解だったと説明するところを。だが誰も来なかった。

朝食から何も食べていなくてひどく空腹だったので、近所のタイ料理店に出前を注文した。バルコニーでそれをがつがつ食べながら、ハリウッドの明かりを眺め、どうしたら自分の間違いを正すことができるだろうと考えた。だが選択肢を考えれば考えるほど、状況はあきれるほどに修復不可能に思えてきた。さまざまな問題から逃げだしたいと思ったとしても——シアトル行きの飛行機に乗ればいい——帰る価値のあるものはほとんどなかった。そこには彼女の店もなく、恋人もなく、人生もない。

そしていま、あくる日の午後四時半近く——ほとんど夕方——になって、ヘイゼルは上掛けを蹴とばし、無理やりベッドから出た。まだ胃のむかつきを感じながら、バスルームに行ってシャワーを全開にした。震えながら服をぬいで中に入った。冷たいシャワーは驚くほど気持ちがよく、お湯が出てくるまで水にからだを打たせていた。

ラスパンティのほうが間違っていたら？ 彼女がアレックスを見つけることができたら？ 彼の弱みにつけこんで方程式をとり返せたら？ でも、アレックスの弱みってなんだろう？ ヘイゼルはあの晩彼から聞いた、彼の過去や根無し草の生活や父親や母親の話を思いだした。そのうちどれが本当のことで、どれが彼女に自分を信用させるための策略だったのだろうかと考えた。とにかく、彼の母親にかんする話は嘘ではないのがわかっていた。でっちあげではありえない。待って。彼の母親。アレックスが母親と疎遠になっているとしても——あの伯母に会うことを考えただけでヘイゼルはまた胃がむかついてきたが——それでもペイジは手掛かりのひとつだ。

タオルでからだを拭いて、気分がよくなってから着替えを済ませ、紅茶を淹れて、ゆうべの残り物を少し食べた。タイ料理が不調の一因になったとはあえて考えないことにして、胃に麺類《めんるい》を入れ、そのおかげで吐き気がおさまった気がした。外出できるくらい気分がよくなったので、ヘイゼルは何もない壁を最後に一瞥してから、自分のものを持って、ドアへと向かった。狭い廊下をエレベーターへと向かうときも、ラスパンティの運命論が耳のなかで響いていた。〝もし彼らがやすやす方程式を返すと思っているのなら、あなたはおめでたすぎます。方程式はなくなってしまった〟

エレベーターの扉が開いた。見てなさい。

ヘイゼルがホテルを出てヴェニス・ビーチに向かったころにはすでに暗くなっていた。日曜日の夕方に海に向かう人はいないから、サンタモニカ高速道路はがらがらだった。

ペイジ・セヴリーはヴェニス・ビーチの遊歩道から一ブロック離れたバンガローに住んでいた。たぶん何年間も水着をもっていない引きこもりの知識人の家にしては、変わった場所だ。だが彼女は、この雰囲気のあるサーフ・コミュニティの真ん中で、無限に続く本を執筆しているといわれている。ヘイゼルは木々の伸びすぎた庭を通って玄関までたどりついた。ポーチの照明は消えていたが、家のどこかで白熱灯の明かりが点いているのが見えた。呼び鈴には上にペンキが塗られていたので、彼女はゆがんだ玄関ドアをノックした。すぐに木の床をこする動物の爪の音と、二匹のまったく大きさの違う犬の吠える声がした。軽く叱る声がして、その声が聞こえた瞬間、ヘイゼルは緊張した。

「さあさあホッジ、誰が来たのかしら。ポッジ、さがって」

ドアが少し開いて、暗くなった入口の階段をのぞくペイジの顔半分が見えた。ヘイゼルは声に少しは自信をこめようとした。「ペイジ伯母さん、わたしよ。ヘイゼル」

ペイジはドアを大きく開いて見つめた。縮れた髪の上に宝石飾りのついた読書用の眼鏡が載っていた。彼女は姪《めい》を見おろし、穏やかにほほえんだ。「あら、うちの戸口にみなしごがやってきた」

ヘイゼルは、この人を嫌いになる理由があといくつ必要だろうかと考えた。

「いまお忙しいですか？」

「なんで忙しいと思うの？　薔薇？　赤痢《せきり》？　あがってもらうしかないでしょう。ホッジ、ポッジ――静かにして」

ヘイゼルが家に入ると、ひんやりした潮のにおいのする空気が木と紙の温かなにおいにとって代わった。青みがかった濃い灰色の大きなワイマラナーが迎えてくれた。

「これはホッジ。そっちの突然変異はポッジ」

ワイマラナーの足元から吠えかかっているかわいい犬は、体毛が乏《とぼ》しい雑種だった。ヘイゼルは咬みつくのではないかと心配だったが、しゃがんでその小さな頭をなでた。

「嵐の前に、おもてで見つけたのよ。そうでしょ、わたしがいなかったらカタリナまで飛ばされていたのよね？　紅茶でいいかしら」

「いえ、そんなご面倒をおかけするわけには、ほんとに」

「あなたはすでに面倒なのよ」ペイジは即座にいった。「わたしの仕事はあなたがドアにこぶしを打ちつけた瞬間にじゃまされているの。あなたとお湯をシェアしても大差ないわ」

ヘイゼルはいい返さなかった。笛つきのやかんが音をたてはじめ、犬たちはよたよた歩きの主人について台所に入っていった。

「奥の部屋で坐っていていいから」ペイジが磁器のカチャカチャいう音をさせながらいった。

ヘイゼルは暗い廊下を進み、左手の居間は本当に居心地が悪そうだと感じた。あまりよく見えなかったが、箱とかびた紙のきついにおいで、ここは本の保管場所なのだとわかった。そのにおいをかいだ瞬間、〈ガタースナイプ〉を思いだした。彼女はこの陰気なパルプのにおいをずっと好きだったが、初めて逃げだしたくなった。彼女を裏切ったり傷つけたりしたものすべてがそこに入っているように感じた。彼女の店と求められない品物を乗り気ではない人々に売りつける商売、そしていまならわかるけど、一種の洗練された無関心で世界にアプローチする人間だったベネット。彼という存在の粋な直線と曲線に彼女がしっくり合わなかったのは、驚くべきことだったのだろうか？　いつかこのにおいが、シアトルでの人生の崩壊を思いださせなくなって、ゆっくりと朽ちていく紙のにおいがまた大好きになれますようにとヘイゼルは願った。

彼女はランプの明かりに導かれて家の奥へと進んだ。かつては裏のポーチだった部分が小部屋になっていた。いっぽうの端に机が置かれ、その上には山積みの書類や本が載っていて、反対の端にソファがあった。ソファは真ん中にくぼみができているように見えた。きっとベッドとして使われているのだろう。彼女の仮説は床に置かれた目覚まし時計によって裏付けられた。

「そこに坐りなさい」ペイジがうしろから命令した。

ヘイゼルはくぼみを避けてソファの端に坐った。少し背筋を伸ばした。これ以上、この伯母におどおどするつもりはなかった。

犬たちは部屋の真ん中に敷かれたラグの上に寝そべった。小さなポッジはホッジの脚のあいだに丸くなった。

「わたしの息子のことで来たのね」ペイジは濃いお茶をふたりのカップに注いだ。

「そうです、じつは」ヘイゼルは面食らった。「どうしてそれを?」

伯母は彼女にシュガーポットを渡し、自分のお茶には牛乳を入れた。「わたしは職業人生のほとんどで、正常な範囲外での主観的な質問に対する可能性のあるすべての答えを計算することでお金をもらってきたのよ。候補者Aの垢《あか》ぬけた服装は労働者階級の有権者を遠ざけてしまうだろうか? 候補者Bの古くさいユーモアのセンスは親しみをもたれるだろうか、それとも反発されるだろうか? 候補者Cの家族に心の不安定な者がいると公表することは同情を集めるだろうかそれとも人々を遠ざけてしまうだろうか? この場における問いはこうよ。なぜこれまで伯母のことをとくに好きでもなかったヘイゼルが、日曜日の夜、その伯母の家を訪ねてきたのか? 答えはひとつしかないわ」

「さすがです」ヘイゼルはいらだちを抑えていった。「アレックスに連絡をとるにはどうすればいいか、知ってますか?」

ペイジは机を前にした席に坐り、くるっと回って姪のほうを向いた。「アレックスはときどき消息を絶つ癖があるの——それはわたしに似たのね。そしてあなたは彼を急いで見つける必要がある。そうでなければいきなり訪ねてきたりしない。もしかしてふたりはつきあったりしたのだろうか？　ひょっとしてあなたはあの子に、混乱した感情をいだいているのかもしれない。そもそもあの子はあなたの血のつながった従兄ではないし、いっしょに育ったわけでもないのだから。この家族でそういうのは初めてでもない、もっともこれは推測に入りこんでいるわね」

彼女はヘイゼルをちらりと見て、満足げに紅茶を飲んだ。

ヘイゼルは耳の先が燃えるように熱くなっている感覚と、ティーテーブルをひっくり返して伯母の坐っている椅子を蹴りとばしてやりたいという突然の衝動をどちらも無視した。おまけに、ティーポットに残っているお茶を頭から伯母にぶっかけるという短い映像も頭に浮かんだ。「徹底的に考えたみたいですね？」

「あのねえ、これはポーのミステリではないのよ。C・オーギュスト・デュパンのレベルの推理は必要ない。数秒でわかったわ。ほとんどの人は、人生は魔法のように謎めいていると考えている。あらゆる未知なものでいっぱいだと。そんなのたわごとよ。いったん宇宙は可知だと決めたら、あらゆる答えが手に入るようになる」

「わたしはそういうふうに考えたことがないと思います」

「もちろん、あなたはないでしょう。整然とした脳をもっている人間はごく少数しかいない。ほかの人たちと同じように、あなたもたぶんトラブルや借金や失恋にぶつかりながら人生を歩いていくんでしょう」

ヘイゼルはその言葉が図星だと知らせるつもりはなかった。代わりに、あたりを見回し、伯母の恵まれた頭脳と寂しい人生を示す部屋を見つめた。どこかにアレックスの居場所を示すものがないだろうかと思ったが、部屋の壁沿いの棚には、家族の存在を示すものは何もなかった。写真も、思い出の品も。棚に置かれているのはリングバインダーだけだった――何百もある――全部薄汚れた白で、AからJまでアルファベット順のラベルが色つきマーカーで書かれていた。これがけっして終わることのない本なのだろうか？

これではこそこそかぎまわっているように見えると思い、ヘイゼルはペイジに目を戻した。

「これ以上伯母さんの時間を無駄にしたら申し訳ないです。アレックスがどこに泊まっているかご存じですか？」

「あの子とわたしは話をしないの」

「それなら、彼がまだ国内にいるかどうかは？　伯母さんが連絡をとるときは――」

「わたしがいったことを聞いていたの？」ペイジはいらだった声でいった。

そういわれてヘイゼルはいきなり立ちあがり、不満を隠そうともしなかった。「お茶をありがとうございました」でもカップをトレーに戻したとき、好奇心に負けて、ふたたびバインダーを見た。「KからZはどこにあるんですか？」

ペイジは指で頭を叩いた。「ここよ。完成したら、『確率の本』はおよそ五百六十五巻になるはず」

「まだ先が長いんですね」

伯母のほほえみは悲しそうに見えた。「秘密を教えてあげる。これは完成することはないのよ。わたしはZのずっと手前で死ぬから」

「完成しないとわかっていて、なぜ書くんですか？」

ペイジはふくよかなからだを動かし、坐り直した。「なぜなら自分が得意なことをする以外、ほかにすることはないでしょう？」

それで伯母はどうやってお金を稼いでいるのだろうとヘイゼルは不思議だった。でも訊こうとは思わなかった。なにしろヘイゼル自身、利益をまったく度外視した人生を生きた経験があるのだから。少なくとも伯母にはその成果が残っている。

「いっておくけど」伯母は人差し指を立てて横に振った。「あなたたちの世代はもう少し、何かを追求するために生きる生き方をしたほうがいい。あなたたちはみんな、急いで終わりまでたどりつこうとする。急いで成功しようと。アレックスもそう。あの子は結果しか目に入らず、数学それ自体を楽しむことがまったくできない。最後に目に見える褒美《ほうび》が待っていなければ、仕事それ自体が無意味だと考える。それは空虚な生き方よ、つねに戦利品を求めつづけるのは。だからあの子は挫《ざ》折《せつ》したのよ」

「まあ、彼はまだ若いから」ヘイゼルは弱々しくいった。アレックスというより自分を弁護するためだった。

「あの子が純粋数学者として成功する確率は毎年急減しているし、応用数学者として成功する確率もかんばしくない。それに、あの子の脳は怠惰なのよ」

「事故に遭ったって聞きました」

「そうね、アウトバーンでの事故で脳を損傷したといわれている。嘘っぱちよ。あの子の失敗の真実の話は、もっとおもしろいのよ」ヘイゼルがなんの反応もしないでいると、ペイジはいった。「聞きたくないふりはやめなさい」

ヘイゼルはふたたびソファに坐り、伯母はお茶に砂糖を入れた。

「数学には、ヒルベルトの問題と呼ばれる二十三の未解決問題があるのよ。知的なパズルだけど数学者たちはとても真剣に取り組んでいる。ほとんどが解決されてるけど、まだ未解決のものも残っている。そのなかでもとくに手ごわい一問を、まだマックス・プランク研究所にいたわたしの息子が解決したのよ」ペイジは目をあげて、聴き手の反応を見た。「どうしてそんな偉業について聞いたことがないのか不思議に思っている？　なぜアイザックは一度もそのことをいわなかったのかと？」

ヘイゼルはうなずいた。

「それはね、ほかの人があの子より先に証明していたからよ。二週間ほど早く」ペイジはこれをおもしろがっているようだった。「控えめなロシア人で、実家の地下室で何年間も研究を続けて、ひっそりとその証明を発表していたの。なんのファンファーレもなく、ただ郵送しただけ。でもわたしたちの世界では、発表が命なのよ」

ヘイゼルはこの新たな情報をアレックスのこれまでのイメージに加えてみた。いま思えば、彼の大げさな言動の裏には挫折感があったような気がする。

「でもそれは彼のせいじゃない」彼女はいった。「運が悪かっただけで」

ペイジはほほえんだ。「たぶんね。でもそのあとどうしたかで、あの子の真の本性が明らかになったのよ。なにもしなかった。ゼロ。完全に数学を諦めてしまったの。あの子はすべて例の交通事故のせいにしたわ、もちろん。でもわたしにはわかっていた」

「だから彼と話さないんですか?」

ペイジは肩をすくめた。「あの子がわたしと話さないのは、わたしがあの子ののらくらした生き方を認めていないと知っているからよ。パリあたりで誰かの家に居候して、パーティーに行っては相手構わず寝る。ほかにも何をしてることやら。どうしてそんなぐうたらな暮らしができるのかも、わからないわ」

「もしかしたら別の収入源があるのかも」ヘイゼルはあてこすりをいった。

「そうね、どうやら。でもAPのカメラマンなんてふざけた話は信じていないけど」ペイジは鼻を鳴らして、椅子を回転させて机のほうを向いた。「そろそろ本当に失礼するわね。いま、とくに難しい、ジャズ・ミュージシャンとして成功する確率の項に取りかかったところなのよ」

ヘイゼルは立ちあがったが、どうやって部屋から出ていったらいいのかよくわからなかった。「お見送りはいりません」

「待って!」ペイジは叫ぶようにいった。

ヘイゼルはドアのところで立ちどまった。

「わたしはずっと昔、思いやりは思いやりのある人にとっておくと自分と約束した。でもあの人たちに、わたしがあなたを家にあげたといってくれる？　親戚を追い返すようなことはしなかったと。うちの家族は誰もわたしのことを信用していないから」

「いっておきます」ヘイゼルはいいながら、ふいにこのずっと好きになれなかった伯母のために悲しくなった。

彼女は廊下を進み、ふり返ると、ペイジが瓶から何かを紅茶に入れているのが見えた。玄関ドアのところまで来ると、犬に何か話しかけている声も聞こえた。

おもてに出たヘイゼルは庭の門をしめて、ほかにいい考えが浮かばなかったので、ビーチのほうに曲がり、周囲のバンガローの明かりを頼りに歩いた。コンクリートの端で靴と靴下をぬぎ、ひんやりした砂浜に足を踏みだし、歩きつづけた。

波打ち際まで来て、寄せる波に足をつつまれた。太平洋の水にふれたのは、どれくらいぶりだろう？　何年もピュージェット湾に住んで、四方を水に囲まれていると、本物の大洋を見たのはいつのことかわからなくなる。この果てしない広がりは、いまの彼女のように、まったく身動きがとれず、行くところもないという、こんな瞬間のために存在しているのだということをすぐに忘れてしまう。

ヘイゼルは目を閉じた。ラスパンティの運命論的予測を文字どおりに受けとめれば、彼女はある朝、ノートパソコンを開いて、いつものニュースサイトをクリックしながら閲覧し、同じ見出しのバリエーションを見つける。彼女の失敗がでかでかと書かれているものを。

〝権力者たちが取り返しのつかないひどいことをしでかした〟と。本当に、わたしは未来にそんな重大な打撃を与えてしまったのだろうか？ この失敗は取り消し不可能なの？

彼女はうしろにさがって、乾いた土の上に坐った。波の砕ける音にかき消されそうになりながら、まったく別の甲高い音がバッグのなかから聞こえてきた。電話を取りだし、ベネットからのメール着信だったと気がついた。消してしまおうと思ったが、読まないでいられる意志の強さはなかった。

「H、オープニングに来てくれるとうれしいよ。x《キス》B」

添付のリンクをクリックすると、シアトルにある画廊のウェブページが現れた。ベネットが何年もかけて制作していた個展が開幕する。

新規展示――ベネット・ヒューズ

『これがわたしの悲しい顔：人間の感情の衝撃』

その下に、彼女自身の顔のミクストメディアの肖像画が、いらだったまなざしで鑑賞者を見つめていた。その画像のもとになった写真は彼女とベネットの関係が始まってまもなく撮影されたもので、片方のほおに夕日が斜にあたっていた。でも彼女の肌のディテールは消え、絵の具、ワックス、紙で塗りつけられていた。悪くない作品だったし、この個展はベネットにとって大事なことだとは知っていたが、「いいタイトルね」という返事しか打てなかった。自分の個展のタイトルに元彼女の最後のメッセージを使うのは、一種屈折した快感だっただろう。ヘイゼルはスクロールして、自分が送ったメールと添付した自撮り画像を探した。「これがわたしの悲しい顔よ」とても見ていられなくて、電話をしまおうとしたとき、あることに気づいた。彼女の頭のうしろにアイザックの地図が一部写っている――明らかに、この地図の写真は削除されずに残った。ズームしてみると、驚いたことに、細部まではっきり見える解像度だった。写真をいじったりすることがほとんどなかったので、その機能がまだよくわかっていなかった。ヘイゼルはダウンタウンの通りの名前が読めるくらい地図を拡大して、アイザックが貼った丸の文字を読んだ。いくつかまとまっていたが、ひとつは101515013122――つまり二〇一五年十月十五日、午前一時三十一分二十二秒。もしこれが正確なら、一カ月前、メイプル・アベニューとイースト・シックス・ストリートの交差点の近くで、どこかのかわいそうな人が息を引きとったはずだ。でも治安が悪いスキッド・ロウではめずらしいことではない。その二ブロック先には丸がふたつあり、歴史地区近くで、八月にふたりの人間が数分間のうちに死亡していた。「きみのおじいさんはあらゆる死を予測していたわけではなかった」ラスパンティの言葉を思いだした。あらゆる死でなかったら、何？

わかっているでしょう。

ヘイゼルは目をぎゅっとつぶった。目をあけたとき、アラメダ・ストリートと一〇一号高速道路の交差する近くに貼られた赤い丸が見えた。ユニオン駅の場所だ。数字を読むと、11515。十一月十五日。今日だ。数字の残りは、212506。今夜。

ヘイゼルはアレックスがどこにいるのかも、次に何をするのかもわからなかったが、もし自分がアイザックの地図を盗んだら、予測が本当に当たるのか確かめるだろう。今夜、午後九時二十五分六秒に、ユニオン駅で何かが起きる。あと二時間もない。

22　方程式

海岸沿いの道をマリブへと車を走らせながら、フィリップは数週間前に訪れたときの不確かな記憶に頼ってたどりつかなければならないのだと気づいた。前もってネリーに告げるべきだったか、そうしたら彼女が車を寄越しただろうかとも考えたが、もう形式ばったことはたくさんだった。それに、また彼女から逃げだすことになったときのことを考えれば、逃走用の車があったほうがいい。

フィリップは急用だからと曖昧にいって、ジェインにさっとキスして家を出てきた。妻は台所で弱った植物を鋏《はさみ》で剪定《せんてい》していた。葉に異常なほど集中していて、顔もあげなかった。彼は行き先を訊かれなかったことにがっかりしている自分に気づいた。「どこに行くの？」といわれていたら、ジェインの庭用サンダルをはいた足元にひざまずき、なにもかも打ち明けていたかもしれないと想像した。GSRとネリーのことだけでなく、仕事ができないことや、父がいなくなってさみしくてたまらない——娘を亡くして悲しいということも。自分の結婚への裏切りさえ、告白したかもしれない。若くて変わり者のまだキャリアが始まったばかりの物理学者にたいして混乱した気持ちをいだいているということも。それはみっともない告白になっただろう。サンダルで顔を蹴られたとしても自業自得だった。

彼が車をとめたとき、すでに午後遅くなっていた。家は空を背景にして箱形にくっきりと浮きあがり、初めて来たときよりも非現実的な感じがした。フィリップは私道を歩いて、呼び鈴を押した。あごひげをきれいに手入れした、彼と同年代くらいの男が出た。長身で、眼鏡をかけていて、無頓着な服装をしていた。シャツの裾をズボンに入れず、ドレスソックスははいているのに靴ははいていない。前回来たときに一階にいた男だった。

「ご用件は？」男はかすかなイギリス訛りで尋ねた。

「フィリップ・セヴリーといいます。お目にかかれますか……あなたの上司に」

男はドアを大きく開いた。「魔法の言葉だ」

「というと？」

「セヴリーです、もちろん」彼はいい、好奇心満々で訪問者を見た。「その名前はここではかなり話に出てきます。ところで、ぼくはカヴェットです、申し遅れましたが」

フィリップはカヴェットの案内で、見覚えのある廊下を家の奥へと進んだ。

「ここでは苗字しか使いません。ライオンズの指示で。それにこんな恰好で申し訳ありません、でも週末ですし、ぼくは普段ドアに出ることはないんです。ここでお待ちください」

ふたりは広い次の間に入った。フィリップが前回待たされた部屋だ。彼は顔をしかめた。ネリーはあの机を前にして坐り、仕事をするふりをしながら彼のことを品定めし、ご馳走で手なずけるあいだ、来ないとわかっている男を彼に待たせていたのだ。

「ライオンズのことですから」カヴェットはいった。「あまりお待たせしないと思います。今回は」

フィリップは机のほうに近づき、新鮮な目で、暖炉の上に飾られている額装された写真をよく見た。ネリーが上司の顧客と会っているのではなく、ネリーが自分の顧客と会っている写真だ。

カヴェットは戸口でためらった。「あなたが正しい選択をするのを祈っています、セヴリー」そしてウインクすると、いなくなった。

フィリップは部屋の隅から隅まで歩いてみて、海と空を望むガラスの壁の前で立ちどまった。雨になりそうな空模様が、彼の胸に奇妙に沈鬱な気分をいだかせた。一面の雲が灰色の太平洋にのしかかっているのを見て、昨夜のつらいできごとを思いだした。双子は友人の家に行ってしまったので、彼とジェインは無言で夕食をとり、ふたりともいつもより酒を飲んでいた。だがドリューがパジャマ姿で部屋から出てきて、ママとパパはもうすぐ迎えにきてくれるのかと――初めて――尋ねたとき、ジェインは泣きだす前に部屋から逃げるように出ていった。フィリップはフェイがドリューをベッドに連れていくまで、自分の苦痛をこらえなければならなかった。

彼はそとに出た妻のところにいった。彼女は草の上に坐りこんでいた。「もう耐えられないのよ、フィリップ」彼女は嗚咽《おえつ》をこらえながらいった。「これを全部どこにやったらいいの？」そういって、自分の胸を叩いた。まるで胸郭《きょうかく》から何かを追いだそうとするかのように。

フィリップはそのこぶしを握って小声でいった。「一日ずつ乗り越えよう、ジェイン。以前のようにふたりでハイキングに出かけよう」ジェインはこぶしをひっこめると、あわただしく芝生の雑草を引き抜きはじめた。顔を地面に近づけ、芝以外のものを見つけては抜くという動作が奇妙に整然としていた。「草取りはまた今度にすればいいだろう」彼はそっといった。だがジェインには聞こえていないようだった。だからフィリップはそこに坐り、妻が芝の上を這《は》いまわり、雑草を抜くのにつきあった。あえて家のほうをふり向くことはしなかったが、妻の姉が、「いったでしょ？」と戸口からこちらを見ている気配が感じられた。

彼はふたたび今朝のことを考えた。ジェインが一度も彼のことを見なかったこと、彼女が日々痩せていっていること。彼の行き先を尋ねなくても当たり前だった。周囲の世界への興味を完全に失っているのだから。問題は、妻が痩せほそっていくのを彼はいつまで見ているのか、ということだった。

窓ガラスがうっすらと曇っていた。フィリップは陰鬱なものすべてにうんざりして、頼りになるよろこびの源《みなもと》を求めた。アニトカ。アーニャ。彼は頭のなかで彼女のロシア語の愛称を何度もくり返すのが好きだった。アーニャ。しかしちょうど彼が、ベッドの足元に立つ彼女が黒いガウンの紐を解き、クリームのように滑らかな肌が現れるところの完璧な像を思い浮かべたとき、不愉快な声が彼の空想に侵入した。

「自分の車でやってきて賢明だと思っているんですか？」

フィリップはふり返って彼女を探したが、部屋には誰もいなかった。どこかに隠されたスピーカーから声がするのだ。「そうすれば多少は状況をコントロールできると考えているんですね、ミスター・セヴリー？」その声にいつものほほえみが感じられて、ひそかなよろこびがのぞいた。

「いや、いや」彼は答えた。「すべてきみがコントロールしているよ、ネリー。先日きみがはっきりさせたとおり」

スピーカーからため息が洩れた。「わたしのところに来てくれます？」

「それは？」

「わたしの書斎に入ってください」

部屋を横切って両開き戸をあけると、かすかに煙草の残り香があった。人道的な狩りの記念品はどれも明かりが消え、例外は雌ライオンだけで、その光がテーザーライフルのケースを照らしていた。ネリーの声が机の上のスピーカーから響いた。「角のドアを、くぐって、右に曲がって」

そこは明るく機能的な廊下で、突き当たりにドアがあった。上から彼女の声が聞こえてきた。「そのドアは階段に続いています。おりたところで待っててください」

ひと続きの階段をふたつおりると——いったいこの建物はどれくらい深いんだ？——金属製のドアがあり、その横に耳当てとゴーグルがかかっていた。

「それをつけたほうがいいわ」ネリーは指示した。

フィリップはいわれたとおりにして、ドアをあけると、もうひとつドアがあった。押し開けると、ネリーがこちらに背を向けて立っていた。全身カーキ色で、ライフルのスコープをのぞきこんでいた。すばやく動くターゲット――アンテロープの黒い切り抜き――を狙う。アンテロープの横腹に銃弾を命中させ――本物の銃弾に見えた――耳当てをはずした。彼も取った。

「来てくれてよかった」彼女はいい、また秘書のような眼鏡をかけていた。

「これは区分規制を受けているんだろうね」

「もちろん。わたしにも多少の影響力はあります」

「影響力か、金か？」

「つまりわたしは金持ちの変人ということ？　自宅用射撃練習所をつくるためにお金をばらまいていると？」

「きみが男だと思っていたらそう思ったよ。それを変える理由はあるかな？」

彼女はほほえんだ。虹彩が消えるほどの満面の笑みで。ライフルの安全装置をかけ、彼のほうに差しだした。「段ボールに穴をあけてみたくない？」

彼は首を振った。「テーザーライフルはどうしたんだ？」

「これほどスリルはないから。気をつけて」

ふたりは耳当てをつけ、彼女は飛び跳ねる影を撃ち、横っ腹に花のような穴をあけた。ターゲットがいなくなると、彼女は耳当てをはずしてライフルを分解した。弾倉をはずしながら、大きく息を吐き、次の話題に移った。

「わたしの年齢の推測はしないでほしいけど」彼女はいい、背後の銃キャビネットをあけた。「わが社は三十年近くアメリカ政府の非公式請負業者をつとめてきました」

「なんだって。だから何も出てこなかったのか」

「なかにはその合法性を問う人もいるけど、わが社がこの国のためにしてきた貢献の大きさについては疑問の余地はありません。もちろんＧＳＲは利益をあげています――ライオンズの財産だけではこの事業を長く持続できなかった。でもわが社が米政府をはじめとする顧客に供与している便益を考えれば、そうね、正規価格なんてものはつけられません。それに、ライオンズはまず第一にアメリカ人です。彼の車も、気づいているでしょうけど、国産ですよ」

彼女は自分の話し方に気づいて、笑った。「わたしったら、また男の三人称で自慢してしまって」

「ひどくややこしいだろうね」

「あなたには想像もつかないほど」彼女はキャビネットに鍵をかけて、彼に先立って廊下を進んだ。「あなたのような人を雇うことを考えられるまでになるには、何年間もの努力が必要でした。想像がつくでしょうけど、二十代の人間――小娘ね、実際――が遺産を相続して自分の事業を築いていこうとしても、ほとんどの人はインターン希望者かデート相手としか見ようとしません。なんとかあちこちの大学の科学者と面会の約束をとりつけても、彼らはわたしをひと目見て、笑いをこらえていました。わたしが何年間も前から尊敬していたある優秀な経済学者は、彼の秘書として働かないかといってきたんですよ。わたしの〝細部にわたる配慮〟が気に入ったといって。もちろん腹が立ったけど、冷静になったとき、そういう男たちには彼らの求めるものを与えることにしました。自分自身ではなく、自分の助手として人に会いにいくことにしたんです。わたしが男の下で働いていると思って、真剣に話を聞く人も出てきました。DCの政府関係でも同じだった」

ふたりは小さな休憩室に入った。さまざまな機器があり、エスプレッソマシンまであった。

「カプチーノはいかが？」彼女は訊いた。

「いや、いい」

「この機械のために嫌な仕事をこなしたのよ。あなたはカプチーノを飲むの」

彼女は機械のスイッチを入れ、コーヒー豆とミルクを探した。「そうやってネリー・ストーンは生まれました――ミスター・P・ブース・ライオンズの右腕として。もちろん、しっかりした足掛かりさえできて、見た目が十九歳のように見えなくなれば、そんな偽装は終わらせられると思っていました。でも、いったんこの人格を創造したら、それを箱に戻すのは難しかった」

「それで三十年間もやってこられた、嘘の土台の上に？」

「ええ、でも害のない嘘でしょう？　それにわたしの話を疑う人はほとんどいなかったわ。なぜならわたしがあまりにも精通しているから、誰か重要な人物から遣わされたに違いないとみんな思うんです。あなたがいったとおり、わたしの事業モデルでは秘密が欠かせないから、わたしを質問責めにする人たちには守秘義務や企業秘密を言い訳にしました。もちろん、わたしの上司は多忙すぎて、実際に誰かの面会に出向くことは不可能で――どうしても〝彼〟が必要な場合には、カヴェットか同様に威厳のある外見の人間をわたしの代わりに派遣しました。どういうわけかわたしは、この架空のライオンズは愛国者でも、態度や服装はなんとなくヨーロッパ風だと想像していたんです」

その思いあがりもだろう。フィリップはそういおうかと思ったがやめた。彼女が送ってきたばかばかしいお悔やみの手紙のことを考えていた。

「ぼくがここに来たとき」彼はいった。「なぜあんな芝居を？　〝ミスター・ライオンズ〟が来ないとわかっているのなら、なぜぼくをここに呼んだ？」

彼女はおもしろがっているのをこらえるように唇をぎゅっと結んだ。「あなたがじゅうぶんくつろげば、お父さまの研究の隠し場所を知っているかどうかわかると思ったからです。ミスター・ライオンズがいなくてもそれは可能だった」

「ぼくは知らないといった」

「たしかにずるいやり方でした。でも、いったん慣れると、もうひとりのアイデンティティも第二の自分になりました。実際、ミズ・ストーンでいるのも楽しんでいます」

「父は知っていたのか？」

彼女はうなずいた。「わたしの直属の部下以外で知っている数少ない人間のひとりでした。リスクもあったけど、お父さまの研究を敬愛していたし、信頼していましたから。でも結局、最後には、お父さまはわたしを信用せず、とり決めた合意を反故《ほご》にした」

「死ぬことで、という意味か」

「暗黙の了解に背《そむ》いて」彼女は冷ややかにいった。「わたしには経営する事業がある」

彼はスチームミルクをつくる音に負けないよう、大きな声でいった。「なぜぼくが秘密を守ると思うんだ?」

「いいの。ミズ・ストーンはそろそろ引退だから。それに彼女が女性の魅力を使って望みのものを手に入れる日々はもうおしまい。そういう安っぽい説得に以前のような効果がなくなっているの」彼女はふたつのカップにエスプレッソとスチームミルクを注いだ。「おかしいでしょ、この話をするのはこれが最後になるかもしれません。これで疑問はすべて解消しました?」

「すべてではないが」

「すぐにお父さまの研究の話に移りますから」彼女はいい、彼にカプチーノを手渡した。

「カヴェットをどう思いました?」

彼はカップを見おろし、彼女が泡でつくったマンデルブロ集合のようなでこぼこのだ円を眺めた。「彼がなにか?」

「九〇年代にロンドン・スクール・オブ・エコノミクスにいた彼を雇ったんです。彼はそこでアフリカの集落のフラクタル性について研究していました。カヴェットの前には、そうした集落の建物を上空から見ようとした人は誰もいなかったんです。驚くほど自己相似で、村の形が地区の形、ブロックの形、家の形にくり返し表われて――」

「フラクタルの性質は知っている」

彼女は無視して続けた。「彼の研究はアフリカの村落だけでなく世界中の村落にあてはまるとわかりました。町の外見がわかれば、そのなかも予測できる。軍は何年も前からカヴェットのテクニックを中東で使っています。衛星写真のない地域に兵士を派遣するときに」

「だがフラクタルが人を殺すわけじゃない」フィリップはいった。「殺すのは銃や爆弾だ」

「そのとおりです」彼女は力をこめていった。「死は予測できないということでしょう？　いくら備えをしても。カヴェットの手法はただの道具でした。そして彼の手法の限界が、お父さまの研究の始点になっています」

彼女はフィリップをふたたび廊下に連れだした。飲み物を手に、タイルの床にコツコツと足音を響かせて別の両開き扉の前にやってきた。ネリーは彼のほうを見た。笑みを抑えきれないといった様子だった。「わたしはあなたにどうしてもこれを見せたかったのだと、いま初めてわかりました」

「父の数学だね」

彼女はうなずいた。「未来は実際に可知なのだと知ること以上にわくわくするものなんて、ないでしょう？」

そうして、彼女はドアを押しあけた。

フィリップは革張りのタブチェアに腰掛け、壁に映しだされる数字をゆっくりと読み解いていた。ネリーが隣の暗闇のなかで息をしているのがわかった。その呼吸音があまりに大きく響くので、まるで自分の息がとまっているかのように感じた。

方程式はかなりの長さだった——実際、あまりに長いので、映しだされた画像は壁からコンクリートの床にはみ出していた。自分の心臓はまだ鼓動しているのだろうか？　彼には感じられなかった。まるで脳だけが猛スピードで働けるようにからだは麻痺《まひ》しているかのようだった。この感覚は、何度か自分の研究でとくにおもしろいアイディアが浮かんだときに経験したものと同じだった。こういうときは、自分の脳が光速に近づき、目の前の変数が遅くなってとまっているようだと想像した。

ネリーがプロジェクターのスイッチを入れてからもう五分たったかもしれないし、二十分たったかもしれないが、フィリップがその方程式を父のものだと知るのには数秒しかかからなかった。特徴的な精緻《せいち》さ、優美さへの献身、余裕、圧勝。だがそこここに、整然とした一見なんのことはない箇所からあふれ出ているのはよろこびと未知で出来た数学であり、フィリップにはそれがほとんど新しい種類の、銀河系外のどこかで創造された論理学に思えた——まるでアイザック・セヴリーは、この種類の数学を地球に紹介するために選ばれたのだというかのように。たとえこれがなんの意味ももたないとしても、ただの熱に浮かされたとりとめのない戯言だとしても、この方程式は美しかった。

だが方程式の終わり近くで、何かが起きた。数字がまるで反抗するかのように激しく変化し、ギリシア文字はまるで舌を突きだしてあっかんべえをしているかのようだった。なにか見落としたのだろうか？　まさか、これは、自分には理解できないものなのだろうか？　フィリップはとまどい、ネリーに方程式の先端までスクロールしてくれと頼んだ。

彼女はフィリップの困惑に気づいていなかった。

「すばらしいでしょう？」彼女はオフィスにかかっている雌ライオンの記念品について話しているのと同じ調子でいった。「もちろん」と続ける。「わたしは数学者ではありません。部下のひとりに難解な部分を説明してもらわなければならなかったけど。でも、不思議な高揚感が、まるで大きな門が開いたような——」

「これをどこで見つけたといったかな？」彼はさりげなく訊いた。

「そんなことはいっていません」

「うまく隠してあったんだろうな」

「あなたが思うほどではなかったけど」彼女はいった。「でも、パスワードで保護されていました。破るのに一週間近くかかりました」

「あててみようか。父はパスワードをすぐわかる場所に隠していたんだろう？」

一瞬の沈黙。「どうしてわかったんですか？」

「父はそうせずにはいられなかった」

「数字の列でした」彼女は説明した。「チェッカーゲームに暗号化されて残されていたんです」

彼はほほえんだ。「そんなところだろう」方程式に向き直っていった。「もちろん、ぼくには時間が必要だ。これを完全に理解するには」

「好きなだけここにいてください。暗記してもかまいません。コピーを渡すことはできないけれど」

「ぼくがきみのところで働くというまでは？」

「わたしの条件にうんざりしているのでしょうね」

フィリップはふたたび方程式の最初から読みはじめたが、記号がまた舌をつき出しはじめて、やめた。目をとじる。自分はこれを理解できないほど頭が悪いのだろうか？　そういうことなのか？「脳が腐る」父の警告が聞こえてくるようだった。だがフィリップを苦しめているのはそのことではなかった。

なぜアイザックはこの美しい数学を彼には秘密にしていたのだろう？

フィリップはそういおうとしたが、もし続ければ、泣きだしてしまうとわかっていた。なぜここで泣きじゃくったらだめなのか？　いいから、この高価な椅子の上に丸まって幼子のように泣いてしまえ。それは父の裏切りに対する完璧な反応に思えた。父が自分の研究を、息子に、お気に入りの子に見せなかったなんて。なぜ父は彼を信用してくれなかったのだろう？　フィリップは父に何もかも、頭のなかにあるあらゆることを話していたのに？　そうした疑問を問いかけていると、アイザックの残酷な返事が頭に浮かんだ。〝率直にいえば、フィリップ、おまえが自分の分野でいいアイディアを生みだしてからだいぶたつ。気を散らしている場合じゃない。おまえはかつて非凡だったが……〟

非凡。またその言葉が。

ネリーがしびれを切らしたように椅子を軋ませた。「いま何かいいましたか？」

「考えていたんだ」フィリップは冷静にいった。「これは見た目がすばらしいだけでなんの意味もないかもしれない」

彼女が椅子を近くに寄せてきた。「とりあえず意味があると考えましょう。そしてもし意味があるとしたら、それはなにか？」

「これは交通流方程式ではない」

「そう？　どうしてそう思うんですか？」

「前に見た父の交通プロジェクトの断片からだ。数学が違っている。説明するのは難しいが」

「それならこれは？」

「もうわかっているはずだ。そうでなければ、そんな、まるで獲物をしとめたように意気揚々《ようよう》としていないだろう」

「いってください、フィリップ。これがなんだか」プロジェクターの光で彼女の目が爛々《らんらん》としているように見えた。思わず目をそらした。

「これは予測式だ」

「曖昧にしないで。なんの？」

不思議なことに、フィリップにはネリーがプロジェクターのスイッチを入れた瞬間にどんな種類の方程式かわかっていた。ひょっとしたらこの一週間、彼の潜在意識は父のとり憑かれたような新聞記事の切り抜きの謎を解こうとしていたのかもしれない。アイザックは何十年間もあの切り抜きを集めてきたが、その蓄積は彼の数学に使われることはなかった――少なくとも、公《おおやけ》には。だがフィリップには、大きな目的にかなう可能性がなければ、父がそうした収集に時間を無駄にするはずがないとわかっていた。最終点。アイザック・セヴリーは極度に死に没頭していた。

「これは死の神託だと、きみは期待している」彼はいった。「もっとかっこいい名前をつければいい」

「まだ曖昧ないい方をしていますね」

ぞっとするほど冷たいものが彼の背筋を駆けのぼった。切り抜きはすべて死亡事故記事だったが、父がマーカーでしるしをつけていたものはとくに不審なものだった。車のブレーキが故障した女性。家族の留守中に壊れた冷蔵庫に閉じこめられた、暴力的な父親。銃の手入れをしていたときに誤って婚約者を撃ち殺してしまった男性。父が強く興味を引かれていたのはただの事故ではなく、偶然と悪意のあいだの、純粋な事故と見せかけられた事故のはっきりしない境界だった。これがアイザックの分離しようとしていたものだ。

「ただの死ではない」ようやくフィリップはいった。「この数学は意図を示している」隣でネリーが満面の笑みを浮かべ、彼の次の言葉を待ちかまえているのが感じられた。「LA広域圏の殺人予測だ」

「自分がいまなんていったか信じられます？」彼女はいまにも彼を椅子から立たせてワルツを踊り回りそうな勢いでいった。「これが何年も前に存在したらどんなことが可能だったでしょう！　九月のあの運命的な朝、マンハッタンの金融街の地図がどれほど明るくなったか見られたとしたら？　ペンシルヴェニアの郊外は？　ロンドンは？　マドリッドは？　二日前にパリで起きたテロ事件は？」

「もしそんな方程式があればだ」

「もし？　目をあけてください」

「これがなんであれ」彼はいった。「その目的は明らかにコントロールだ」

「どういう意味ですか？」

「これはぼくの父が、コントロール不可能なものをコントロールしようとした、いや、せめて予測しようとした試みだった。どうにかして弟を救えたかもしれないと――」彼はそこで口ごもったが、それはネリーに家族の過去を話したくないからではなく、アイザックの動機が人の命を救うことだったのか確信できなかったからだ。そのキャリアで成しとげたほとんどすべてのことと同様に、父はこれを、発見の高揚感のためにおこなったのではないのか？それはまた、自分が理論物理学を選んだ理由だったのではないか？　フィリップは心から願った。いま目の前にある数学を父が教えてくれていたら、その驚きと意味を彼に説明してくれたら――だがそれはかなわなかった。フィリップは新たな怒りと悲しみの波にあらがった。

「最高の発明は不和から生まれるんですよ、フィリップ」ネリーは椅子の背にもたれた。「どうしてわたしがこの会社を興《おこ》したのだと思います？　わたしが生まれつき野心的な人間だったからか、それとも過去の耐えがたい不均衡《ふきんこう》を正そうとしているからか？」

「きみの動機を理解しようとは思わないよ、ネリー。だがきみの回顧録が出たら読むと約束する」

「次にいっていいかしら？」彼女は訊いた。

ボタンをクリックすると、数字も突きだされた舌も消えて、代わりに色つきの丸が点在するロサンゼルス郡の地図が現れた。それぞれの丸には数字の列が書かれている。タイムコードだ。

「きみが方程式からこれをつくったのか？」

「いえ、ちがいます。あなたのお父さまがわたしたちに遺してくださったものです。贈り物として」

「きみが盗むように」

「わたしたちが見つけるように、です」彼女は彼を訂正した。「丸は十一月のものです。そのあとはとまっています。緑色のはわたしたちが確認済み。青は未確認です」

「これが実際にあたっているということか？」フィリップは思わずその問いを口にした瞬間、目の前にひどい未来が展開するのが見えた。そこではコントロールと確実性が人々の人生のあらゆる面をコントロールする。彼は身震いした。

「LAPDの中世並みの犯罪予測よりずっとあたっています。もちろん、まだやるべきことは残っているけど」

「そして赤は？」彼は口に出さなかったが、九つ数えていた。

「それはきょう起きることです」

「どうやってそれを確認するんだ？」

「警察無線、日誌、インターネット、新聞で。でも現場で確認する必要があることも多いんです。そういうときはある人に見にいかせます。あなたの知っている人」

「ぼくの知り合いがこの仕事をしているのか？」

彼女はほほえんだ。「あなたがうちに来てくださったら、よろこんで彼が誰かを教えます」

フィリップは椅子に坐ったままからだを動かし、頭のなかのローロデックスをチェックして裏切り者候補を探した。

ネリーはレーザーペンを使って市内の丸を指し示した。「この丸はウィッティアで、早朝のタイムコード、こっちらはカルヴァー・シティ――」彼女は電話をちらっと見た。「二十分前ね。ちなみにそれを、部下が先ほど確認したところです。家庭内殺人。ひどいでしょ」

フィリップは彼女を見つめた。あまりに平然とした様子に声も出なかった。「もしこれらの丸が正確で、人々が死ぬとわかっているのなら、なぜどうにかしないいんだ？」

「わたしたちに何ができるというの？　市内を駆けまわってスーパーヒーローの真似ごとを

するんですか？」

「そうだ」

「冗談でしょう」ネリーはレーザーペンのスイッチを切った。「わたしたちがいますべきは、方程式の効力と限界を検証することです。それが済んで初めて、情報をどうするか決められるようになる」

フィリップは目を凝らして地図を見て、丸に書かれた数字を読みとった。「今日の夕方ダウンタウンで死ぬ男にそういってみろ。今日の午後エンジェルス国立森林公園で死ぬ誰かにでもいい」

「さらにいえば」彼女はフィリップの皮肉を無視していった。「お父さまは人殺しと犯罪としての殺人を分けていました。殺人はすべて人殺しだけど、その反対は真だとは限らない。殺人はもちろん殺意をもっておこなわれるけど、人殺しは故意ではない殺人も含まれます。たとえば飲酒運転はアイザックの方程式には影響を与えません。つまり、重要なのは意志だということです」

「自殺は？」

「ああ」彼女はいった。「純粋に人殺しの地図をつくるために、お父さまは自殺をできるだけ除こうとしていました。自殺の地図それ自体は役に立たないわけではないけど、彼は自殺を除去するオプションを望んでいました。残念ながら、そこまで手が回らなかった」

「つまり父の方程式では違いがわからないと？」

ネリーは首を振った。「そのふたつの差異にかんして、方程式は区別しません」そして地図を見やった。「でも考えてみれば、自殺も人殺しじゃないかしら？　言葉の語源にもそういう意味が含まれている」

彼は顔をしかめた。「つまりぼくの父自身の――」

「ええ」彼女はいった。この日初めて、彼女の声に後悔のようなものがにじんだのにフィリップは気づいた。「アイザック自身の死も方程式で予測されていました」

フィリップは一瞬何もいわず、自分が父について知っているあらゆること――そして明らかな自死――と、この新たな情報の折り合いをつけようとした。目の前に不気味なシナリオが開いたとき、彼のポケットのなかで電話が震えた。見るとなぜか三件の着信をとりそこねていた。一件は自宅から、二件は義姉の携帯からだ。

「どうしました？」

彼は立ちあがった。「電話をかけないと」

一分後、彼は上のネリーの書斎に戻った。雌ライオンの横を通るとき、やはりまたライフルのケースを見てしまった。昔から銃には本能的に反発を感じていたが、いまはそれらの銃が尋常でない恐怖、でなければ一種の警告を宿していた。急げ、急げ、急げ。フィリップは銃から目を引きはがして部屋を出た。

次の間で電波を探した。窓際ではアンテナ表示が二本立った。海の彼方に目をやり、雨が降りそうな空だと思いながら、フェイに電話した。

義姉はすぐに出た。「ジェインはあなたといっしょなの?」

「なぜぼくといっしょだと?」彼は訊いた。

「双子をレッスンに送っていってから、帰ってこないのよ。一時間前にいっしょにヨガに行く予定だったのに。電話にも出ない」

「言い争いでもした?」

ため息。「ジェインはわたしが世話を焼きすぎるといったけど、それは前にもいっていたことよ」

「セラピストのところじゃないかな」

「いいえ、それはきのうだったの。あなたを心配させたくなかったけど、でも——」

「探してください」

「車がないのよ」

「なんでもやれることをしてください、フェイ。ぼくもすぐに帰ります」彼は電話を切った。

何度かジェインの電話にかけても応答せず、フィリップは玄関へと向かった。そこにはカヴェットが、今度は靴をはいて、まるで執事のように立っていた。

「挨拶もしないでお帰りですか?」

「ちょっと問題が起きたんだ」

カヴェットはドアをあけると同時に、フィリップに正方形の封筒を渡した。脳の螺旋のスタンプが押されていた。「彼女は申し出の詳しい条件をお伝えする前にあなたが帰ってしまうのを心配していました。ここにすべて書いてあります」カヴェットは親しげにフィリップの背中に手を置いた。「セヴリーの名をもつ方といっしょに働けるのを楽しみにしていますよ」

　フィリップは無言で封筒をポケットに入れて、そこをあとにした。

　彼には何をしなければならないのかわかっていた。車をとばしてエンジェルス国立森林公園の境目にあった赤い丸の場所へと向かう。人殺しの場所にしてはおかしな場所だ。公園の境目で、ウィルソン山の南。丸が貼られていたのは広大な緑地のすぐ内側だ……イートン・キャニオン。そうだ、間違いない。彼とジェインが何度も歩いた曲がりくねったトレイル。タイムコードは十一月十五日、そして――彼は目をとじて残りを思いだした――１７１１２６。午後五時十一分二十六秒。腕時計を見る。あと九十分だ。

　車のエンジンをかけたとき、フィリップは崖で妻と最後にした会話を思いだし、ますます不安になった。彼はアクセルペダルを思いっきり踏みこみ、スピードを出せるだけ出して丘をおり、疑心暗鬼になってちらりとバックミラーに目をやり、ネリーが車を尾行させていないか確認した。パシフィック・コースト高速道路に入ったとき、心臓は高鳴っていた。まもなく肋骨《ろっこつ》のなかの鼓動にこだまして、彼の脳でかすかな拍動が始まった。

23 駅

ヘイゼルはチャイナタウンにキャデラックを駐車して、ユニオン駅まで歩き、地図に示されていた時間の三十五分前に着いた。駅の入口に近づいたとき、アレックスを見つけるだけではだめだと気づいた。誰かが、予測では、三十分後に死ぬことになっている。匿名《とくめい》で警察に通報することも考えたが、なんといえばいいのだろう？　だから代わりに兄に電話した。グレゴリーに何もかも打ち明ける心の準備はできていたし、アイザックがそうするなと警告したことも気にならなかった。でも兄は電話に出なかった。きのうあんなところを見つかったことを思えば、驚きではなかった。ひょっとしたら兄はばつが悪いのだろうか？　ヘイゼルは電話をかけ直してほしい、緊急だからというメッセージを留守電に残した。

彼女は立ちどまって時計塔を見あげた。午後九時十分前。子供のころ駅に来るといつもこの時計塔を見ていた。交通に夢中になった祖父は、そういうお出かけも彼女とグレゴリーの教育の一環だと考えていた。初めの何度かは電車に乗るのが目新しい経験だったが、大人になってからはほとんど電車に乗ることがなくなった。考えてみれば残念なことだ。この駅の堂々とした建物が大好きだったのに。ミッション・リバイバル様式の外観は道行く人々に、ここはまさに南西部だと告げているが、内部のアールデコ様式の文字とストリームライン・モダン様式の装飾は現代の旅の歴史をなぞるように、通勤客たちをプラットフォーム、切符売り場、手荷物受取所へと案内する。ヘイゼルはアーチ型の入口の左右に歩哨《ほしょう》のように配された椰子の木の下をくぐったとき、片手に旅行鞄《かばん》を持ち、反対の手に一等寝台の切符を持っていたらよかったのにと思った。どこかに消えてしまいたいという衝動に圧倒された。

このロマンティックな考えがおさまると、アレックスのイメージが頭に浮かんだ。彼に再会すると思ったら屈辱と怒りで耳たぶが燃えるように熱くなった。でも考えてみれば、丸は市内のあちこちに貼られていた。電話に残っていた画像で見えた地図は一部だけだったし、彼はいまごろイングルウッドかコンプトンかカーソンか、どこか他の人の死ぬ場所に行っている可能性もあった。正確にいうと、人の殺される場所だ。ラスパンティはそのことを彼女にいおうとしていたのだろうか？

いつもなら、夜のこの時間のユニオン駅はひと気がなく、列に並んだ人工皮革の椅子に何人かの気まぐれな旅人がいるだけだった。またはパサデナかノース・ハリウッドの家に帰る普通列車に乗る通勤客。でも駅は驚くほどにぎわっていた。ロビーの横にある、いまは使われていない切符売り場を借り切って結婚式がおこなわれていた。そこに残る威圧的なオークのカウンターは、かつて列車の切符を買うという行為に銀行に行くのと同じくらいの重みをもたせていた。結婚式はどうやら古き良きハリウッドというテーマのようだったが、どんちゃん騒ぎの段階に入っていた。女性招待客たちは金切り声で叫び、パーティードレス姿で腰を振って踊っていた。半分まぶたをとじた男性招待客たちはマティーニグラスと電子煙草《ヴェイプペン》を手にして、カウンターにもたれていた。

ヘイゼルは一瞬、結婚式の美しさに見とれて、インフォメーションブースのところで立ちどまった。気をとりなおしてふり返り、魅力的なカップルのあとについて大理石の床を横切り、カクテルラウンジの前を通りすぎた。結婚式から逃げてきた不機嫌で非社交的な人々でいっぱいだったが、バーカウンターのすぐそとにいくつか置かれたテーブルのひとつにアレックスを見かけて、彼女は思わず息をのんだ。彼は皺の目立つブレザーをはおり、真っ赤なカクテルを飲んでいた。ヘイゼルをじっと見て、不思議そうな表情を浮かべた。

彼のほうに歩き、自分が何をしているのかわかっているような顔をしようとした。何か計画でもあるかのように。

最初に口を開いたのは彼だった。

「何か飲むかい？」

ヘイゼルは椅子を引き出したが、坐らなかった。「あなたと同じのでいいわ」冷ややかにいったが、声が震えてしまった。

彼はあたりを見回して、ウエイターを探した。「ここにいたらいけない。安全じゃない」

「あら、そう。どうして？」

「これを飲んだら帰るんだ。いいね」

彼がウエイターの注意を引くために片手をあげたしぐさに傲慢さが垣間見えた。やっぱりアレックスのことをまったく見誤っていた。彼は自分と同じような人間だと思っていた。オタクで、服はしわくちゃで、内気でウィットに富み、じつは運命の人が現れるのを待っているようなロマンティックなところがあると。でもいまなら、彼はもっと癖のある人間なのだとわかる。身なりにかまわないプレイボーイで簡単に女心をもてあそぶことができる。なぜなら彼の本当の恋人は数学だから。数学は何年も前に彼を裏切って、その秘密をほかの男に明かしたかもしれないけど、彼はいまでも彼女に恋い焦がれているし、ほかの誰も彼女にはかなわない。

「もう一杯カンパリソーダを、頼む」彼は通りがかりのウエイターにいった。「ふたつ」

「ずいぶん国際的なのね」ヘイゼルはいった。「それはヨーロッパで習ったの？」

彼はヘイゼルのほうに向き直った。「母からだよ、実際母は酒浸りなんだ」

ヘイゼルは腰掛け、彼と目を合わせた。「あなたのウィッグとひげを見つけたわ」

「あれ、どこかに置き忘れたかな」彼はポケットを探すふりをした。

「それにわたしの電話の写真を消したわね。いったいいつやったの？　わたしがドアに応対していたとき？」

アレックスはグラスに残っていた酒を飲みほした。「わかったよ、降参だ。ぼくが写真を消したとしたら、なぜきみはここにいるんだ？」

ヘイゼルは彼に激怒していたが、同じように冗談で切り返さずにはいられなかった。「パーティーに来たのよ」

彼はほほえんだ。「花嫁のほう、花婿《はなむこ》のほう？」

彼女が返事を考える前にふたりのお酒がやってきた。「ここで〝事象〟が起きると思う？」彼女は訊いた。

彼は椅子の上で姿勢を直した。「ぼくもきみと同じくらいしか知らないんだ」

そのとき彼が首にカメラを吊りさげているのに気づいた。ライカだ。半分上着で隠れている。

「それはなんのため？」

「記録」

ヘイゼルが一番近くにあるアールデコの時計を見ると、九時七分だった。「警察を呼ぶか何かするべきじゃない？」

「そしてなんというんだ？ 〝本当なんです、これは数学なんです！〟って？」彼はお酒を飲みながら笑った。

「それよりましな言い方を考えられるでしょ」

彼は首を振った。「警察はだめだ。干渉を介在することなくシステムに最後まで展開させる」

「つまりこの人たちは――あなたにとってただの数学的システムなの？ ただ観察して、写真を撮って、立ち去るということ？」

彼はテーブルの上に身を乗りだした。「実際、きみは関心をもたない観察者としてのぼくの仕事を困難にしている。いいかい、このシステムのなかで――」彼は手をひらひら振って駅全体を示した。「きみとぼくは汚染物なんだ」

「でもあなたはいま、ウエイターと交流したじゃない」

「そうだよ、システムから完全に自分を消すことはできない。それに、これは酒を飲める数少ない〝事象〟なんだ。きみの言葉を借りれば」

「ほかのも目撃したのね」

彼はうなずいた。「二日前に東側でひどいのが二件あった。ギャング関係だ。ぼくは安全な距離から見ていたよ。望遠レンズを使って。アイザックの計算が本当に全知なのかどうかはまだわからないが、自分が、たとえ目撃者としてでも、システムの一部にならないように気をつける必要がある。とはいえ、ぼくたちが何をしても誰かが死ぬという可能性は高い。たとえぼくたちがとめようとしても、不可避を避けることはできない」

「つまり数学はどうしてかわたしたちがここにいることも知っている、すでにそれも計算に入っているってこと?」

「そうだ。方程式は、実際、自分自身にも気づいているのかもしれない」

ヘイゼルはそのことを考えてみた。方程式――宇宙――は、彼女がなにかをする前にそうすることがわかっているという概念に、頭が痛くなってきた。まるで誰かに、彼女の人生の一分一秒すべてが監視されていて、ビデオテープに残っているといわれたような気分だった。ヘイゼルは無理をしてさっきの時計を見た。あと十五分しかない。彼女はずばり切りこんだ。

「パスワードは解読できたの？」

「手伝ってもらって」彼は自分のいったことに気づいて、さっと顔をあげて彼女を見た。

アレックスは誰かに雇われているの？　ラスパンティがいっていた〝彼ら〟というのは、本当だったのだろうか？　すでに答えを知っているふりをしたほうがより多くのことを学べるだろうという仮定に基づいて、ヘイゼルは訊いた。「わたしたちのお酒の代金はあなたを雇っている人たちに経費請求するの？」

「ぼくを雇っている人たち。どこからそんな言葉が出てきたんだ？」

彼女はとっさに作戦を変えた。「じゃあ訊くけど。あなたは自分のために方程式を盗んだの？　大切な証明でどこかのロシア人に負けたから？　だから今度こそ自分にふさわしい評価を得る番だと思っているの？」

アレックスは青ざめた。「母に会ったんだな」

「押しかけていったらいろいろ教えてくれたわ」

「まいった、母はあの話が大好きなんだ。ぼくの壮大な失敗譚《しくじりばなし》」彼はぐっとお酒を飲んで、いった。「ぼくはほかの人の数学は盗まない」

「アイザックのホテルの部屋に侵入することは違うの？　彼の書斎をあさったりするのは？　葬儀の日に書斎にいたのはあなたでしょう？」

彼はこわばった笑みを浮かべた。「彼の研究はきみのものではないよ、ヘイゼル。きみはそれをどうしたらいいか、さっぱりわからないだろう。だからぼくをホテルの部屋に入れたんだろう？」

「あなたのものでもないでしょ」

アレックスはまたお酒を飲もうとしたが、やめた。「たいした問題じゃない。あの方程式は使い物にならないのだから」

ヘイゼルは椅子の背にもたれた。「どういうこと」

「予測できない」

「もしそうなら、あなたはここに来ないでしょう」

「方程式はがらくただったよ、ヘイゼル。あの地図はただの思わせぶりだった。アイザックは本物の存在をにおわせるのに必要じゅうぶんなものを残しておいたんだ。もちろん、地図の予測は正確だ。アイザック自身の死も、この街の数えきれないほどの暴力的な死も。だが丸はそこで終わりだ。ユニオン駅が最後のひとつで……。アイザックがコンピュータのなかに何を残していたと思う？」

「どうしてわたしが知ってるの？」

「インチキな方程式だ。数学のだまし絵《トロンプ・ルイユ》だよ――近づきすぎると、次元が完全に失われる。たしかに美しいし、ほとんどの人々をだますのにはじゅうぶんだが、ぼくはだまされない」

ヘイゼルはアレックスがこの話をしたのは彼女を追い払うためなのだろうかと考えた。

「でも地図が合っているなら」彼女は考えた。「本当の数学がどこかにあるということだわ」

「そうだ。だがどこに？　きみは明らかにおとりだった」

彼女は首を振った。「アイザックはわたしにそんなことはしない」彼女はいい、喉を締めつける何かをのみこもうとした。「誰かの追及をそらすためだけに、わたしにこんなことをやらせたりしない」

「本気でそう思っているのか？　パスワードは数字だったよ、ちなみに。ひと晩中ぼくたちの目の前にあったあのばかなチェッカー盤に隠されていた。ぼくのような人間が解読するように」

ヘイゼルは目をそらし、祖父の手紙――彼女のためだけにつくられた謎解き――のことを考えた。でもチェッカー盤の解読なんて、ぜったいにできない。やっぱりアイザックはわたしを信じていなかったということ？　それが謎解きの究極の答えなの？　〝ハハ、わたしがおまえを選ぶと思ったか？〟と？

彼女は悲しげに笑った。「つまりわたしはただの駒だったということ？　あなただけでなく、祖父にも手玉にとられたということ？」口に出していうと心が痛んだ。

「ぼくはきみを手玉にとってなんていない」

「ほんとに？」彼女は顔がほてるのを感じた。「あなたはハロウィーン・パーティーでわたしに餌《えさ》をまいた。たくみに立ちまわってホテルの部屋に入りこんだ」声が震えてしまうのが情けなかったけど、続けた。「あなたはアイザックを敬愛するファンのふりをして――両親に捨てられたかわいそうなお坊ちゃんを演じ――そうしながら自分の欲しいものを盗むチャンスを狙っていたのよ」

アレックスは一瞬、目を閉じた。「たしかにぼくは、ぼくのものではないものを盗んだ」彼はテーブルの上に身を乗りだした。「だがわかってほしい。ぼくは方程式を見たいという気持ちを隠したことはない。理想的とはいえない子供時代を送ったことも、その結果としてアイザックとその研究にこだわったことも隠さなかった。そして自分の望む情報をもった誰かを誘いだしたいと思っていることも、隠さなかった。それがきみでよかったと思ったよ。だがいまは、きみでなければよかったと思っている」

ヘイゼルは聞きながら、アレックスのいうことなんてひとつも信じたくないけど、もう彼には彼女に嘘をつく理由がないとわかっていた。だって、彼は追いかけていたものを手にいれたんでしょう？　たとえそれが偽物だったとしても。ヘイゼルは葬儀で初めて彼を見かけたときのことを思いだした。壇上に立つ、野暮ったい学者。

「あなたが読みあげた方程式」彼女はいった。「あれはなんだったの？」

「あのときにいったとおりのものだよ、ヘイゼル、ずっと前にぼくが見つけた彼の数学のかけらだ」アレックスは椅子の背にもたれて、声をぐっと低くしたが、その目は彼女を見つめたままだった。「誰かが気がつくかもしれないと思ったんだ。もしそれがぼくの探している方程式の一部だったら、残りをもっている人間が何か反応するんじゃないかと思った」

彼が早口になって、ヘイゼルは身を乗りださないとその声が聞こえなかった。

「だが断片はしょせん、なんでもないものの断片だった。ぼくがしたことは結局、ばかみたいに見えることだけだった」

「よく聞こえない。どうしてそんなに小さな声で話しているの？」

「なぜなら」彼はいった。「きみに顔を寄せてもらいたいからだよ」

アレックスはテーブルの上にかがみ、彼女の唇をじっと見つめたまま、キスした。ヘイゼルはすぐにからだを引こうと思ったけど、そうしなかった――そして自分が最初に彼を見たときからこれを求めていたのだと気づいて――くらくらするほどのよろこびが全身を駆け巡った。

数秒後、彼女は席に坐りなおした。「これはなんのキス？」

「ホテルの廊下でできなかったキスだ。きみにキスしたかったのに、これから裏切るとわかっていたからできなかった」

「キスを選んでくれればよかったのに」

「ほんとにそうしたかったよ、ヘイゼル」

顔と首がまだアレックスの唇の記憶で熱かった。またするのだろうか、とヘイゼルは思ったが、アレックスは手のひらにあごを乗せて、ただ彼女を見て、その目で彼女を見つめていた。その言葉どおり、彼は後悔と何かの混じった表情を浮かべていた。称賛？　敬愛？　それは彼が信じさせようとするような、はっきりしたものではなかったが、深く埋められていて、彼を押さえつけているほかの感情や愛情といっしょになっていた。さっき見えたと思った傲慢《ごうまん》は、彼女自身の怒りとともに消えていた。

ヘイゼルはこれでふたりはどうなるのだろう――どうにかなるとして――と考えていた。あのキスは一回限りのことだったのだろうか、それともこれから何度もくり返すのだろうか？　アレックスの表情を見れば後者だと思えたが、そのとき彼は急に眉をしかめた。彼女の肩の向こうを通りすぎた何かに注目しているようだった。

「どうしたの？」

「ここに来ることを誰かに教えたか？」

「いいえ」

「誰にも？」

「どうして？」

ヘイゼルはうしろを向いた。ロビーの反対側で、サングラスをかけてみすぼらしい上着を着た――明らかに結婚式の招待客ではない――男が、よたよたと列車のほうへ歩いていくところだった。足をひきずっているようだ。

そのすぐうしろに、もっと目的をもった足取りで歩いているのは、兄だった。

ヘイゼルは名前を呼ばず、ただ見つめていた。手が無意識にアレックスの手を探していた。グレゴリーの何かがおかしかった。シビルの死からなんとなく気づいていたけど、はっきり言葉にできなかった何かだ。とつぜん、自分がいま見ている兄は、外見は大人の男のからだをしているけど中にはひどい扱いを受けた悲しい子供がいて、大人の殻からおもてをのぞいているのだと思った。

24 峡谷

フィリップは交通事情の許すかぎりできるだけ車をとばしてパサデナに戻った。市のすぐ北側には、サン・ガブリエル山地の麓に二百エーカーのハイキングトレイルと険しい岩間が控えている。結婚したばかりで家計に余裕がなく娯楽が限られていたころ、彼とジェインはよくイートン・キャニオンに出かけた。科学への愛に加えて、自然界の広い空間にいることがふたりを結びつけていた。だが一九九〇年代の山火事でキャニオンの美しさが失われると、ふたりのハイキングは減り、ここ数年は別々に自然を楽しむようになっていた——ジェインは毎日のランナーズ・ハイのために、フィリップは散歩でとくに頑固な物理の問題を頭から追いだすために。最近ふたりで歩くようになったのは、娘の死がきっかけだった。

イートン・キャニオン・ネイチャー・センターの看板近くで車のスピードを緩めたとき、フィリップは見たくないと思っていたものを見つけた。ジェインの緑色のニッサン・パスファインダーが公園の入口から数マイル離れた路肩にとめてあった。窓にはカルテックのステッカーが貼られ、バックミラーにはクリスタルのネックレスがかかっている。みんなで夕食に出かけた最後の晩にシビルが着けていたネックレスだった——娘が身に着けた最後の装飾品だ。ジェインがそんなすぐに目につく場所にネックレスをかけて自分を苦しめているのはなぜだろう、とフィリップは考えた。だが、完全に対処不可能なことに対処するのには、誰でもそれぞれのやり方がある。

ジェインの車が峡谷からできるだけ遠くにあればいいと思っていた。赤い丸から遠く離れた場所に。仮に、丸に何かの意味があるなら、ということだと、彼は自分に言い聞かせた——これが仮に、老人によって考えだされ、銃をもてあそぶ女相続人に称賛されたただのSFファンタジーでなければ。カオス理論と予測モデルにおける父の優れた業績にもかかわらず、フィリップは世界が決定論的な正確さで展開するという考えを拒否した。自分の研究のなかでも拒否したし、いまも拒否する。だが彼はここにやってきた。ネリーは、案の定、その考えに感動していた。〝未来は実際に可知なのだと知ること以上にわくわくするものなんて、ないでしょう?〟彼には考えられた。実際、彼は、何かが起きるのを起きる前に知る、それ以上にわくわくしないことは考えられなかった。もしそうなら、何もかも、なんの意味があるというのか?

だが世界が計算または賽子《さいころ》で決まっているとしても、事実は残った。彼の妻は峡谷にいる。ジェインを見つけたら、何もかもよくなるはずだ。彼女を見つけられたら、何もかも元通りに、ずっと前にふたりでここに来たときのように戻るはずだ。

フィリップはニッサンのうしろに駐車してグラブボックスをあけ、手探りで薬を探した。きょうはすでに一度のんでいたが、トレイルで急な頭痛に襲われてきちんと考えられなくなることだけは避けたかった。彼は二錠目を口に入れて、無理やり唾を出してのみこんだ。

どんよりした雲の向こうで、低いところに染みのように見える太陽が急速に沈んでいた。すぐに暗くなるはずだと気づいて、フィリップは入口まで駆けていった。まったくひと気がなかった。ネイチャー・センターは剝製の展示がある平屋の小屋で、改修のために閉鎖されていた。ドアの横に、いつもの掲示があった。「レンジャーはいません――自己責任においてハイキングしてください」不機嫌なクーガーのイラストの下に、ハイカーが持参するべきものの一覧があった。水、食料、日焼けどめ、懐中電灯、笛、杖。彼は何ももっていなかったが、電話にはモバイルライトのアプリが入っていた。水飲み場でじゅうぶん水を飲んでから、イートン・フォールズ・トレイルヘッドのほうへ歩きはじめた。

四時半だ。このトレイルは往復で三マイルあり、よく知っている道だった。急げば三十分で滝まで行ける。十一分前までに。

最初の十分ほどは、革靴でも楽々と走れたが、滝まで半分の目印である、古い山岳有料道路にかかるコンクリートの橋の下をくぐったころから、フィリップのペースは落ちはじめた。考えていたより暑かった。立ちどまることなく薄手のコートをぬぐと、あとで回収すればいいと思って、橋の近くの木の枝にかけた。小川にぶつかったところで、誰かに呼ばれた。

「ねえ、ちょっと」

目をあげると、バックパックを背負った若いカップルが近づいてきた。ふたりとも明らかに、なぜこのシャツ姿の男が浅瀬を渡ろうとしているのだろうと怪訝《けげん》に思っていた。

めた。

「滝に行くのかい？」男のほうが、フィリップのオックスフォードシューズを見て顔をしかめた。

ふたりは顔を見合わせた。女の子が最初にいった。「その人って、あなたと同じ年ごろの？　黒い髪をした？」

フィリップはうなずき、息を整えようとした。「上で女性を見かけなかったか？」

「そうだ」

「しばらく前に見かけたけど、わたしたちがおりてくるときには上にいなかったと思う」

「おれたちは二、三回道をはずれたから」彼女の恋人もいった。「その人は先に行ったのかもしれない」

フィリップは流れに飛びこみ、靴が濡れるのも気にせず、ふたりとすれ違った。

「もうすぐここは閉鎖されるって、知ってるだろ」男が後ろで叫んでいた。

フィリップはまだ暑くてたまらず、シャツもぬいで小川の周囲の茂みに置いていった。この先で誰かに会ったら、彼のみっともない腹を見たショックに耐えてもらうしかない。小川に沿って急な斜面を登っていくと、霧雨《きりさめ》が降りはじめて、トレイルは暗くなってきた。ふいに子供のころにつくった方程式を思いだした。父からこんな問題を出されたときのことだ。直径〇・〇四センチメートルの雨粒が、空から毎秒九メートルの速さで、毎秒毎平方メートル十五粒の度数密度で降ったとき、二十五平方キロメートルの空間が飽和するのはいつか——もちろん、雨粒の重なりを考慮に入れて。フィリップは十分で方程式をつくった。もちろん、メートルからキロメートルへの換算はおとりでただの小細工だとわかっていた。彼はそんな大ばかではなかった。九歳でも。

そうした計算の離れ業を父は誇りに思い、幼いフィリップはそれを当たり前だと受けとめていた。だが時がたつにつれて、父に誇りに思わせるのはどんどん難しくなっていった。満足げな父に頭をなでられたり肩を叩かれたりすることは、頻度も熱意も減っていった。とはいえ、それは彼の子供たちでも同じだった。十歳のシビルの芸術的作品を褒めるのと、二十五歳のとはまったく違った。

トレイルはどんどん急峻《きゅうしゅん》になっていった――フィリップはこれほど登りが険しかった記憶がなかった――そして脳が締めつけられるような感じが始まった。なぜ薬が効いてくるのにこんなにかかっているのだろう？ トレイルの終点に近づくにつれて水音がどんどん大きくなっていった。次の角を曲がれば、そろそろ滝が見えてくるはずだ。

道の横にあった低木の茂みのなかで何かがはばたき、鳴き声をあげた。たぶんうずらか何かが雨宿りしているのだろう。ジェインは以前、そういう野生動物を指差すのが好きだった。集合名詞と、ウィンクとともに。「ねえ見て、うずらの群れ《ベヴィ・オブ・クエイル》……鷹の一群《ケトル・オブ・ホークス》……カケスの群れ《スコールド・オブ・ジェイズ》」いつもやすやすと集合名詞を思いだした。ひょっとしたらドリューの記憶力のよさは祖母譲りなのかもしれない。「兎の群れ《コロニー・オブ・ラビット》……コウモリの群れ《コールドロン・オブ・バッツ》……」――だが一匹のときはどうするんだ？ ひとりのぼくはなんと呼ばれる？ あがく《ストラグル》。災難な《カラミティ》。不面目なフィリップ《エンバラスメント・オブ・フィリップ》。

トレイルの最後のカーブに差しかかったとき、予想していなかったことが起きた。雨がやみ、夕日が雲のうしろから姿を現した。明るくなったのはよかったが、サングラスがなく――それとも置いてきたコートのポケットに入っていたのだろうか?――日差しが目を刺した。片手を顔にかざしながら、迫る片頭痛のことは考えないようにした。陰。滝まで行けば陰があるはずだ。

カーブを抜けて岩肌に囲まれた陰に入ったとき、見あげると彼女がいた。滝の頂上の崖っぷちに立ち、下を見ていた。そのうしろに太陽があり、彼女のからだの輪郭をにじませていた。彼女の言葉が脳裏に蘇る。〝わたしも説得力のある反証をあげる〟

「ジェイン!」フィリップは叫んだ。

彼女は応えなかった。

フィリップは目をしばたたかせた。しばらくそうしていたらしい。目をあけると、彼女はもういなかった。パニックになってあたりを見回し、尾根の上から水面まで目を走らせた。

「ジェイン!」

靴をぬぎ捨てた。

水際まで来たとき、彼女がまた現れた。今度は滝の下の対岸にいる。彼のすぐうしろの何かに向かってほほえんでいる。どうやってこんなにすばやくおりてきたんだ?

だが二度目にジェインが現れると同時に、頭に刃物を突きたてられたように感じた――いままで感じたことがないような痛みだった。そのときフィリップは、ジェインはいないのだとわかった。ここには自分しかいない。前兆がいまや幻覚になっていた。トムの片頭痛と同じだ。そんな、ジェインの車も彼の想像だったのだろうか？　それにトレイルで会ったあの人々も？

太陽はますます明るく輝いているように見えたが、わけがわからなかった。時間が遅いというだけでなく、彼は日陰にいるのに。それともそう思っていただけなのだろうか。滝が勢いを増しているようで、彼の周囲と目の奥をほとばしっている。水音があまりにもうるさい。なぜこんなにうるさいんだ？

フィリップは両手で耳を覆ったが、薬が必要だった。ズボンのポケットに入っているのか？　そうだ、あとからポケットに入れたんだった。よくやった！

彼は川岸に坐って休んだ。瓶はほとんどいっぱいだった。薬はたっぷりある。手のひらに二錠ほど出そうとして、五つか六つ出てしまった。べつにいい。「必要に応じて服用のこと」――そう瓶に書いてあったじゃないか、それとも自分で考えたのだろうか？　すべて口のなかに放りこみ、手ですくった小川の水でのみこんだ。たしか川の水は飲んでも大丈夫だったはずだ、いやかつてはそうだったのか、いまとなっては、どうでもよかった。フィリップは六錠で足りるだろうかと思った。

瓶はすぐに空になりそうだった。シビルが作品に使えるように一錠残しておくべきだったのかもしれない。いや、シビルは死んだんだった。一瞬、娘が粉々になって埋葬されたことを忘れていた。娘の記憶が彼の背後に浮かびあがった。シビルが展覧会の作品のひとつの前に立ち、期待のまなざしで彼のほうを見ている。そして彼自身の姿が。自身の失望を抑え、気のない褒め言葉をつぎつぎと並べている。自分がどれだけ我が子を傷つけたのかを自覚することと以上に、おぞましいことはない。娘をろくに理解しようともしなかった。だがそれは、セヴリー家がずっとしてきたことではないのか？　学者としての業績を支持するあまり自己を抹消《まっしょう》してきたのでは？　父はフィリップの研究が停滞したとたんに彼を見限り、「脳が腐る」「価値のない」とほのめかした。そしてとつぜん、自己嫌悪と自己憐憫《れんびん》で混乱したフィリップは、シビルの傷心と自分の傷心を分けられなくなった。

頭の痛みはフルオーケストラのようになっていた。ときどき、頭痛を強さはそのままにからだのほかの部分――胃でも、胸でも、腕でも、ひざでも、さほど重要ではないどこか――に移せたらと祈ることがあった。なぜなら頭痛にはひどく残酷なところがあるからだ。自身の存在そのものを攻撃してくる。弟はいったいどうやってこれに耐えてきたのだろう？　トムならひと瓶分を一度にのむだろう。それでもアスピリンをのんだときのように、なんともないはずだ。フィリップは自分の薬瓶を見た。あと二錠。彼はもっと錠剤を出して水を口に運んだが、これは賢明ではないとわかっていた。薬物依存になるぞ、フィリップ。死ぬぞ。

わかっている。彼は自分に答えた。だがなんでもこれよりはましだ。

彼は小川を見て目をしばたたき、赤い丸が浮かんでいるように思った。地図で見た丸が、どんどん大きくなって彼をつつもうとしている。腕時計を見る。五時四分。あと七分で、誰かがこの峡谷で死ぬ。

彼は手を脇におろした。ひどく疲れていた。

赤い丸。なぜそれが重要だったのだろう？　ネリーはなんといっていた？　人殺しと自殺――そのふたつの差異にかんして、方程式は区別しません。

とつぜん頭がすっきりして、執拗な頭痛が圧倒的な平穏にとって代わられた。空になった瓶を見ると、それは彼の手から落ちた。

「そうだったのか……」声に出していった。彼は目を閉じ、重力に屈して、その額は峡谷の冷たい地面にぶつかった。

25　できごと

グレゴリーがユニオン駅のロビーに入ると、結婚パーティーがたけなわだった。トムはすでに人混みを抜け、バーを通りすぎて乗客待合室に入っていった。グレゴリーがいま彼を見失うことはありえなかった。彼はアイザックの方程式があらかじめ決定されている結末に向かって自分を押して（焚《た》きつけて？）いるのを感じた。これが終わったら、彼が渇望する解放を感じられるはずだった――怒りの解毒だ。

この二時間はひと気のないダウンタウンの通りを歩くトムを尾行しながら、何度も想像で彼を殺した。最初に、道路清掃車の回転する金属製ワイヤにトムを轢《ひ》かせた。次は、市庁舎の無人の展望台で銃を突きつけ、手すりから突き落とし、下の歩道でぐしゃぐしゃになるのを見た。また、トムをエンジェルズ・フライト・ケーブルカーに連れていって、両手を線路に、両足を車軸にしばりつけ、鋼索鉄道が登りだし、そのからだが引き裂かれるのを見物した。

トムが一〇一号高速道路にかかる陸橋を渡ったときには、グレゴリーは赤いテールライトのきらめく流れに突き落としてやろうかと思った。だが陸橋は地面からそれほど高さがなく、トムが即死するとは限らなかった。怪我《けが》で済む可能性もあり、その場合は通りすがりの車に轢かれる必要がある。ローダ・バージェスの場合はそれでうまくいった。地下室に子供を監禁するという夫の趣味をあえて見逃し、逃げ切れると思った女だ。六歳の子の第三度熱傷は事故だったと警察をいくるめたエコーパークの女の場合も、似たようなやり方だった。ある日、女が買ってきた食料品を車のトランクから取りだすタイミングで、パーキングブレーキが故障すると決めたのはグレゴリーだった。女の頭蓋骨は、ローダ・バージェスと同じように、ファイアストンのタイヤの重量に潰された。

グレゴリーはトムにはこれまでのくり返しではなく何か違うことを望んでいた。あと二、三週間あれば通常のレベルの方法を考えだせたはずだが、もう時間切れだった。それに、アイザックの宇宙コンピュータが彼をここに導いたのなら、それが間違いなはずはない。

ユニオン駅は初めてだった。ふたりがここにやってきたのは、トムがいつも使っている地下鉄の駅がメンテナンスのために閉鎖されて、乗客たちがターミナル駅に迂回させられたからだった。グレゴリーの電話がまた振動した。妹から留守電メッセージが入っていたが、彼は無視していた。それにE・Jからもメールが入っていた。「明日は出勤するの？　みんな心配してる」どうやら彼は、出勤するかどうかあてにならないと思われてしまったらしい。だがもうどうでもいい。

グレゴリーは少し早足になって、周囲の騒ぎにはほとんど目を向けなかった。一瞬、自分の結婚式を思いだした。砂浜に立つほっそりしたドレスを着たゴールディーは、それまででいちばん美しく見えた。だがその日、どんなに努力しても、心からシビルを完全に追いだすことはできなかった。その日の一年前、シビルが純白のドレスを身にまとい、彼の子供が生まれるからという理由だけでまったく無難な男と結婚するのを見て、彼の心はふたつにひび割れた。不幸なままジャックとふたり目の子供をつくろうとするなんて、信じられなかった。

トムは長距離列車の線路から離れて地下鉄の駅へと向かった。思ったとおり、ハリウッド方面行のレッドラインに乗るつもりだ。グレゴリーはこれまでになかったほど距離を詰めて尾行した――トムがエスカレーターで下におりたとき、彼が最上段にいるほど近い。トムがふり返れば、いくら目が悪くても、何週間も自分をつけていた男に気がついたはずだ。グレゴリーはプラットフォームに着くと、天井と隅をざっと見て監視カメラを探した。

彼はふり返って、黄色の線のうしろに立ち、両手をポケットにつっこんでいるトムを見た。プラットフォームの反対の端にひとり、女がいたが、老人で、反対の端で起きる事故に何かできるようには見えなかった。

グレゴリーは時刻表を確かめた。列車はあと二分後に到着する……もう一分後だ。トンネルの向こうから、かすかに遠雷のような音が聞こえてきた。列車はすでにセブンス・ストリート、またはパーシング・スクエアに差しかかっているはずだ。

もちろん、トムに惨めな一生を続けさせるべきだということも考えた。治療不可能な、頭が割れるような片頭痛だけでじゅうぶんな罰であり、グレゴリーが彼を殺すことはその苦しみを終わらせてやるだけだと。だが考えてみればトムはずっとこの人生を生きてきて、それは周囲の人間を傷つけることにしかならなかった。この男がいなくなったほうが世界はいい場所になる。

「トム」グレゴリーはいって、前に出た。「トム・セヴリー」声はつかえることなく喉から出てきて――自信に満ちてさえいる――まるでこれからセールストークを展開しようとするかのようだった。

トムはふり向いて彼を見た。反応なし。まったく知らない人間を見るかのようだった。赤らんだ顔からサングラスをはずしてグレゴリーのほうに目を凝らした。

グレゴリーは足早に近づき、トムは線路のほうに一歩さがった。二歩。トムが自分に呼びかけたのが誰かに気がつき、その顔に完全な混乱が浮かべば、あとは簡単だった。だが、トムが彼が誰かわかっているのを確認する必要があった。これは重要なことだった。

「あんたは――？」トムがつぶやいた。その声は哀れっぽかった。グレゴリーがこれまで聞いたことのある男の声のなかで、もっとも情けない声だった。か細く、おどおどしている。

「ぶたないで」という声だ。

「おれがわかるか？」グレゴリーは迫った。

彼はトムのほうに踏みだし、顔をよく見せてやった。トムはろくに目を合わせようともせず、グレゴリーは自分がなぜ、この男が彼にとって脅威だと思ったのか不思議だった。誰にとっても。

「いや、わからな――」またあの哀れっぽい声だ。そのとき、トムがはっとした。その目にさっと自覚の幕がかかった。

「おれに見覚えはないか、トム？　グレゴリーだ。グレゴリーとヘイゼル・ダインを憶えているだろう。こっちを見ろ、トム」

トムは二歩あとじさり、さらに線路に近づいた。もうすぐ列車が入ってくる。ふたりともそれがわかった。

「おれを見ろ！」グレゴリーは叫んだ。

トムは何かいおうとしたが、声が出てこなかった。

一瞬グレゴリーは、この男がプラットフォームにくずおれ、転倒してコンクリートの床で鼻を折るのではないかと思った。その顔に浮かんだのは完全な服従、悔悛、理解だった。グレゴリーがいつも児童虐待犯の顔に探し、まったくないとはいわないが、めったに見ることのない表情だった。だがトム・セヴリーはいま、なんの小細工もなくそれを露《あら》わにしている。完全な、いまいましいほど丸見えな顔。「おれは卑《いや》しい人間だ。わかっている」という表情。

グレゴリーは自分の怒りが四散したことに驚いたが、列車は迫っている。考え直す時間はない。どうやるかはわかっているだろう。ここでやめるな。

だが彼がためらいつつトムのほうに足を踏みだしたとき、うしろで場違いな音がした。カシャというシャッター音。ふり向くと十五フィートほど離れたところで男がカメラを顔から離した。それが従兄のアレックスだと気づいたとき、さらに向こうで誰かが呼びかけた。

「エッグス？」

そこにヘイゼルが立っているのを認めたグレゴリーのとっさの反応は、完全な驚き、うろたえ、おかしみだった。もう少しで笑ってしまいそうになった。

ヘイゼルはもう彼を見ていなかった。彼の向こうに立つ男を見つめていた。「その人は……？」

グレゴリーがふたたびトムのほうへ向き直ると、彼は奇妙に澄み切った顔をしていた。彼は兄妹を代わる代わる見た。目の前に立っているふたりは彼にとって悪夢の不意打ちのように思えただろう。片手で頭を押さえた。片頭痛に襲われる前によくするように。すでに黄色の線のかなり前に出ていて、プラットフォームの端に立っていた。列車が現れた。彼は無のほうへふり返り、その向こうへ足を踏みだした。ヘイゼルが悲鳴をあげた。

四人が立っていた場所に、いまは三人しか立っていなかった。

26 部屋

フィリップは見慣れた部屋で目覚めた。なぜ見慣れているのか、前にもここに来たことがあるのか、わからなかった。緑色のカーテンが引かれていて、部屋の明かりはベッドサイドに置かれた小さなランプだけだった。重たいベッドの上掛けに押さえつけられていた。だが待てよ、彼は生きている。動けなかった。つまり方程式は完璧ではなかったということだ——父の数学にも間違いがあった。世界はすべて歯車と機構とシステムだけでできているのではなかった。不確実性の勝利だ！

ひょっとしたら父は最初からわかっていたのかもしれない。自分の方程式がどれほど正しいとしても、ある程度の不確実性は避けられないとわかっていたのかもしれない。それがフィリップに方程式を見せなかった理由なのだろうか？　自分の完璧なシステムに息子が欠点を見つけると心配していたのだろうか？　たぶんフィリップがその答えを知ることはないだろうが、とりあえずこの答えは彼の慰めになる。

いったいどれくらい眠っていたのだろう？　ナイトテーブルの上に水の入ったグラスが置かれているのを見てうれしくなった。苦労して坐る姿勢になり、グラスに手を伸ばした。そのとき近くで衣擦《きぬ》れの音が聞こえた。

「気分はよくなったかい」男がスラブ訛りでいった。「片頭痛が悪化しているのか？」

隅に置かれた机の上の照明が点いた。その前には、よりによってクーチェクが、手に持った鉛筆をノートの上に構えて坐っていた。その顔には、フィリップに上辺以上の関心を与えるつもりはないとでもいいたげな表情が浮かんでいた。

「アンドレイ？」

「寝具が快適だといいのだが。ぼくはそういう種類のことが得意ではない」

「待て。きみがぼくを見つけたのか？」

「誰かが見つけた」彼はいった。「きみは運がよかった」

フィリップは手を頭にやった。

「過剰摂取したんだ」クーチェクは続けた。「もっと気をつけるべきだよ」

錠剤のことを思いだして、フィリップは腹部をさわった。「胃を洗浄したのか？」

クーチェクの関心はすでに目の前のメモへと移っていた。

「ぼくは病院に運ばれたのか？」フィリップは訊いた。

クーチェクは指を一本立てて、顔をしかめ、何か書き留めた。

フィリップはあたりを見回した。「妻に電話しないと」

クーチェクの鉛筆は動きつづけている。

「いまはきみのミラー対称性の時間じゃない、アンドレイ。家族に連絡しないといけないんだ」

「ぼくが取り組んでるのはミラー対称性じゃない」

「それなら、いったい何が、あとまわしにできないほど重要なんだ？」

クーチェクは答えなかったが、これまでも彼が怒りやいらだちに反応したことはなかった。

フィリップは枕に頭を乗せた。「頼むよ、アンドレイ、きみがぼくの話を聞いてないふりをするあいだ、くだらない話をさせてくれ。ぼくたちのあいだに懺悔《ざんげ》用の衝立《ついたて》を立ててもいい」

反応なし。

「子供のころ、父はぼくをよく懺悔に連れていった」彼は続けた。「ぼくを洗脳しようとかそういうことじゃない――ただぼくに立ち向かうべき何かを与えたかったんだ。科学ではない不条理な選択肢を示したかった。だが正直にいえば、ぼくは不思議と心が落ち着いた」

鉛筆を走らせる音。

「それでいまは、何を告白したらいいだろう？　脳の痛みがあまりにも耐えがたかったから峡谷で自殺しようとしたことか？　いまいましい頭痛を口実にわざと過剰摂取したことか？」

クーチェックは身じろぎもしなかった。

「それとも、シビルが死んでからジェインがひどく落ちこんでいたのに、ぼくは彼女を助けることが精神的に不可能だったことか？　いやもしかしたら、妻を裏切って博士号候補生と寝ていたことかもしれない」

クーチェクはようやく顔をあげた。「そんなに自分を責めるな、フィリップ。それは自然なことだ」

「どれが？」

「ぼくもいつも誰かを好きになっている。休みのときにはセックスもかなりしている。そんなに驚いた顔をするなよ」

「きみは結婚していない」

「フィリップ、きみが仕事にたいしてもっている——もっていた——情熱は、いまきみがかわいい博士号候補生にもっている情熱と同じものだ。ただすべてごっちゃになって、混乱しているんだ」

この会話はどんどん奇妙になっている。アンドレイ・クーチェクが恋愛？　気を引こうとすることとさえない男が。フィリップの見たかぎりアンドレイは、事実をまくし立てるのは弾《はず》んでいる会話に水をさすということとさえわかっていない——人間ウェブブラウザのようなやつはいつもさっさと正しい答えをいって楽しみを台無しにする。だがひょっとしたらクーチェクのことを見損なっていたのかもしれない。

フィリップは上体を起こし、部屋を見回した。「ここはきみのアパートメントなのか？」

「違う。だがぼくはもうすぐ帰る」

フィリップは、ひょろっとした数学の子猫がクーチェクのソファで待っているのだろうと想像した。

「それならここは？」

「わからないのか？」

フィリップは、ひとつひとつはまるで合わないが、全体としてはなぜか調和している家具を見た。松の幹の上にはそばの本棚からあふれた本が所狭しと載っている。アンティークの秘書机が壁につけて置かれ、その下にはくすんだ色合いのナヴァホラグが敷かれている。趣味の悪いキューピッド時計が箪笥の上で時を刻んでいる。そしてみずから光っているように見える、J・M・W・ターナーの船の模写。

「この部屋は一度も見たことがないが、懐かしい感じがする」

「見てはいないはずだよ、フィリップ、なぜならライトはずっと消えていたからね。だがここはきみの部屋だ」

「ぼくの部屋？」

「ぼくは自分の数学に取り組んでるんじゃない。きみのだ。この空間を照らすのに助けが必要かと思ったんだ。だからぼくはここにいる」

「空間を照らす……？　そうか――」

フィリップは上掛けを払いのけた。

ぼくの部屋！　なぜわからなかったんだ？

あわただしく周囲を見回すと、胸のなかに歓喜の感覚が湧きおこってきた。この四方の壁に囲まれてどれだけ長い時間を過ごしたことか。暗闇で、何も見えず、床を這いずりまわり、手探りで、すべての家具や小物をあるべき場所に置こうとしていた。そんなことをしたのは、超弦理論の理解しがたいほどの広がりをもつ邸宅の部屋の見取り図をもうひとつつくろうとしていたからだ。そしていま、現実にここにいる。照明が点いたんだ、やっと！　だがまだ暗い隅が残っていて、彼はどうしても何もかも見たくなった。

「照明をすべて点けるんだ、アンドレイ！」彼は叫んだ。「いますぐ！　全部点けてくれ、ぼくが忘れる前に――」

「しーっ、落ち着け。ひとつずつ、ひとつずつ、ひとつずつだ」

ドアがノックされた。フィリップはクーチェクを見た。

「誰だ？」

「知るわけないだろ？」

「出ないのか？」

「それはできない。ぼくの部屋じゃないから」

フィリップは新たに湧いてきた力でベッドから起きだしたが、ドアに近づきながら、躊躇した。ノックは続いていて、こぶしで叩いているように音が大きくなった。

ドアの向こうにあるものはわかっていた。だが彼はドアに耳をつけて確かめた。人々の声が聞こえた。ジェイン、シドニー、サイラス、フェイ。そしてあとふたり。ジャックとドリューも。みんな彼を待っている。

「おじいちゃんは起きるの？」ドリューが訊いている。

「起きると思うよ」ジャックがいった。「まぶたを見てごらん」

「フィリップ？　聞こえる？」ジェインが懇願するようにいった。「誰か看護師を呼んできて……」

「指が動いているよ」サイラスがいった。

そしてシドニーも。「ねえパパ、起きてよ……」

フィリップは息子たちの声が震えていること、ふたりがはっきりと異なり、それぞれの存在なのだということに愕然《がくぜん》とした。何度それを見逃していたことか。

彼はもう一度ふり向いて部屋を見た。クーチェクは彼にかすかに手を振り、作業に戻った。

この空間をあとで再現できるように、このまま正確に記憶しておかなければ。この瞬間を忘れないように！

細かい部分は失われてしまうとわかっていたが、彼は貪欲《どんよく》にできるだけ目に焼きつけようとした。そして準備ができると、ノブに手をかけ、ドアをあけた。

第三部

予測不可能なものとあらかじめ決定しているものがともに展開して、あらゆるものをこのようにしている。

――トム・ストッパード、『アルカディア』、一九九三年（小田島恒志訳、ハヤカワ演劇文庫）

27 暗殺者

ヘイゼルが緑色の電話を手に取ると同時に、ガラスの向こうにいるグレゴリーも同じようにした。支給品のつなぎを着た兄は不思議と元気そうに――リラックスしているようにさえ――見え、その目には見間違えようのない安堵が浮かんでいた。

「エッグス」彼女は受話器にいった。その短いあだ名に、兄のことをどう思っているか、愛情も複雑な気持ちも含めて、なにもかもこめようとした。

ユニオン駅での事件の翌日、グレゴリーはLAPDに自首したが、その前にE・Jに公式な自白を済ませていた。なんといっても、彼女は心の奥では気がついていたのだから。きちんとけりをつけたほうがいい。そのあとふたりで上司のところに行き、グレゴリーがたくさんの人々を殺したと告げた。全部で十四人。彼はその人たちがひどい人間だったとはいわなかった。自分のしたことをよく見せるのは悪趣味だと思ったからだ。だが課長にたいして、すべて気づいていたE・J・ケンリー刑事には昇進がふさわしいということははっきりと伝えた。それと同時に、E・Jの「危険にさらされた少数民族未成年」プロジェクトの予算も増やしてほしいと。E・Jはグレゴリーに黙りなさいよと怒鳴ったが、葛藤《かっとう》する感情に圧倒され、席を立って部屋を出た。

　数時間もしないうちに、全国ニュースで報じられた。ヘイゼルは兄のしたことに吐き気を覚えたが、報道されるものはすべて見て、記事を読むことをみずからに課した。それは自分が知らなかった、知りたがらなかった兄のことがわかるかもしれないと思ったからだった。量産された文句――私的制裁の正義、無法警官――を見聞きしない日はなかったし、予想どおり自分で私刑を加えるフィクションのヒーローたちへの言及もあった。報道のなかには、悪に堕《お》ちた刑事に対する畏敬の念が感じられるものもあり、「虐待アヴェンジャー」や「サウスランドの反逆者」や「一匹狼警官《ローンウルフ・コップ》」といった文句が躍った。だがそうした描写にはすぐに反論が起き、グレゴリーをある種のゾロやモンテクリスト伯の現代版のように描いたメディアはネット上で厳しく非難された。

　グレゴリーの話は両方の立場からのセンセーショナルな議論を引きだした。ある著名な弁護士は全国ネットのニュースでこう叫んだ。「グレッグ・セヴリーがワイルド・ウエストの私的制裁人になりたかったのなら、そういう死に方をさせてやればいい。木に吊るせ」

　ヘイゼルは兄のしたことになんらかの怒りを感じるべきだとわかっていた。義姉が経験しているような感情だ。「なぜこんなことができたの？　なぜあの怪物はわたしたちをこんな目に遭わせるの？」でも最初の吐き気がおさまったあとでヘイゼルの心に生まれたのは、兄の秘めた動機、犯罪への完全な献身、二重生活をうまく隠し通したことへの興味と驚異の念だった。それぞれの不運な被害者に合わせて計画された犯罪を実行するのには、いったいどれほどの精神力が必要だっただろう？　兄は数学的な頭脳には恵まれなかったとしても、恐ろしいほど実務的な頭脳をもっていたということだ。

　もしじゃまが入らなかったら、トムが自分で死ななかったら、彼がグレゴリーの最後の犠牲者になったのだろうかとヘイゼルは考えた。それとも、彼女とアレックスの介入がなくても、結果は変わらなかったのだろうか？　トムの死にヘイゼルはひどく揺さぶられた。それはプラットフォームでトムに気づいたとき、彼女のなかに古い怒りが湧きあがり、落ちてしまえと願ったからだった。彼がしたこと、しなかったことすべてについて、罰してやりたいと思った。彼女とグレゴリーが何年セラピーにお金を費やしてもけっして癒《い》えることのない傷のために。そしてトムが線路に落ちたとき、まるで彼女が手で突き落としたように感じた。たしかに心のどこかには、死んでほしいと思う気持ちがあった。でもそれは不随意の心理的投影だということもわかっていた。列車が急ブレーキでとまったとき、彼女が感じたのは恐怖と憐憫だけだった。

「こういうことだ」グレゴリーは平然といった。「残りの一生、毎日このつなぎを着ることになった」

　ヘイゼルは、自分がずっと頭のなかで思い浮かべていたコミックのような暴力が兄のなかにもあったのだと気がついた。ただ兄の場合、凶悪な願望が行動になった。彼女は悲しいほほほえみを浮かべた。

「ニュースになる前にE・Jが電話をくれたの。兄さんはいま、サイコ・ヒーローのようになってるのよ」

「おまえが来るとは思わなかった」

ヘイゼルは身を乗りだした。ふたりが防弾ガラスで隔てられているのではなく、カフェで向かいの席に坐っているかのように。

「できるだけ来るから。ぜったい」

グレゴリーは目をそらした。「変なんだ」彼はいった。「何年もあいつの死を想像していたのに、線路から落ちるのを見てがっかりした」

「自分で押したかった？」

彼は首を振った。「何かが起きたんだ。おれにはできなかった。もう続けられなかったんだ」

ヘイゼルは喉が締めつけられるように感じた。「あの人があんなふうになっているなんて――」

「打ちのめされていた？」

彼女はうなずいた。

ふたりはしばらく無言だった。

「ヘイゼル、おまえがなぜ駅にいたのか、まだ聞いていない。まさか偶然じゃないだろう」

ヘイゼルは首を振った。「あの場所で何かが起きるということしか知らなかった。アイザックの数学が教えてくれたの」

兄の目にかすかな理解がよぎった。「つまり方程式は本物だった」

「待って、どこまで知っているの？」

グレゴリーは顔を歪め、思いだしているのだとわかった。「アイザックが死ぬ二日前に電話があって、市内の殺人事件を明らかにする方程式があるといっていた——おれがしていることも入っていると。だから、なんのことかわからないといったんだ。とうとうぼけたのかと。だが心のどこかで、本当なんだとわかっていた。彼はおれを見たんだと」

ヘイゼルはなんとかこれを理解しようとした。「どういうこと、兄さんを見たって？」

「アイザックは数学でおれのことに気づいたといっていた。どうやったのかはいわなかったが、たぶん、方程式を試していて、いわゆる事故のひとつの予測された時間と場所でおれを見たということだろう。その犯罪とおれが結びついてからは、おれの行動を監視していた。アイザックが死んだあと、車に追跡装置を見つけた」

「兄さんがやっていることに気づいていたのなら」彼女は低い声でいった。「どうして警察に通報しなかったの？」

兄はガラスに顔を近づけた。「アイザックは死ぬ前に手紙をくれた。それはおまえに残してきたよ、昔の隠し場所に。読んでみるといい」

ヘイゼルは驚いた。でもアイザックがほかにも手紙を書いていたからといって、驚くべきではなかった。グレゴリーに自分がもらった手紙のことを話そうとしたが、そのときもう時間があまりないことに気づいた。訊きたいことがまだたくさんあった。訊くのがこわいことも。

「シビルのことは？」

彼は唇を嚙みしめた。「シビルのなんだ？」

「アイザックは彼女の死も予測していた。残された地図上に示されていたのよ」彼女はコートのポケットに手を入れ、まったく同じふたつの丸を取りだした。ガラスにつけて、兄に見せた。「シビルが死んだ日付と時刻よ。二回分」

兄の顔に動揺がよぎり、一瞬、それが彼を少年のように見せた。ヘイゼルはふたりが小さかったころにしていたように、兄を抱きしめてあげたかった。あのころはどちらかが悲しい気持ちになると、ふたりでシングルサイズのマットレス――つらさの海に浮かぶ島――の上で身を寄せあっていた。だがすぐにその顔は消え、大人の兄になった。

「シビルは妊娠していたんだ」彼はまるで告白のようにいった。

彼女は顔をしかめた。「どうして知っているの？　ほんとに？」

「検死報告書を見た」

ヘイゼルは丸をガラスからひっこめて、手の上のそれらを見た。それはもうただの重複ではなく、同じ時刻に起きたふたりの死だった。アイザックが「三人が死ぬ」と書いたのは、このことだったのだろうか？

一瞬、衝動的に、あの夜グレゴリーはどこにいたのかと訊きそうになった。でも、ありえない。兄はシビルを好きだった。次に思ったのは赤ちゃんの父親は誰だったのかということだが、これも頭のなかから追い払って、いった。「ジャックがあんなに取り乱したのも当然だったのね」

「彼は知らなかったと思う」

「どうして妻が妊娠していたことを知らないの？」

「検死ではまだ妊娠二カ月だった。もしかしたら彼女は夫にいうかどうか迷っていたのかもしれない」

「でも、それなら知らせてあげないと」

彼は首を振った。「検死官には貸しがあった。だから妊娠の件は家族に明かさないように頼んだ。せめてそれくらいはしたくて」

「せめてそれくらいは？」

「おまえだから話しているんだ、いいか？　ほかは誰にも知らせるな。悲しいことはもうたくさんだ」

ヘイゼルはわかったとうなずいた。兄のうしろのドアが開き、看守が見えた。

「なかはどんな感じ？」彼女は訊いた。

「つまらない作業もあるが、考える時間がたくさんある。いろいろと書いているよ、自分がしたこととその理由の記録として。もしかしたらいつかルイスが読むかもしれない、だが……

……」彼は最後までいわなかった。「内省、いまはそれがおれの生活だよ」

彼は看守のほうを見て、指を一本立てた。「ルイスをよろしく頼むよ。いっしょにいれば
きっとあの子はおまえを好きになる」

これで最後というわけではないのに、ヘイゼルの目には涙がこみあげてきた。「待って」

声がかすれた。「食べ物はどう？」

兄はほほえんだ。「ほかと変わらない。おれにはどれも同じだからな」

看守にうながされて、グレゴリーは受話器を戻し、妹に投げキスした。


もうビーチウッド・キャニオンを避ける理由はなかったので、ヘイゼルは数週間ぶりに家に行ってみた。椰子の木の植木鉢の下に隠してある鍵でなかに入り、台所に寄ってバターナイフを調達してから階段をのぼった。アイザックの書斎のそとでひざまずき、昔からゆるかった床板をはがして狭い空間をのぞきこんだ。兄妹の子供のころの隠し場所は思っていたよりかびくさく、木材に新しい白アリの痕があった。その底に兄がいっていた手紙があった。床板を元通りに戻してから、壁にもたれて坐り、読みはじめた。封筒はふたつあった。大きい封筒はグレゴリーの自宅宛ての手紙で、「証拠」と書かれている小さい封筒はそのなかに同封されていた。ヘイゼルは手紙をあとまわしにして小さい封筒をあけた。記事のコピーの束が入っていて、何枚かが床に落ちた。見出しをざっと見るだけでロサンゼルス郡の変わった死亡事故の切り抜きだとわかった。「家族の車がバックして母親が轢死」「自宅のバスタ

ブで男性溺れる」「映画プロデューサー、庭で不慮の事故死」へイゼルはそれらを置いて、手書きの手紙を広げた。その文字は震えていた。

最愛のグレゴリーへ

このあいだの電話で話したとおり、わたしはおまえの行動にたいして矛盾《むじゅん》した思いをいだいている。おまえがしているのは、わたしもふくめて多くの人間たちにはとてもできないことだ。罪なき者を傷つける悪人らにたいして、暴力的な復讐のファンタジーを現実に実行するという。だが、子供だったころのおまえのことを思うと……わたしは胸が真っぷたつに裂かれたように感じる。

ロサンゼルス市内のすべての殺人のなかで、どうしてわたしがおまえの連続殺人に気がついたのか、細かい説明をするつもりはないが、これだけはいえる。これは何かの間違いだと、自分の計算が誤っているのだと思いたかった。自分の計算が、実際にあっていたと知って、わたしはひどいショックを受けた。

自分の数学に打ちのめされるなんて、まったく！

なぜわたしが通報しなかったか？　たぶんわたしがおまえのひどい養育環境を知りすぎていたせいだろう――自分の息子がおまえの苦しみの原因となったこと、そのことについて責任を感じている。だがおまえの妹がどうやって悲惨な幼少期を乗り越え、復讐心をもたない人間になったのかはわからない。

なぜわたしが自分でおまえをとめないのかと思っているなら――なんといっても、わたしにはそうしたできごとの予知が可能で、おまえの〝事故〟を見張ることも可能なのだから――わたしの唯一の弁明はこれだ。わたしはカオス的運命決定論に干渉する決心がつかなかった。その影響についてはまだわかっていない。

数学は、たとえどのような結果になろうと、守られなければならない。だがわたしは、少々の干渉をするつもりだ。新聞の切り抜きを同封した――おまえがしたことの記録の証拠だ。もしかしたらこれらをまとめて見れば、おまえはこの奇妙な習慣を考え直す気になるかもしれない。

ところで、わたし自身の死は驚きだったことだろう。おまえや家族にショックを与えたのはすまなかったが、これがわたしの定めだった。数学でもそう示され、与えられた時間と場所で、わたしはよろこんで死ぬ。

だから好物を並べた朝食をとり、朝風呂を楽しんだあとで、わたしは忍耐強く暗殺者を待つことにする。もし暗殺者が――銃をもって――現れなかったら、次の手を実行する。作戦名は「十月のクリスマス」だ。

わたしの研究を探さないように――おまえには見つからない。方程式そのものは、彼らがもっとも疑わなさそうな家族に残すことにした。

おまえとこの人殺しの街――その唯一の救いは、たぶん、数学的な美しさだろう――の幸運を祈っている、なんの足しにもならないとしても。

愛をこめて
アイザック

ヘイゼルの目が涙で曇った。祖父の死について彼らがいっていたとおりだった。警察――みんな――は正しかった。死の天使は方程式の形でアイザックの前に現れ、彼は死ぬまでそれに従った。

真実を知って、たとえそれが書かれたものを見るのがつらくても、奇妙な安堵を覚えた。だがその感覚はすぐに別のものにとって代わられた。自分の努力はすべて無駄だったのかという恐怖だ。いま手にしている手紙とアイザックが彼女にくれた手紙をくらべると、祖父が正気だったとは弁護できない。グレゴリーへの手紙は、実際、遺書だ。暗殺者はいなかった。彼は方程式のために殺されたわけではなかった。それなら、彼女への手紙はいったいなんだったのだろう？　ただの妄想を書いたもので、深刻に受けとめた自分がばかだったのだろうか？　死を予測した地図もたくみな蜃気楼《しんきろう》だった？　わたしも、アレックスも、ラスパンティも、頭のおかしくなった人のうわ言めいた信号を解読しようとしていたのだろうか？

だが、ふたつの手紙には一点、奇妙な共通点があった。ほとんど同じ文言が、彼女に一種の希望を与えた。ヘイゼルはその文章に注目して、手紙の最後の段落を読み直してみた。

〝方程式そのものは、彼らがもっとも疑わなさそうな家族に残すことにした〟。いままでずっと、これは自分のことをいっているのだと思っていたが、アイザックのことはなんでも額面どおりに受けとめるべきではない。アレックスがいったとおり、ホテルの部屋とそこにあったものは、彼のような人間たちを忙しくさせておくための巧妙な偽物だった。アイザックはわざと彼女に誤解させたのだ。彼女はただのおとりで、方程式――本物の方程式――は、どこかに存在し、安全に隠されている。でも、もしヘイゼルが、彼らがもっとも疑わなさそうな家族でなければ、いったい誰が？

ヘイゼルは『夜はやさし』を、棚の自分がハロウィーンのときにしまった場所から引きだした。本を開いたが、いままでに見つけていないもの以外の何を探したらいいのか、わからなかった。栞代わりのポラロイド写真もちゃんと挟まれていた。アイザックが楽しそうに鏡に素数の列を書いている。彼女はぼんやりと、この写真はいつ、誰が撮ったのだろうと考えた。最初にこの写真を見たときには祖父の目にばかり注目していたので、端に映っているカメラと三脚には気づかなかった。だがそのうしろには誰も見えない。ひょっとしたらタイマーで撮られたのだろうか。

そのとき、別のものに気がついた。赤い文字で書かれた59と61のあいだの狭い鏡から、ふたり目の目がこちらを見ていた。ヘイゼルがよく知っている目で、アイザックはその人に見せるために数列を書いていたのだとわかった――素数のレッスンだ。その目は一心に暗記している人間の強い関心をもって鏡を見つめていた。

28 弟

フィリップがようやく目を覚ましたとき、家族ほぼ全員がそこにいた。妹のペイジまで。彼はまばたきして、ジェインのほうに手を伸ばした。ふたりの目は涙でうるんでいた。

フィリップが生き残り、弟は死んだ理由がなんであれ――気味の悪い数学、決定論、それともばかな偶然――フィリップは片頭痛の薬ひと瓶をのんで、かろうじて助かった。あの夜、トレイルで彼の服に気づいた妻が滝の近くで彼を見つけ、携帯電話で通報しようとしたが電波がなくてかけられなかった。そこでネイチャー・センターまで走って戻り、窓ガラスを割って、救急車を呼んだ。そのあと、ジェインはハイカーふたり――彼らは偶然、トレイルでフィリップとすれ違った人たちだった――に頼んで、ぐったりしたフィリップをトレイルの入口まで運んできた。救急隊員は到着するとただちに彼の手当てを始めた。ジェインのスピードがフィリップの命を救ったのだ。

「すまなかった」彼はかすれ声でいった。

「いいのよ。わたしを探しにきてくれたんだから」ジェインは、あの日いっさいの連絡がとれなくなった自分が悪かったのだといいはった。

ドリューは前日に精神科病棟から退院になったジャックから離れて、フィリップのそばにやってきた。「もう頭痛になったらだめよ、おじいちゃん」ドリューはいった。「犬も片頭痛になるって知ってる?」フィリップは孫の頭にキスをした。ドリューがこんなに長い文を話したのは久しぶりで、その瞬間フィリップは、信じてもいない神に小さなドリューが一族の脳の拷問を免《まぬが》れますようにと祈りそうになった。そうでなければ、将来はこんな不条理な苦しみの治療法が見つかりますように、と。

家族が弟の死についてフィリップに伝えたのは、数日後のことだった。フィリップが助けられたのと同じ夜に、最近出所していたトム・セヴリーが死んだ、それもただの死ではなくメトロリンクの列車に飛びこんだという知らせは、まだ弱っている物理学者には教えないほうがいいと判断されたからだ。ようやくそのことを教えられたフィリップは、いくつも質問をしたが、概して落ち着いていた。彼は妹を見たが、その無表情から、知らせを聞いたときにきっと同じような反応をしたのだろうと思った。「少なくとももう、痛みで苦しんでいない」妹はそっといった。

フィリップとペイジがこの数週間で悲しみを使い果たしたというわけではなかった。ずっとトムの死はあらかじめ決まっているように、またはかなり前にすでに起きたことのように感じていたからだ。数カ月前から、兄と妹はトムが刑務所を出所したか、まもなく出所するのではないかと思っていた。ふたりとも、矯正局からの鮮やかな黄色の封筒を受けとっていたが、未開封のままそれぞれの机の上に溜めていた。父親もたぶん同じようにしていたか、全部捨てていたはずだ。なぜならこれまで、トムにかんする知らせで何かいいことがあったためしがなかったからだ。

二十年前、まるで吸血鬼のようなトム・セヴリーが警察官によってサウス・ロサンゼルスの不潔と虐待の巣窟《そうくつ》から引きだされたとき――妻は死に、里子ふたりは虐待されていた――セヴリー家の人々は彼を自分たちの人生からいなくなったものとしてきた。アイザックは息子の名前を口にすることさえ拒絶し、まして刑務所の面会にいくはずがなかった。「われわれはなんでもやった！　なんでもだ！　ほかにどうしたらいいんだ？」あるときアイザックはそういっていた。弟について父が本物の感情で語ったのをフィリップが聞いたのはそれが最後だった。アイザックとリリーがトムの治療に必死になってありとあらゆることを試したのは本当だった。専門医を招き、コネを頼って、数カ月間の入院のために大金をはたいた。抗鬱薬、鍼《はり》治療、マリファナ、ビタミンB注射、ホーリーバジル、セントジョンズワートなどのハーブ、除去食、漢方薬、それにあらゆる種類のインチキ治療とあやしげな薬も。だがその結果は、極度の身体的な痛みというプリズムをとおして表される息子の怒りだけだった。やがてアイザックとリリーは、トムを入院させようとするのを諦めた。トムはしばしば脱走して、路上でしか買えない強い鎮痛薬を求めるようになっていたからだ。

トムが逮捕されてから、フィリップと母だけがロサンゼルス拘置所に面会にいったが、やがてリリーが耐えられなくなってからは、フィリップひとりがランカスターにある州刑務所まで車で会いにいっていた。だがトムは面会を嫌がり、あるときの面会で彼は、兄を軽蔑している、優越感と気取りに腹が立つ、家族全員死ねばいいと思っていると吐き捨てた。その後、面会はじょじょに減った。トムは刑務所内で片頭痛の治療を受けており、そのなかには議論の的になったショック療法などもあったが、そうした極端な方法でも、トムが何年間も続けていたひそかな注射とくらべたら、効果は不十分だったのだろう。もしかしたら、ペイジがいったように、トム・セヴリーがこれで不定期の拷問の人生からのがれられたということには、いくばくかの慰めがあるのかもしれない。

何日かして、セヴリー家の人々がレンタルしたヨットの左舷《さげん》からトムの遺灰を太平洋に撒《ま》いたとき、ずっと昔に自分たちの一員だったこの変人のために流された涙はほんの少しだった。フィリップはうるんだ目で――多少激しやすいところはあったが、のびのびして、魅力的で、非常に聡明だった――かつての弟について短く話した。それは病気と薬物依存が彼を利己的な別人にしてしまう前のことだった。ペイジは子供のころトムといっしょに庭のオレンジを摘《つ》んだ思い出を話した。フィリップの妹らしくない、温かな話だった。

兄妹の母親も出席していた。リリーは何が起きているのかまったくわかっていなかったが、息子の海での散骨に母親がいないのは間違っていると思われた。リリーはアイザックが彼女を驚かそうと計画したヨットのお出かけだと思いこみ、いまにも夫がシャンパンとサンドイッチを手に船室から出てくると思っていた。フィリップはこの航海で母に、パサデナの家でずっといっしょに住むことになったと話し、母はぼんやりとほほえんで、彼の腕をなでた。

ヘイゼルは誰よりもほおをぬぐっていたが、それは元里親への恩義からというより、最近兄が刑務所に送られたことにたいする涙だった。もちろん、グレゴリーの復讐連続殺人は家族にとってトムの死より限りなくショックなできごとだった。ヘイゼルが無秩序な子供時代から比較的健康的にほぼ無傷で大人になったのにたいして、グレゴリーは、見かけとは違い、そうではなかった。だが考えてみれば、フィリップほど、数年の違いとDNAの運命によるいたずらがどれほど大きな差を生むかよくわかっている人間はいなかった。

トムの黒っぽい遺灰が海に溶けていくのを見ながら、フィリップは弟の死の状況と場所について考えていた。自殺、ダウンタウン、彼が死にかけたのと同じ日に。ネリーに見せられた地図上の真っ赤な丸を思いだした。ダウンタウンの高速道路の交差する内側にひとつ——そしてその十五マイル北東の、山地の端に、同じ丸が峡谷の川底に貼られていた。もし地図の示すとおりなら、ふたりとも死んでいるはずだった。方程式に大きな力があるのは疑問の余地がない。だが明らかに、父の美しい計算は何かがおかしいとフィリップは疑っていた。

29　答え

トムの遺灰が太平洋に溶けるのを見届けて、ヘイゼルはヨットの船室へと向かった。何度か右舷の手すりにしがみついて息を整えなければならなかった。ここで泣きじゃくるわけにはいかなかった。そんなことをしたら、余計な注目を集めてしまう。駅のプラットフォームで目にした里親の姿を思いだし、自分でも意外なほど憐憫を憶えたのは事実だったが、いまヘイゼルの胸を締めつけているのはグレゴリーのことだった。ここ数年間は疎遠になっていたにもかかわらず、兄が現実世界からいなくなったことで彼女は自分の居場所がわからなくなっていた――ふたりの島のただひとりの生き残りになって。

ヘイゼルは船室のドアの前で誰にも見られていないことを確認した。フィリップ、ジェイン、ジェインのお姉さん、双子たちは左舷で、海を眺めていた。遺灰の一部が横風で飛ばされたあたりだ。ペイジはそのそばに坐り、ノートに何か書きながら、ときどきゆっくり、はっきりした発音で、母親に話しかけていた。ジャック、ゴールディー、フリッツ・ドーンバックという思いがけない組み合わせの三人組は船首にいた。そして、雇われた船長は、綱や帆を操るのに忙しくしていた。

アレックスはみんなといっしょの今朝の航海に姿を見せなかった。ヘイゼルはユニオン駅での夜以来、彼と会っていなかった。アレックスはカメラをあげて線路でのトムの位置を記録してから、カメラを胸におろした。ヘイゼルが最後に見たのは、彼がゆっくりと、だが着実に駅の出口へと向かう姿だった。たぶんあれが、彼女が見た最後のアレックスになるのだろう。

ヘイゼルは目を閉じ、この数日間ずっと持ち歩いている本を持つ手にぎゅっと力を込めた。フランス領リヴィエラのうららかな海岸、マルセイユとイタリア国境のほぼ中間に、大きくて立派な、薔薇色に塗られたホテルがある。

あまりにも多くの時間を無駄にしてしまったが、少なくとも祖父が自分に何をさせようとしていたのかはわかった。方程式はずっと、彼女が現れ、手を伸ばして渡してくれるように頼むのを忍耐強く待っていた。ヘイゼルは、もし誰に頼めばいいのかわかっていたら、いったいどれくらい多くのものが手に入るのだろうかと思った。頼むのだ。彼女は深呼吸して、ドアの取っ手を握り、船室のなかに入った。

30　採用

十二月の初めの曇り空の朝、ネリー・ブース・ライオンズは上階の図書室の窓際に立ち、GSRのいちばん新しいメンバーの到着を待っていた。彼女は心配顔で代わる代わる通りと腕時計を見た。遅い。

先週、ネリーはこの同じ位置に立ち、最高のメンバーのひとりがレンタカーに乗りこむところを見ていた。たぶん二度と戻らないだろう。「もう続けられない」あの日アレックスは彼女にそういった。「戻らないといけないんだ」

「どこに戻るの？　何をするの？」彼女は詰問した。

「世の中には数学以外のものもあるんだよ、ネリー」

「そのとおりね。カメラマンのふりをすること？　デート？　あなたには枠組みが必要なのよ。わたしたちはそれを提供できる。マリブにも魅力的な女はいっぱいいるわ、アレックス、フランスの女と同じくらい美しい」だがアレックスはマリブの美しい女には興味がなさそうだった。GSRにいるあいだに銀行口座をいっぱいにした彼は、ふたたびヨーロッパをふらふらして、カプチーノを飲み、それがどんなものなのかは知らないが、〝フリーランスの数学者〟をやるつもりになっていた。

もちろん、アレックスが離れていった本当の理由はもっと複雑だった。究極の数学の宝探しのスリルが終わったあと、戦利品に何かおかしなところがあるとわかったのだ。

アレックスは葬儀の日にアイザックの書斎をあさり——まさに啓示となったタイプライターのリボンを手に入れ——方程式を追って、一三七号室と非数学者の従妹にたどりついた。彼女を監視し、搦《から》め手で哀れな娘を魅了して、宝が隠されているホテルの部屋をあけさせた。次の日の夜、彼は部屋に戻ってコンピュータと地図を盗んだが、GSRに運んできたのは、従妹もホテルに戻り、また立ち去るのを見届けてからだった。アレックスはこの一連のできごとを気に病んでいた——こそこそすることや、家族を裏切ること。「それもぼくの好きな家族をだ」彼はネリーにいった。そのときには、セヴリー家のなかで誰が誰を裏切ったかどうかなんて、彼女にとっては退屈な詳細でしかなかった。望んでいた、一生にまたとない数学が手に入ったのだから。

だがある日、ネリーとアレックスが方程式を丹念に調べていたところ、ひびが入り、そのひびからより小さな亀裂が入り——本格的なフラクタルの惨事が目の前に現れた。彼女とアレックスは、これらのひびの意味について意見が分かれた。

「この方程式は偽物だよ、ネリー。本物からわれわれの目をそらすためにつくられた」

「地図はどうなの？　あれは正確だった」

「もちろん正確だろう、なぜならアイザックは本物の方程式の結果をきみの目の前にぶらさげたんだから。きみが手に入れられないものを誇示するために」

「偽物でもそうじゃなくても、この式のなかには真実があるのよ、アレックス。フィリップ・セヴリーを納得させられるほどの。彼はこの椅子に坐って、この式に呆然と見とれていたんだから。何年もかかるかもしれないけど、この幻影から逆行解析《リバースエンジニアリング》して原本をつくれるはず」

ネリーはアレックスにここにとどまってもつれた式を解くのを手伝ってほしいと思っていたが、彼は土《ど》壇場《たんば》で数学者の倫理という病気にかかってしまった。「百歩譲って、ぼくが残ったとする。なんのために？　きみが方程式を国防総省に売るためか？　それとも連邦準備銀行に？　ほかの銀行のやつらに？　本来はあいつらのものだというのか？　ぼくがこれに加わったのは、あれを見つけるスリルを味わいたかったからだ——自分の目で見たかった——きみに少し余計に札束を稼がせるためじゃない」

彼女はその記憶にため息をついた。これを金のためにやっていると思うなんて、彼はまったく愚かだ。アレックスなしでなんとかするしかないだろう。彼女はアイザック・セヴリーから数学を手に入れるために何年間も費やした。死んだ男がまだいたずらを仕掛けているからといって、いま手を引くつもりはなかった。アイザックは、何が可能なのかをネリーに見せ、その数学のすばらしさを示しておきながら、「戦争に勝つ」「金を儲ける」という概念に反対だからといって口約束を反故にするなんて、フェアではなかった。アイザックは数学的倫理という病をこじらせ、そのために死んだ。もっと正確にいえば、彼女が殺したのだ。

忘れようとしても無意味だ。とくにこのような、低く厚い雲が垂れこめている日には。十月のあの朝もこんな天気だった。

アイザックは彼女と同じく早起きで、たとえ自分が死ぬことになっている日でも、早々と一日を始めないと気が済まないタイプの人間だった。なぜ自分が十月十七日の朝、約束もなくビーチウッド・キャニオンの家を訪ねようと思ったのか、ネリーにはよくわからなかった。何か特別な理由があってその日を選んだわけではなかった。彼女が到着する日付とその数分後の時刻の書かれた丸がアイザックの地図に貼ってあるなんて、どうして彼女にわかっただろう？　彼女にわかっていたのは、自分がアイザックを尾行させることにうんざりして、追いかけっこにいらだっていたということだけだ。逆に自分がいきなり訪問してふいをつけば、彼女が熱烈に――よそよそしい、優秀な父親を敬愛するように――敬愛するようになった人物を説得し、彼についてくる数学もいっしょに手に入れられるのではないかと期待していた。

彼の家では誰も出てこなかった。家のなかで明かりがついているのが見えたし、バロック音楽の鍵盤作品が聞こえてきたので、アイザックは留守ではないとわかっていた。ドアノブを回してみると、鍵はかかってなくて、そう、彼女はどうしても自分を抑えられなかった。自分はいったい何をしようと思っていたのだろうか？　彼の書斎に押しかける？　彼のファイルを略奪する？　懇願する？　脅迫する？　彼女にはなんの計画もなかったが、ドアをあけてなかに入った。台所から洩れた明かりが暗い床を照らしていた。彼女の左のどこかにあるスピーカーからバッハの快活な組曲が流れていた。トーストのにおいもした。

「ミスター・セヴリー?」彼女は呼びかけた。そしてもう少し声を大きくした。「ミスター・セヴリー!」

明かりのほうへと移動すると、足元で床板が軋んだ。台所に行くと、コンロの上に冷めたお湯の入った鍋とその上にお玉が置かれていた。彼女は肌にひんやりした空気を感じてふり返った。パティオに出るドアが少しあいていた。ドアに近づいていって、そとをのぞいたが、まだ暗くて何も見えなかった。

「ミスター・セヴリー?」

庭の奥から音が聞こえた――水がかき回され、はねる音だった。

そのとき彼がいった。「おはよう。朝食をいっしょにどうかね?」

落ち着いていた声だった。まるで彼女が家に侵入してくるのがまったく当然なことであるかのように。いまやふいをつかれているのはネリーのほうだった。

「朝食なんてすてき」できるだけ冷静な口調で答えた。彼女は右手でパティオの照明のスイッチを探したが、見つからなかった。「暗闇で食べるということですか?」

「きみの好きにすればいい。すべてきみしだいだよ、ネリー」

数秒間が過ぎた。彼女の指先は壁をなで、スイッチの冷たい金属プレートを見つけた。その位置がドアから妙に離れていて、手が届くようにからだを傾けなければならなかった。古い押しボタン式のスイッチだった。彼女はいちばん上のボタンを押した。呼び鈴を押すように。そしてこのなんでもない動きで、何かひどいことが起きた。明るい閃光と、稲妻のあと落雷したような音が轟《とどろ》いた。そしてまた真っ暗になった。

バッハがとまった。まるで合図でもあったかのように。どういうわけか——たぶん本能で——彼女は腕時計を見た。六時五分前、その時刻は彼女の記憶に永遠に刻みこまれた。

「ミスター・セヴリー?」彼女は呼んだ。そしてそっと言った。「アイザック?」

いらえがないのはわかっていた。何も見えなかったが、自分が何をしたかはわかった。

電話のモバイルライトで照らしながらパティオのドアを開き、ひんやりした朝の空気のなかに踏みだした。足元を見ると、延長コードがパティオのコンセントから草の上をのたくるようにして、ジャクージの土台までつながっていた。庭を横切っていくと、においがした。焼けた肉と髪の毛のにおいだ。まだ煙が立っている湯にライトを向けると、アイザックが坐っていた。頭を垂れ、ひざの上にもつれたライトがあった。

ネリーは彼の白髪頭を見て目をしばたたかせた。それは彼女がアフリカで狩った獲物——雌ライオン、シマウマ、アンテロープ——とは違い、二度と動くことはなかった。二十分たっても、けっして。彼女はアイザックが自作したテーザー銃の引き金を引いたのだ。

もし誰かが現場にやってきたら、もちろん、彼が自分でしたことのように見えただろう。だがもしそれが彼の意図だったのなら、なぜ自分でしなかったのか? 方程式が人殺しと自殺を分け隔てないのなら、いったいなぜ、彼女を巻きこんだのか? その答えはすぐにわかった。なぜなら彼は、約束された時間に死に神が訪れると確信していたからだ。それがどのような姿をとるにしても、アイザックには死に神が必要だった。自分の一生の仕事にたいする究極の肯定が、アイザックの命取りだった。

ネリーはカフェテーブルを見た。ジャクージに近いほうの席には、カップに紅茶が少し、三角形のトースト一枚、エッグホルダーにきちんと置かれた卵の殻があった。向かいの席には、ふたり目の朝食が、手つかずのまま残っていた。一瞬、とんでもない考えが浮かび、アイザックが彼女のためにこんなに丁寧に用意してくれた朝食を味見してみようかと思ったが、もちろんそれは賢明ではないとわかっていた。それに彼女は、むかむかしていた。これまでこんなひどい吐き気に襲われたことはなかった。あのにおい。パティオのドア、照明のスイッチ、玄関ドアのドアノブの指紋をふきとって——用心するに越したことはない——ネリーは車に戻った。マリブに帰り、ここには来なかったかのように仕事をこなす。方程式探しは、少なくとも二十四時間は休むことにする——彼のことは尊敬していたから、その遺体が庭にあるときに家をひっかきまわすことはしない——だがアイザックの死で、彼の数学はネリーにとってますます貴重なものになった。

ネリーは図書室の窓際で背筋を伸ばした。フィリップのスバルが現れ、家の正面にとまった。彼が車からおりてきた。フィリップが彼女の下で働くのを断わってきたのは、よかったのかもしれない。セヴリー家の人間をもうひとり、せめていなくなった者の代わりに会社に加えたいと思っていたのだけれど。とにかくフィリップは、それと知らずに人材スカウトとして役に立ち、ある意味自分の代わりとしてアニトカ・デュロフを紹介してくれた。もちろんフィリップは知らなくてもいいことだが、ネリーは数カ月前にすでに、フィリップを監視してその動向を報告するという、あまりおもしろくない仕事のためにアニトカを雇っていた。アニトカはそのお金をよろこんでいたが、やがて彼女はフィリップと恋愛関係になり、ネリーはより一般的な監視方法に頼らざるをえなくなった。もちろん、若い人たちにロマンスは自然な成り行きだが、ネリーの学んだ教訓は、何かを成そうと思うなら親密な関係は避けるのがいちばんということだった。

助手席のドアがあいて、アニトカが見えた。彼女が運転手を断わったのは、恋人と最後のお別れがしたかったからだろう。そしてこれは本当にお別れだった。アニトカはカリフォルニアで働くのではなく、GSRのヴァージニア支部で働くことになっていた。ひょっとしたら、フィリップの愛人を手に入れ、彼女を三千マイル離れた場所に移すのは一種の復讐なのかもしれない。だがいいだしたのはフィリップだった。

ネリーは机の上にきちんと重ねて置かれた資料を見た。ミズ・デュロフがドアから入ってきたときにそれを見せたかった。いちばん上に置いたのは、初期のインフレーション宇宙とブレーンの拡張についてのアニトカのインチキ論文が掲載されている『ヨーロピアン・レビュー・オブ・セオレティカル・フィジックス』の七十五号だ。ネリーはデュロフ事件についてて書かれたものをすべて読み尽くし、ミズ・デュロフは、博士号候補生としては混乱しているが、型破りでひと癖ある優秀な頭脳を有しており、GSRに有用な人材だという結論に達した。それなのにこれまでは、ただのスパイとして役に立ちそうだとしか思っていなかった。

フィリップが提供した追加資料で、アニトカは純粋な才能の持ち主であるという確信がさらに深まった。なかでももっとも印象的だったのは、彼女がアイザックの論文を訂正したことだ。アレックスにその訂正を確かめさせて——彼は祖父が実際に重大な間違いをおかし、アニトカがその余白に非常にエレガントなやり方でそれを訂正していたと確認した——ネリーは、調査はじゅうぶんだと判断した。カオス理論の数学に天賦《てんぷ》の才があり、超弦理論の厳しい修業をしてきた経歴をもつアニトカ・デュロフは、片足をひきずっているようなアイザック・セヴリーの方程式を健康体に戻す看護師役の完璧な候補者になった。彼女とともに、わが社は未来を完全に透けて見えるものにする。想像せよ！

ネリーはフィリップが車に寄りかかり、アニトカを抱き寄せ、黒っぽいコートを着たふたりがウールのひとつの塊《かたまり》になるのを見ていた。彼はアニトカの耳元に唇を寄せ、そして、別れのしるしに、彼女の額にキスをした。まるで子供を学校に送りだす親のように。アニトカは車をふり返ることもせず、重大な決意をもった足取りで建物に近づいてきた。フィリップは彼女がなかに通されるのを見届けてから、車で走り去った。

アニトカがカヴェットの案内で階段を登ってくる音が聞こえた。彼は新入社員を見て、よろこびを声に出さないようにがんばっていた。ネリーは机の端に腰掛け、ペンを手に持って、もっともらしく忙しそうな雰囲気の姿勢を探した。その姿勢を見つけたとき、ドアがノックされた。

「はい、どうぞ」

ドアがあき、コートを脱いで部屋に入ってきたアニトカ・デュロフは、アイロンのきいた紺色のスーツとヒール――ネリー自身とほぼ同じ装いだった。彼女の新しい部下は外見は自信に満ちているが、その顔には見紛《みまが》いようのない、恋愛の苦しみの跡が残っていた。かわいそうに、でもあなたはきっと学ぶはず。そういうものすべてを、もっと有意義な場所に回すことを。

アニトカが遅刻について謝ろうとしているのを見て、ネリーはすぐにいった。

「ミズ・デュロフ！」彼女は両手を差しだした。「復帰おめでとう」

31 贈り物

フィリップは心のなかに葛藤をかかえながらキャンパスに戻った。アニトカをマリブへと送り届けたあと、ネリーが彼女を東部に送ることになっていた──それは彼が、もう二度と会えないような場所に彼女をやるということだった。裏切りにどこかで線を引くためにも、どうしても彼女を遠くにやる必要があった。

だが彼の動機は、道徳や家族のためだけでもなかった。彼女のためにしたことでもあった。アニトカは学者の世界には向いていない。彼女もそれはわかっていた。だが今朝ふたりが別れたとき、疑っている目で見あげられて、思わず彼女を車に引き戻し、すべて忘れてくれといいそうになった。

胸のなかでも、物理学部ビルの廊下でも、彼女の不在のつらさはしばらく残り、やがて消えて、新たな欲望がとって代わるはずだ。フィリップはふたたび彼の部屋──昏睡していたときに垣間見たあの部屋──のことを考え、すると彼の脳は新たに見つかった目的で点火された。することはごまんとある。彼の部屋が待っている。

だがフィリップは仕事に戻る前に、もうこれ以上先延ばしにできないことがあった。彼はオフィスのドアの鍵をあけた。机の抽斗のなかに、茶色の紙でつつまれた平らな小包が隠れていた。このあいだの彼の誕生日に贈られたのだが、彼は封をあけることもせず、ほぼ一年近く抽斗のなかにしまいっぱなしになっていた。先日ジェインに訊かれて、どこに置いたか思いだした。「オフィスにかけるよ」彼は妻にいった。「ドアの裏にかけて隠さないでね」彼女はいった。

フィリップは校務員から借りてきた金づちと釘を置いて、抽斗をあけた。忘れられていた矯正局からの封筒を脇にどけて、小包を取りだした。包み紙を破り、黒板のチョーク受けの上に作品を置いてから少し離れて全体を眺めた。小さな黒い額縁はちょうど一フィート角の正方形で、奥行きは二インチだった。その真ん中に、シビルのファウンドオブジェが、まるで希少種の蝶のようにふたつのピンで留められていた。彼はその素材が何か、すぐにわかった。小さな紙は少し黄ばんでいて端がすれていた。とても古く――少なくとも二十年はたっていた。そこに鉛筆で描かれていたのは、いくつかののたくったような矢印と小さな円だった。彼が描いたファインマン・ダイアグラムだ。量子論における粒子の奇妙なふるまいを示したイラストで、リチャード・ファインマンが生みだした。円はバーチャルな粒子を表し、矢印は、光の粒子の軌道を表す。フィリップが幼い娘に光のふるまいを説明しようとした図だった。光子が鏡にあたって跳ね返るとき、どのようにその方向を〝選ぶ〟のか。シビルがそうしたことに興味をもったとも、そのささやかな授業を憶えていたとも思わないが、それでもずっとこの記念物をとっておいた。

それだけで印象的なものだった。中身だけでなく、その表現も。シビルはその図を注意深く二枚のガラスのあいだに吊りさげ、周囲の光が表面を照らし、ダイアグラムが光るように見せている。シビルは彼がイラストに描いた光の粒子をたくみに操っていた。彼はその瞬間、作品全体の美しさを理解した。シビルの作品はすべてこんなふうに美しかったのだろうか？彼はただ、そうと気がつかなかっただけなのだろうか？

フィリップは椅子にどさりと坐り、両手で顔を覆って、泣いた。ジェインがここにいてくれたらと思った。手遅れになってから気づいたことを話したかった。彼らのいとしいふたりの娘は、本当に、非凡だったのだと。

32 スフィンクス

準備は完了した。これまでの十年間の人生――店、恋人、兄とロサンゼルスの引力――に背を向け、古いもの、懐しいもの、過去を捨てて、これから未知のもの、輝くもの、現在に向かって走りだしていく。少なくともそれが、十二月のある日、ヘイゼルが自分に言い聞かせたことだった。彼女はそのとき、東半球へと向かうアリタリア航空のエアバスの機上にいた。

次の日、彼女はミラノでジャンカルロ・ラスパンティと会うことになっていた。ふたりで安全な場所に移動してから、ヘイゼルはアイザックの最後の願いをかなえ、彼のもっとも大切な研究を信頼できる研究仲間に渡す――それはいま、彼女の肌のすぐ近く、マネーベルトのなかにしまってある。ときどき手を腹部にやって、紙のかさかさした感触にふれ、ちゃんとそこにあることを確認した。彼女は八日前にそれを頼み、スフィンクスからそれを与えられた。簡単に。スフィンクスはもちろん、謎々を用意していた。

あの日、ヨットの客室にこっそり入ったヘイゼルは、松材の床に子供たちが坐っているのを見つけた。ルイスはうるさい、派手な色のボタンのついたゲームをやっていて、ドリューは脚を組んで坐り、ひざの上にお絵描き帳をかかえていた。ヘイゼルはますますひどくなる船酔いを抑えるために炭酸水をグラスに注いでから、子供たちのほうを向いた。

彼女はドリューのすぐ前のベンチに坐り、彼女が浜辺の絵をお絵描き帳から破るのを見ていた。その下にも絵があり、頭が大きな、長いふわふわな髪をした女の人が描かれ、首から翼のようなものが生えていた。ドリューは頭がいいかもしれないが、美術的な技術は年齢相応だった。

「それはママ？」ヘイゼルは訊いた。

「そうよ。ママはもう天使になったってパパがいってた。でもほんとかな」

ドリューはお絵描き帳を置いて、大きな箱に入ったクレヨンを色別に分けはじめた。

この子とふたりきりになる機会はあまりないとわかっていたから、ヘイゼルはすばやく行動した。『夜はやさし』に挟まれていたポラロイド写真を出して、クレヨンの箱の隣に置いた。ドリューは色分けするのをやめて、曾祖父が鏡に字を書いている写真に顔をしかめた。

「この写真がいつ撮られたか、憶えている？」

「うん」

「どんなことを憶えている？」

写真から目をそらし、ドリューは暗誦しはじめた。「2、3、5、7、11、13、17、19、23、29、31――」

ヘイゼルがそっととめなかったら、ずっと続けていただろう。「わあ、素数をいくつ知っているの？」

「百個。５４１まで」

「すごいわね。ひいじいじが教えてくれたの？」

ドリューはうなずいた。

「ほかに何を教えてくれた？」

ドリューはふり向き、ヘイゼルの顔をじっと見つめた。そして静かな声でいった。「知らない」しばらくして、こうつけ足した。「おばちゃんが魔法の言葉を知らなければ」

「魔法の言葉？」ヘイゼルは笑った。「〝お願い〟？」

ドリューは鼻を鳴らした。「違う」

ヘイゼルはドリューのほかの絵に目を落とした。Ｍの形をした鳥の群れが浅い海の上の白い空に浮かんでいる。そのひとつの端では、ぐちゃぐちゃの棒人間が銀色の浜辺で日光浴中で、大きな太陽からの光を浴びていた。

本に書かれていた定義が頭に浮かんだ。〝海岸の、海岸にかんする〟

「沿岸の《littoral》」とヘイゼルは声に出していった。でもドリューはまるで何も聞こえなかったかのように絵を描きつづけた。

ヘイゼルは本を開いて、表紙の見返しに書かれた数字の列を見た。１３７・13・９。

「それは魔法の言葉、それとも魔法の数字？」ヘイゼルは尋ねた。

「魔法の言葉は魔法の言葉だよ」ドリューは答えた。

ヘイゼルはふたたび数字を見て、指でそれをなぞった。誰もが欲しがっているものの鍵——もっとも狙われている数学的テクノロジーを明らかにするかもしれない暗号——が、紙の本の端に鉛筆で書かれているなんて、変じゃない？　そのとき初めて、その数字が意味のよくわからない数学の列ではないものに見えた。自分の本占いと似てなくもないゲームとして見たのだ。百三十七ページをめくり、指を滑らせて十三行目までおろした。and she was absorbed in playing around with chaos; as if her destiny were a picture puzzel…（彼女は混沌《カオス》をもてあそぶのに夢中だった。自分の運命がまるでジグソーパズルででもあるかのように）。ヘイゼルは九個目の言葉まで数えた。やっぱり。

「カオス」彼女はいった。

ドリューが目をあげた。「なんていった？」

「カオス」

ドリューは彼女を見て、やっと認めるようにうなずいた。そして箱からレンガ色のクレヨンを取りだし、そばにあったお絵描き帳をひっぱり寄せた。なにも描かれていないページを探しだすと、床に寝そべり、それから十五分間、黙々とお絵描き帳に書きつづけた。ドリューが書いているのは数字と丸っこい記号で、その一部はヘイゼルにもわかったが、ほとんどは——ギリシア文字で——よくわからなかった。ドリューは最初のページを書き終えると、お絵描き帳をめくって裏に続きを書いた。それもいっぱいになると、二枚目の紙に書きはじめた。二枚目の裏のなかほどまで書くと、からだを起こして坐り、その紙を無造作にヘイゼルに渡した。まるで彼女はただの法廷速記者で、口述を書きとっただけであるかのように。

ドリューは目をぱちぱちしてヘイゼルを見た。「憶えているのがほんとに大変だった。もう忘れてもいい？」

「いいわ」ヘイゼルはいった。「忘れなさい」

最後のページの裏に書かれていたのは、数学でもなんでもなかった。方程式とは別のメッセージだった。

かわいいヘイゼル
わたしの小さなパズルを解いたね、おまえなら解けると思っていた。これを保護してくれた恩は永遠に忘れない。おまえには論理的思考力があるといったわたしの言葉を信じる気になったか？　自分の力を知ることで、可能性は無限大になる。けっしてそれを疑わないように。

愛をこめて
アイザック

ヘイゼルの目から涙がこぼれた。もう一度メッセージを読んでから、紙を半分に折って、バッグをあけようとしたとき、ドアがあく音がした。急いで涙をぬぐいながら目をあげると、伯父のフィリップが立っていた。

彼は部屋に入ってドアを閉め、無言で、カウンターのところに行った。グラスに水を注いだ。ごくごくと飲んでから、ヘイゼルのほうを向いて、手を伸ばした。

ヘイゼルはためらった。

「見てみよう、ヘイゼル」

彼女は紙を渡した。フィリップはそれを広げて、数分間、目をページのあちこちに動かしながら、レンガ色で雑に書かれた字を食い入るように見ていた。

「舌は突きだしていない」彼はつぶやいた。

「なんですか？」

「なんでもない」

十分後、フィリップはヘイゼルに目を戻した。その顔には奇妙な承認が浮かんでいた。まるで初めて彼女のことが見えた、という感じだった。

「つまり、きみだった」彼はいった。「父はきみに託したんだ」

ヘイゼルはうなずいた。「まあ、じつはドリューに。でもそうです」

フィリップは孫娘を見て、またヘイゼルに目を戻した。

彼女はふいに、アイザックのもっとも重要な作品を残されたのがフィリップではなく自分だったことが申し訳なく思われた。伯父に謝りたかった──アイザックは数学の世界のそとにいる人間に残す必要があったのだと説明したかった。ひょっとしたら、アイザックなりのやり方で、自分の息子を守ろうとしたのかもしれない。そういうことすべてを、状況をこれ以上ぱつの悪いものにすることなく伝えるにはどうしたらいいのだろうかとヘイゼルは思った。

ヘイゼルが口を開きかけたとき、フィリップが遮った。

「これだけは教えてくれ。きみは父が望んだことをするつもりかい？」

「ええ」

「そうか、それなら」伯父はいった。「それだけわかればいいんだ」

彼は紙をヘイゼルに返し、ドアのところで立ちどまり、最後に彼女にほほえみかけ、部屋を出ていった。

ヘイゼルは紙をバッグにしまい、立ちあがった。

カウンターの上に、誰かが家族の集合写真を置いていた——ディズニーランドに行ったときに撮られた古い写真だ。ヘイゼルはアイザックの誇らしげな、父親らしい顔を見つけて、ほほえんだ。「見つけたわ」彼女はつぶやき、また目に涙がこみあげてきた。

いまヘイゼルは、三枚ガラスの窓の結露のしずく越しにそとを見て、大洋を覆う雲を眺めながら、方程式はどうなるのだろうかと考えていた。彼女がラスパンティにこのことを尋ねたとき、彼はゲニーシュルターンとしかいわなかった。天才の肩に乗るという意味だ。彼はまた、方程式のなかには輝く宝石が詰まっているかもしれないともいった。それからさらなる数学が発掘されるかもしれない——あまり予測はできないが、それほど危険でもない種類の。祖父のその他の願いについては、ホテルの部屋にあったものをすべて破棄するのは不可能だった。だが、もしアレックスが正しければ、アイザックは本物の宝を隠して、人々の目の前に注意をそらすものをぶらさげていたのだから、どうでもいいはずだ。

ラスパンティは最初、ヘイゼルが方程式をもっているといっても、疑っていた。実際、彼は二度、途中で電話を切った。だが彼女が謎めいたメールや留守番電話メッセージをくり返すと、彼はようやくいった。「もしきみのいっていることが本当なら、すぐにイタリアに来ないとだめだ」彼はファーストクラスのチケットを購入し、電話をくれてこういった。「ぼくと妻できみをローマに連れていくから。途中でフィレンツェ、ピサに寄ろう。偉大な数学者レオナルド・フィボナッチはピサで活躍したんですよ。あなたはわが国の美しさを鑑賞し、わたしはおじいさんの数学の美しさを教えます。どうです？」

イタリアでの休暇！　地中海沿岸を旅しながら、これからの人生をどうやって生きていこうか考える。これよりいいことがあるだろうか？

ヘイゼルは飛行機でシアトルに戻り、店を閉め、この七年間つつまれてきた古書の世界に別れを告げた。店で開催したオークションで、バンカーズ・ランプ、台つきのレファレンスブック、クリストファー・レンの建築図面、ひびの入った革張り椅子、すり減ったキリムのラグ、たぶん並べれば一ブロック分はあった弧を描く本棚。そうしたものは相応な値段で売れた。買い手はお金持ちのIT技術者がほとんどで、彼らは自分の無味乾燥なアパートメントに、ヘイゼルが名づけるなら〝過去にしがみつく貧しい知識人〟風の雰囲気を出したいと思っていた。

ほとんどすべての蔵本を――フィッツジェラルドのハードカバーなど、自分にとってもっとも大事な本をのぞいて――箱詰めにして、街の反対側にある、政治テーマのフィクションおよびノンフィクションを専門に扱う古書店〈ブックス・ナウ！〉に売った。オーナーは子供のいない夫婦で、かねてから店の客層を広げようとしていたので、ヘイゼルが在庫を格安で処分したいと申し出ると、とてもよろこんでくれた。彼女はふたりの幸運を祈り、なじみの客には彼らの店を紹介すると約束した。

ある雨降りの午後、ヘイゼルはチェットと昼食をともにして、彼のライターとしてのささやかな収入にさらに打撃を与えてしまったことを謝罪した。ロブスターのビスクを飲みながら、彼女はジョージ・ギッシングの『三文文士』のハードカバーを差しだした。チェットが一年ほど前からこつこつと読んでいたが、読み終わらなかった本だ。

彼はほほえみ、大ぶりな眼鏡を押しあげて、ヴィクトリア朝の小説を開き、〈ガタースナイプ〉の栞を探した。

「店の閉店は残念だったね、ヘイゼル、だがぼくは当初の目的は果たしたよ」彼はメッセンジャーバッグから小さな段ボールの箱を取りだした。

「これは何？」

「あけてみて」

ふたをあけると、中身は原稿だった。『アマゾンと戦う戦士』チェット・フー著。

「本当に？」

「あの記事に大きな計画があるっていっただろ」彼は笑った。「ぼくがずっと何をしていると思っていたんだよ？」

その夜、店の奥で、ヘイゼルはチェットの原稿を読んだ。そのディストピア物語は——半分実話、半分フィクションで——紙とインクが価値を失った近未来が舞台だった。その中心にいるのが不運な店主で、世界に残された最後のハードカバー本の隠し場所を守るために、ひどい配管やその他の自然災害と戦う。少なくとも彼女の店の精神は、この本のなかに生きつづけることになるとヘイゼルは思った。

最後のページを置いて、狭い空間を見回し、ヘイゼルはふいに悲しみに襲われた。いまこの瞬間、兄が監房に坐って、日記をつけているところを想像した。兄は同房の人とうまくやっていけるだろうか、刑務所生活に耐えられる性分だろうかと心配だった。何年も前にグレゴリーが地下室で閉じこめられたことが、やがて別の場所で閉じこめられることにつながるなんて。ヘイゼルはマットレスの上に寝転がり、天井を見上げて、兄妹で楽しみながらつくった不完全な星座図のことを思いだした。兄が刑務所の寝台に横になり、ある晩天井を見上げて、ふたりの無秩序な子供時代にも本物の幸福のかけらはたしかにあったのだと思いだしてくれるといいな、と彼女は思った。

ヘイゼルがミラノのマルペンサ空港に降りたったのは早朝だった。ぴかぴかの白い廊下を到着ゲートへと進んだ。ラスパンティが雇ったハイヤーが待っているはずだった。回転ドア